초기사림파문집
역주총서

1

허백정집 虛白亭集 1

홍귀달 저
부산대학교 점필재연구소
김남이, 김용철, 김용태, 김창호, 부영근 옮김

점필재

허백정집 虛白亭集

조선 초기의 문신 洪貴達(세종 20년, 1438~연산군 10년, 1504)의 시문집.
9권(원집 3권, 속집 6권) 6책. 목판본. 사화로 산실되고 남은 저자의 유문을 후
손들이 수합하여 家藏하였다가 광해군 2년(1610) 外玄孫 崔挺豪가 求禮縣監으
로 부임하였을 때 현손 洪鎬에게 이 家藏本을 얻고 전라도 관찰사 鄭經世의
도움으로 이듬해인 광해군 3년(1611)에 간행하였다. 《原集 初刊本》原集은 목
판본 3권 3책으로 詩 1권, 文 2권으로 이루어졌으며, 鄭經世가 序文을, 崔挺豪
가 跋을 썼다. 그 후 憲宗朝에 후손 洪宗九가 미처 收拾하지 못했던 저자의
유문을 모으고 동암공(?)이 작성한 연보를 아울러 續集 3책을 編輯하여 간행하
려던 중 卒하자 洪麟璨 등이 이 일을 續行, 헌종 8년(1842) 柳致明의 校勘을
거친 후 洪殷標·洪箕璨·洪敬模가 繕修하여 1843년에 간행하였다. 《續集初刊
本》續集은 목판본 6권 3책으로 詩 4권, 文 1권 및 年譜, 行狀 등으로 되어
있다. 헌종 9년(1843) 柳致明이 後序를, 후손 洪麟璨·洪殷標가 跋을 썼다. 본
번역의 대본은 原集은 고려대 만송문고장본, 續集은 국립중앙도서관장본이다.

허백정 홍귀달 虛白亭 洪貴達

세종 20년(1438) ~ 연산군 10년(1504)

본관은 부계(缶溪). 자는 겸선(兼善), 호는 허백당(虛白堂)·함허정(涵虛亭). 아버
지는 효손(孝孫)이며, 어머니는 노집(盧緝)의 딸이다. 세조 6년(1460) 강릉 별시
문과에 급제, 겸예문을 거쳐 예문관봉교가 되었다. 1467년 이시애(李施愛)의
난을 평정하는 데 공을 세우고 이조정랑이 되었다. 예종 1년(1469) 장령으로
춘추관편수관이 되어 『세조실록』 편찬에 참여했다. 성종 10년(1479) 도승지로
서 연산군의 생모 윤비(尹妃)의 폐출에 반대하여 투옥되었다. 1481년 천추사(千
秋使)로 명나라에 다녀왔으며, 이후 충청도관찰사·형조참판·이조참판 등을 역
임했다. 연산군 4년(1498) 무오사화 직전, 왕의 난정(亂政)을 들어 간하다가
사화가 일어나자 좌천되었다. 1500년 왕명으로 『속국조보감』·『역대명감』 등
을 편찬하고 경기도관찰사로 나갔다. 1504년 손녀(彦國의 딸)를 궁중에 들이라
는 연산군의 명을 어겨 장형(杖刑)을 받고 경원으로 유배되던 중 단천에서 교살
되었다. 중종반정 후 복관되고 이조판서에 추증되었다. 시호는 문광(文匡)이다.

머리말

　조선전기는 그 어느 시기보다 자명한 것처럼 보인다. 훈구파와 사림파라는 선명한 구도가 통설로 받아들여지고 있기 때문이다. 조선 건국을 주도하고 거듭된 정치적 격변을 겪으며 정치권력을 틀어쥐었던 훈구파, 그리고 그들의 배타적 독점과 누적된 병폐를 비판하며 성장한 재지사족 출신의 사림파라는 대립 구도가 그것이다. 전자는 文章華國을 문학론의 주요 논거로 활용했기에 사장파, 후자는 心性修養을 문학론의 핵심 논리로 내세웠기에 도학파라 명명하기도 한다. 이처럼 명확한 만큼 조선전기 연구는 조선후기와 비교할 때, 한산하기 그지없다. 관심으로부터 멀리 떨어져나간 고립된 섬과도 같다.

　물론 조선전기라는 시대가 현재 우리의 삶과 상당한 거리를 가지고 있어 관심으로부터 멀어졌을 가능성이 있다. 하지만 다채롭기 그지없는 조선 후기의 눈부신 모습 때문에 시야가 흐려진 이유도 있을 것이다. 실제로 조선후기가 근대로 이행하는 시기임을 입증하기 위해는 조선전기를 '암흑의 시대'로 만들지 않을 수 없었다. 예컨대 실학이 이전 시기에 대한 자기반성 또는 누적된 병폐를 비판적으로 딛고 일어난 탈 중세적 또는 근대적 운동이라는 점을 입증하기 위해서는 조선전기를 부정적으로 묘사할 수밖에 없었던 것이 훈구파하면 으레 부화하고 퇴영적인 모습을 떠올리고, 사림파하면 으레 경직되고 고답적인 모습을 떠올리게 되는 것은 그런 까닭이다.

　하지만 세종과 성종으로 대표되는 그 시기가 조선을 유교 문명국

가로 완성시킨 시기였음도 누구나 인정하는 사실이다. 그렇다면 어느 것이 적확한 이해일까. 조선전기에 대한 우리의 관심은 이런 소박한 질문으로부터 시작되었다. 더욱이 조선전기 훈구파와 사림파의 구분이 사상적으로든 사회경제적으로든 통념처럼 명확하게 구분되지 않는다는 비판은 점차 설득력을 높여 가고 있다. 그렇다면 지금이야말로 조선전기의 실체적 진실을 재론하지 않을 수 없는 때이다. 당대 인물의 구체적인 삶에 대한 탐구가 필요하다고 판단하게 된 까닭이다.

그리하여 우리는 조선전기를 이끌어갔던 인물군상의 동태에 실증적으로 다가가려는 여정을 기획하게 되었다. 어느 때를 막론하고 인간이야말로 그 시대를 이끌어가는 핵심 동력이다. 그리고 그 인간을 제대로 이해하기 위해서는 그들 자신이 남긴 기록을 비껴갈 수 없다. 살아생전의 시문을 수습하여 엮은 문집은 그래서 중요하다. 물론 문집은 한 인간의 생애를 총체적으로 보여주는 정돈된 자료인 동시에 한 인간의 행적을 인상적으로 기억하게 만드는 완결된 서사이기도 하다. 때문에 문집에는 문집 주인공은 물론 문집을 편찬한 시대의 분투가 아로새겨져 있기 마련이다. 조선전기 문인의 문집을 꼼꼼하게 번역하며 그 시대를 읽어보겠다는 장대한 목표는 그렇게 해서 분명해졌다.

우리는 그 첫 번째 역주 대상을 무오사화와 갑자사화 때 화를 입은 인물들의 문집으로 잡았다. 이들은 성종 때 점필재 김종직에게 직·간접적인 학문적 영향을 받으며 성장했고, 연산군 때 자신의 정치적 이상을 실현해보려고 하다가 결국 좌절당했다는 공통점을 지니고 있다. 아니, 조선전기 훈구파와 사림파의 대결이 불러온 파국의 절정을 보여주는 사례로 꼽혔던 당사자들이었다. 그렇다면 바로 그들의 삶에서 조선전기라는 문제의 시대로 들어가는 단서를 찾을 수 있겠다고 판단했다. 그리하여 이런 문제의식을 공유한 연구자를 모으고, 방대한 분량의 문집을 지속적으로 역주할 수 있는 재정적 기반을 마련해야 했다. 마침내 미더운 연구자들이 하나 둘 모였고, 한국연구재단으로부터 역주 작업을 위한 재정 지원도 받게 되었다. 그때 그 기쁨, 지금도 생생하다. 그로부터 햇수로 8년이란 시간이 흘렀다. 그 짧지 않은 기간 동안 젊은 연구자의 진로가 다기했던 만큼, 작업을 함께 한 연구자들도 적지 않게 바뀌었다. 그리고 문집에 담겨있는 시문의 난해함은 우리의 의욕보다 훨씬 더 단단한 벽으로 다가왔다. 번역을 하는 작업이 얼마나 힘들고 어려운 작업인지 절실하게 깨달았다.

그럼에도 불구하고 온갖 우여곡절을 겪으며, 시간은 결국 번역 작업의 끝을 우리에게 보여주었다. 이제 출간을 앞두고 오래 전에 번역한 것들을 다시금 훑어보니, 잘못되고 아쉬운 대목이 이루 헤아릴 수 없을 만큼 많다. 하지만 더 미룰 수 없어 부끄러운 모습 그대로 세상에 내놓는다. 앞으로 공부해 나가면서 고치고 보완해나갈 것을 다짐하며. 그간, 힘든 역주 작업에 함께 했던 모든 분들께 깊이 감사드린다.

2014년 6월 20일
역주자를 대신하여 정출헌이 쓰다

차례

허백정집

서문序文

허백정 문집 서문

虛白亭文集序

문장으로 천하의 선비를 평가할 수 없게 된 것이 오래되었다. 표현이 풍부하다고 해서 그 사람을 인정한다면 사마상여司馬相如를 인정하는 꼴이 될 것이고, 내용이 오묘하다고 해서 그 사람을 인정한다면 양웅揚雄을 인정하는 꼴이 될 것이다. 이 때문에 군자는 다른 사람을 평가할 때 반드시 먼저 그가 몸소 실행한 대절大節을 살펴본다. 그런 뒤에야 그의 문장을 비평할 수 있는 것이다. 맹자가 "그 시를 외고 그 글을 읽고도 그 사람됨을 알지 못하면 되겠는가? 이 때문에 그 시대를 논하는 것이다." 하였다. 이것이 군자가 옛사람을 벗하던 방법이니, 문장을 평론하는 자가 법칙으로 삼아야 할 것이다.

文之不足以定天下之士, 久矣. 閎博而信其人, 則失之相如, 要妙而信其人, 則失之子雲.[1] 是故君子之於人, 必先觀其行己大節, 然後文可得而論. 孟子曰: "誦其詩, 讀其書, 不知其人, 可乎? 是以論其世也."[2]

---

[1] 閎博~子雲: '相如'는 한나라 景帝·武帝 때 풍부한 상상력과 화려한 표현으로 「子虛賦」·「上林賦」 등의 賦 작품을 지어 임금에게 아부하여 관직을 구한 司馬相如(B.C.179~117)이다. '子雲'은 한나라를 찬탈한 王莽에게 협력한 揚雄(B.C.53~A.D.18)의 字인데, 그는 『論語』를 모방하여 『法言』을, 『周易』을 모방하여 『太玄經』 등의 철학적 저작을 지었다.

[2] 孟子曰句: 맹자가 만장에게 "한 고을의 훌륭한 선비여야 한 고을의 훌륭한 선비와 벗할 수 있고, 한 나라의 훌륭한 선비여야 한 나라의 훌륭한 선비와 벗할 수 있고, 천하의 훌륭한 선비여야 천하의 훌륭한 선비와 벗할 수 있다. 천하의 훌륭한 선비와 벗하는 것을 만족스럽게 여기지 않아 또다시 윗대로 올라가 옛사람을 논하니, 그 시를 외고 그 글을 읽고도 그 사람됨을 알지 못하면 되겠는가. 이 때문에 그 시대를 논하는 것이니, 이는 위로 올라가서 벗하는 것이다.[一鄕之善士斯友一鄕之善士, 一國之善士斯友一國之善士, 天下之善士斯友天下之善士. 以友天下之善士爲未足, 又尙論古之人. 頌其詩, 讀其書, 不知其人, 可乎? 是以論其世也, 是尙友也.]" 했다.《孟子 萬章 下》

此君子尙友之道, 而論文者取則焉, 可也.

나는 돌아가신 판서 허백정虛白亭 홍 공洪公의 문장을 살펴보고 이른 바 대절大節이 어떤 것인지 알게 되었다. 간언諫言을 거부하는 것에 대해 비판하고, 사냥에 몰두하는 것에 대해 충간忠諫한 두 상소가 바로 그 문장이다. 연산군燕山君이 한창 음난하고 포학한 짓을 일삼던 때에는, 욕심이 법도를 파괴하고 방종이 예를 무너뜨렸으며, 사람을 장난거리로 삼고 살인을 재미로 삼았으며, 논사論思하는 신하를 물리치고 간쟁諫爭하는 신하를 파직했으며, 말이 혹시라도 귀에 거슬리면 머리를 줄줄이 놓고 찢어 죽였다. 그의 흉포한 위세와 범할 수 없는 기세는 성내 울부짖는 호랑이가 이빨을 갈고 입맛을 다시며 맹렬하게 사람에게 덤비는 것과 같았다.

> 余觀於故判書虛白洪公之文, 而得其所謂大節者, 論拒諫 · 諫打圍兩疏[3], 是也. 方燕山淫虐之日, 慾敗度, 縱敗禮, 以人爲嬉, 以殺爲償, 屛論思之臣, 罷諫爭之官, 言或逆耳, 則駢首而磔戮之. 其兇暴之威 · 不可犯之勢, 譬如虓怒之虎, 磨牙鼓吻, 盛氣以向人.

그런데도 공은 바른 의론을 견지하면서 반복하여 견해를 피력하여 연산군의 욕망을 막으려고 했는데, 마치 잘 다스려지는 조정에서 홀笏을 단정히 잡고 명철한 임금과 토론하는 것처럼 차분하였다. 백년이 지난 지금에도 붓을 잡고 종이를 펼침에 정신은 차분하고 안색은 평온하여 칼과 톱 같은 형구刑具를 마치 수레나 면류관처럼 보았던 기상이 눈앞에 있는 듯하니, 아! 훌륭하도다! 궁궐 계단에서 으르렁대는 자에게 죽지 않은 것은 다만 연산군에게 주저하는 마음이

---

3 兩疏: 연산군 5년(1499)에 지은 「拒諫」·「諫打圍疏」으로, 『虛白亭文集』 卷2(『한국문집총간』14)에 실려 있다.

잠깐 일어났기 때문이고, 끝내 황막한 곳으로 귀양을 가 곤궁하게 살다가 죽을 수밖에 없었던 것은 정황으로 보아 당연한 것이었다.

乃能握持正議, 反復開陳, 以畜其所欲, 有如端笏治朝, 與明主論說. 至今百載之下, 其引筆伸紙, 神閑色定, 視刀鉅如軒冕之氣象, 在人目前, 嗚呼壯哉! 其不隕於殿陛咆㘂之下者, 特忌憚之乍發, 而終不免於遷荒困殣之餘者, 乃理勢之必至也.

세상에는 혼암昏暗한 조정에서 임금을 따르다가 헛되이 죽어 아무 이익도 없었다고 공을 비판하는 자가 있다. 이것은 완벽하기만을 요구하여 앞뒤 상황을 헤아리지 못한 것이다. 성종成宗의 은혜는 저버릴 수 없고 몸을 맡긴 의리는 잊을 수 없었으며, 필부처럼 도망칠 수도 없고 기색을 살펴 도망치는 꾀도 쓸 수 없었다. 아무런 다른 길이 없고 눈앞에 펼쳐진 곧은 길을 만난 상황 속에서 오직 '죽을 사死' 한 글자로 안심입명安心立命하는 바탕으로 삼았을 뿐이니 유익한지 무익한지는 따질 겨를도 없었다. 그때에 성과 없이 헛되이 죽을 수 없다고 마음 먹었다면 임금에게 영합하고 구차히 용납되어 연산군을 도와 포학한 행동을 하게 되어, 목숨을 보전할 수 있는 어떤 행동이라도 하게 되었을 것이니, 이것은 공이 대단히 미워하고 싫어했던 바이다.

世有以從君於昏, 徒死無益, 歎公者, 此則責備之未能權者也. 成廟之恩不可負, 而委身之義不可忘, 匹夫之逃不可爲, 而色擧[4]之智不可用, 則當前直路, 更無他岐, 只一死字爲安身立命之地, 而益與無益, 不暇

---

4 새가 사람의 나쁜 표정을 보면 날아올라 피한다는 뜻으로, 여기서는 사람이 機微를 잘 살펴야 한다는 뜻이다. 『論語』「鄕黨」에 "새는 사람의 나쁜 표정을 보면 날아서 빙빙 돌며 관찰한 다음에 내려앉는다.[色斯擧矣, 翔而後集.]"했다.

計也. 當此時, 若以徒死爲戒, 則延合苟容, 助桀爲虐[5], 凡可以得生者, 無不爲已, 此公之所大惡也.

아아! 그 시대를 논하고 그 행실을 상고해 보았을 때 크나큰 절개가 이와 같았다. 그러니 사람들에게 회자되었던 아름답고 향기로운 문장은 다만 부차적인 것일 뿐이고, 왕의 정책을 훌륭하게 다듬고 표현하여 한 시대의 종장宗匠이 된 것은 다른 사람도 할 수 있는 것이다. 공자가 "영무자甯武子의 지혜는 미칠 수 있지만, 그의 어리석음은 미칠 수 없다." 했으니, 태평한 시대에는 직무를 수행하기 쉽고, 혼란한 시대에는 절의를 바치기 어렵기 때문일 것이다.

嗚呼! 論其世, 考其行, 而大節如此, 則其摛華播馥, 膾炙人口者, 直公之膡事, 而潤色王猷, 爲一代宗匠, 他人亦可能也. 孔子曰: "甯武子之智, 可及也, 其愚, 不可及也."[6] 豈不以平世易於治職, 危亂難於盡節耶?

내가 한 번은 공에 대해 주제넘게 "성종의 명재상이 되기는 쉽지만 폐주廢主 연산군의 직신直臣이 되기는 어렵고, 아름답게 꾸미는 문장을 쓰기는 쉽지만 솔직하고 진실한 간언諫言을 하기는 어렵다." 평가한 적이 있다. 천백년 뒤에 공의 시를 읊고 공의 글을 읽는 자는

5　助桀爲虐: 夏나라 폭군 桀王을 도와 포학한 짓을 한다는 뜻으로, 여기서는 燕山君을 폭군 걸왕에 비유한 것이다.

6　孔子曰句: '甯武子'는 春秋時代 衛나라 대부 甯兪로, 여기서는 洪貴達을 영무자에 비유한 것이다. 영무자는 문공과 성공을 섬겼는데, 태평했던 문공 시절에는 별다른 행적이 없었지만, 무도했던 성공이 나라를 잃어버리자 바보천치처럼 모든 어려움을 무릅쓰고 나라를 되찾기 위해 동분서주했다. 공자가 "영무자는 나라에 道가 있을 때에는 지혜롭고, 나라에 道가 없을 때에는 어리석었으니, 그 지혜는 따를 수 있으나 그 어리석음은 따를 수 없다.[甯武子, 邦有道則知, 邦無道則愚, 其知可及也, 其愚不可及也.]" 했다.《論語 公冶長》

반드시 내 말이 거짓이 아님을 확인할 수 있을 것이다.

> 余於公亦嘗僭爲之評曰: "爲成廟之名卿易, 爲廢主之直臣難, 爲黼黻
> 之文章易, 爲樸實之諫說難." 千百世之後, 誦其詩讀其書者, 必有以徵
> 余言之不誣矣.

공은 휘가 귀달貴達이고 자가 겸선兼善이고 시호가 문광文匡이며, 허
백虛白은 공의 호이다. 성종에게 인정을 받아 크게 총애 받고 높이
발탁될 수 있었다. 여러 번 이조吏曹를 맡았고 대제학大提學을 담당한
것이 십여 년이었다. 평소에 지은 시와 산문이 매우 많았으나 화란이
일어나던 때에 흩어져 잃어버리고 남아있지 않다. 자손들이 수습하
여 고이 간직해둔 것이 겨우 몇 권 있지만 간행하지는 못했다. 현
구례현감求禮縣監 최정호崔挺豪는 공의 외현손外玄孫으로 봉급을 내어
문집을 간행하였다. 나도 공의 인척姻戚으로서 마침 전라도관찰사로
부임해 왔는데, 그가 편지를 보내 한 마디 해달라고 부탁하는 것이
매우 정성스러워 감히 사양하지 못하고 드디어 평소에 느꼈던 점을
써서 보냈다.
만력萬曆 39년(光海君3, 1611) 8월 상순에 가선대부嘉善大夫 전라도관찰
사全羅道觀察使 겸병마수군절도사兼兵馬水軍節度使 정경세鄭經世가 서문
을 쓴다.

> 公諱貴達, 字兼善, 諡曰文匡, 虛白其號也. 受知於成廟, 甚見寵擢,
> 累掌銓選, 典文衡[7]凡十餘年. 平生所爲詩文甚多, 而禍作之日, 散失
> 不存. 子孫之收拾襲藏者, 僅若干卷, 而未及刊行. 今求禮縣監崔君挺
> 豪[8], 公之外裔也, 爲之捐俸入梓. 以余亦忝瓜葛, 而適按是道, 以書來

---

7 文衡: 弘文館·藝文館의 정2품 관직으로 文衡·主文이라고도 하는데, 보통 당대
최고의 문장가가 담당했다.

索一言甚勤, 不敢辭, 遂書平日所感者, 以歸之.
萬曆[9]三十九年八月上浣, 嘉善大夫 · 全羅道觀察使兼兵馬水軍節度
使鄭經世[10]序.

---

8 崔挺豪: 명종 18년(1563)~인조 11년(1633)의 문신이다. 그는 본관 淸州, 자 時應,
   호 樗谷 · 孤山으로, 아버지는 守道, 어머니는 禮安金氏 允緘의 따님이다. 선조
   36년(1603) 式年文科 丙科 19위[29/33]로 급제하여 成均館博士를 거쳐 司諫院正
   言에 제수되고, 광해군 5년(1613) 丹城縣監으로 부임했으나 鄭仁弘의 청을 거절하
   여 좌천되었다. 인조 3년(1625) 廣州牧使로 있을 때 文晦가 朴應晟 · 權聆 등을
   무고하면서 함께 定配되었다.
9 萬曆: 明나라 神宗의 年號로, 조선 선조 6년(1573)부터 광해군 11년(1619)까지이다.
10 鄭經世: 명종 18년(1563)~인조 11년(1633). 본관 晉州. 자 景任. 호 愚伏 · 河渠
   · 乘成子 · 石潨道人 · 松麓. 시호 文莊. 아버지는 左贊成 汝寬, 어머니는 陝川李氏
   軻의 따님이다. 柳成龍의 문인으로, 선조 19년(1586) 謁聖文科 乙科에 급제하여
   承文院副正字에 임명되고 이후 여러 관직을 역임했다. 예학에 특히 밝았고, 그의
   저작『養正篇』은 朱子의『小學』과,『朱文酌海』는 李滉의『朱書節要』와 표리가
   되는 것으로 주자학을 연구하는 데 귀중한 자료이다.

시詩

손주孫澍는 죽은 내 아들의 벗인데, 나를 보자 죽은 아들의 평소생활에 대해 말해 주었다. "그의 재주와 도량은 한때 같이 지낸 벗들 중에 앞설 사람이 아무도 없었습니다. 하늘이 수명을 아낄 줄을 어찌 생각이나 했겠습니까?" 요사이 내가 또한 억지로 마음을 달래 눈물을 흘리지 않은 지 오래 되었다. 그런데 손주의 말을 듣고 나니 처참하고 비통한 마음을 막을 수 없고, 이런 슬픔 속에 며느리가 과부가 되어 임하臨河에 임시로 거처하고 있는 처지를 떠올리자 마음이 아파서 지었다

孫澍[1], 亡兒友也. 見我說亡兒平生云: "才器, 一時朋友莫有先者, 豈意天不與之命乎?" 日來我且強寬之, 目不泪者, 久矣. 聞澍言, 不禁悽楚, 因憶其偶寡寓臨河[2], 憐之有作

사람들 말하네, 우리 아이가 으뜸이었다고
가련하다, 이제 이미 무덤 속에 있네.
자하子夏처럼 상심해도 눈은 멀지 않았지만
임하臨河의 며느리를 차마 볼 수 없어라.

人道吾兒第一流　　可憐今已土饅頭[3]
傷心子夏明猶在[4]　　不耐臨河見栢舟[5]

---

1 孫澍: ?~중종 34년(1539). 본관 平海. 자 汝霖. 시호 禧質. 아버지는 大司憲 孫舜孝, 어머니는 平山申氏 子儀의 따님이다. 성종 23년(1492) 式年文科 乙科에 급제하여 司憲府掌令·司諫院正言·弘文館副提學·左參贊·禮曹參判·知中樞府事 등을 역임했다. 중종 7년(1512) 昭陵[문종의 비 顯德王后 權氏의 능호]의 位號를 追復하자는 논의가 일어났을 때, 申用漑·姜渾 등과 함께 적극적으로 찬성했고, 중종 14년(1519) 己卯士禍가 발생했을 때는 漢城府左尹으로서 南袞·沈貞·高荊山 등과 함께 趙光祖 등의 신진사류 처벌에 가담했다.
2 臨河: 경상북도 安東市의 한 面이다.
3 土饅頭: 봉분이 만두처럼 생겼기 때문에 붙여진 이름으로, 무덤을 뜻한다.

4 傷心句: 아들 잃은 슬픔이 子夏와 같지만, 자신은 자하처럼 눈은 멀지 않았다는 말이다. 孔子의 제자 자하가 아들을 잃고 애통하여 눈이 멀었다. 동문인 曾子가 문상을 가서 "내가 그대와 함께 洙泗 사이에서 공자를 섬겼다. 네가 물러나 西河에 사는데 서하 사람들이 네가 공자보다 낫다고 의심하게 했으니 첫 번째 죄요, 너의 부모가 돌아가셨을 때에는 이렇게 애통했다는 말을 듣지 못했으니 두 번째 죄요, 네가 자식의 죽음으로 눈이 멀었으니 세 번째 죄이다.[吾與女事夫子於洙泗之間, 退而老於西河之上, 使西河之民疑女於夫子, 爾罪一也. 喪爾親, 使民未有聞焉, 爾罪二也. 喪爾子, 喪爾明, 爾罪三也.]" 꾸짖었다.《禮記 檀弓 上》

5 栢舟:『詩經』「國風·鄘風」의 편명으로, 남편에 대한 의리를 지킨 부인을 가리킨다. 이 시에 대한 「毛詩序」에 "「백주」는 共姜이 스스로 맹세한 시이다. 衛나라 세자 共伯이 일찍 죽자, 그 아내 공강이 절개를 지키고 있었다. 친정 부모가 그의 守節하려는 뜻을 빼앗아 시집보내려 하였는데 공강은 맹세하고 허락하지 않았다. 그러므로 이 시를 지어 거절한 것이다.[栢舟, 共姜自誓也. 衛世子共伯蚤死, 其妻守義, 父母欲奪而嫁之, 誓而弗許. 故作是詩以絶之.]" 했다.

상주尙州로 귀향하는 진사 김수홍金粹洪을 전송하다

送金進士粹洪[1]歸尙州

낙동강의 풍광, 기수沂水와 너무 흡사하니
재주 있는 젊은이, 시 읊으며 돌아가겠지.
늙은 나의 풍류 증점曾點보다 강하니
어찌하면 그대 따라가 낚시터에 오를까.

洛水風光酷似沂　　少年才子詠而歸[2]
風流老我狂於點[3]　　安得隨君上釣磯

1　金粹洪: 성종 20년(1489)~선조 7년(1574). 본관 順天. 平壤府院君 承霆의 4대손
　　이고, 慶尙右兵使·平安兵使·漢城右尹·知訓練院事·備邊司提調 등을 역임한 金
　　舜皐의 아버지이다.

2　洛水~而歸: '洛水'는 落東江이고, '沂'는 魯나라 도성 남쪽에 있는 강인데 온천이
　　있었다고 한다. 공자가 제자 몇몇에게 각자의 포부를 말해보라고 하자, 曾點이
　　"늦봄에 봄옷이 완성되면 冠을 쓴 어른 5~6명과 童子 6~7명과 함께 沂水에서
　　목욕하고 舞雩에서 바람 쐬고 노래하면서 돌아오겠습니다.[莫春者, 春服旣成, 冠
　　者五六人·童子六七人, 浴乎沂, 風乎舞雩, 詠而歸.]"했다.《論語 先進》

3　狂於點:『孟子』「盡心」下에 萬章이 맹자에게 "어떠해야 狂이라 할 수 있습니까?"
　　묻자, 맹자가 "琴張·曾晳·牧皮와 같은 자가 孔子의 이른바 狂이라는 것이다."
　　했는데, 증석은 曾子의 아버지로 이름이 點이다. '狂'은 뜻은 원대하지만 일을 할
　　때 약간 서툰 것인데, 여기서는 뜻이 원대하다는 의미만 취하여 풍류와 연계하여
　　말한 것이다.

판관判官 양가행楊可行에게 부치다

寄楊判官可行[1]

그대 소갈병으로 문원릉文園陵에 누워있다 하니
서촉西蜀의 고향산천, 몇 번이나 꿈에 보았는가.
나 또한 반백털이 귀밑머리에 흔들리니
영남으로 귀향할 계획, 오래 되었다네.

聞君病渴臥文園[2]　　西蜀[3]山川幾夢魂
我亦二毛吹兩鬢　　長時歸計嶺南村

1　寄楊判官句: '判官'은 중앙 관서인 敦寧府·漢城府·尙瑞院·奉常寺 등 18관아의
　　종5품, 각 監營·留守營 및 큰 고을에 둔 종5품 관직이다. '可行'은 楊熙止의 字이
　　다. 세종 21년(1439)~연산군 10년(1504). 본관 中和. 호 大峰. 아버지는 군수
　　孟淳, 어머니는 羅州鄭氏 直長 鄭是僑의 따님이다. 성종 5년(1474) 式年文科 兵科
　　에 급제했는데, 이때 성종이 稀枝라는 이름과 楨父라는 字를 하사했다. 藝文館檢
　　閱을 시작으로 여러 관직을 역임하고 同知成均館事를 거쳐 漢城府右尹에 이르렀
　　다. 연산군 즉위년(1494)에 『成宗實錄』 편찬에 참여했고, 연산군 6년(1500)에 大
　　司諫이 되었으나 朴林宗 등을 疏救하다가 우의정 成俊의 배척을 받고, 任士洪의
　　당여로 지목받아 益山에 付處되기도 했다. 양희지는 성종 16년(1485) 1월에 淸州
　　判官이 되었다.
2　聞君句: 양희지를 司馬相如에 비유한 것이다. 사마상여는 한나라 文帝의 능원을
　　관리하는 孝文園令을 맡은 적이 있었고, 늘 소갈병을 앓아 고생했다.《史記 卷117
　　司馬相如列傳》
3　西蜀: 司馬相如의 고향 四川省 成都 지역인데, 여기서는 楊熙止의 고향을 말한다.

유곡찰방幽谷察訪으로 부임하는 최한崔漢을 전송하고, 아울러 놀리다
送幽谷察訪[1]崔漢赴任, 兼戲之

늙어 작은 벼슬 얻었다 누구나 손가락질하는데
만나는 사람에게 벼슬살이 달콤하다 말한다지요.
오월 수양버들, 꾀꼬리 우는 길에
역마驛馬는 용처럼 날쌔게 곧장 남쪽을 향하네요.

老得小官皆指笑　　逢人自說宦情酣
垂楊五月鸎啼路　　驛馬如龍直指南

1　幽谷察訪: '幽谷'은 경상북도 聞慶市 일대의 옛 지명이고, '察訪'은 종6품 지방관의 하나로 觀察使 소속하에 각 驛에 배치하여 교통·체신에 관한 사무를 관장하는 驛長이다.

용궁龍宮으로 귀향하는 사성司成 이문흥李文興을 전송하다
送李司成文興歸龍宮¹

사성司成 선생 가슴엔 오경五經이 가득하여
전수되던 심법心法, 절로 영활靈活하구나.
만수萬殊와 일리一理, 근원부터 설파하시니
성균관 모든 학생 귀 기울여 들었지.
사방 벽 책을 보다 귀밑머리 세셨는데
오래도록 꿈꿔온 고향 산은 푸르겠지요.
먼 길에 부는 가을바람, 잎은 뿌리로 돌아가는데
사람들은 남쪽 하늘 노인성老人星을 가리키네.

國子先生腹五經²　　從來心法自惺惺³
萬殊一理⁴從頭說　　三舍⁵諸生洗耳聽

---

1 送李司成句: '司成'은 成均館에서 儒學을 가르치는 종3품 관직으로, 태종 원년에
祭酒를 고친 이름이다. '李文興'은 세종 5년(1423)~연산군 9년(1503)의 문신이다.
본관 星州. 자 質甫. 호 羅菴. 菊의 아들이다. 예종 1년(1469) 文科 丙科에 급제하
고 성종 13년(1482) 司饔院僉正에서 成均館司成으로 전임되어 유생교육에 몰두했
는데, 타직으로 전임한다는 말이 있을 때마다 여러 관아에서 유생교육에 최적임자
라며 반대하여 20년간 그 자리를 맡았다. 70세가 되던 성종 24년에 致仕했는데
허락 받지 못하자 목욕하러 간다는 핑계로 낙향했다. 이문흥의 생몰년에 대해『國
朝榜目』에는 태종 15년(1415)~연산군 1년(1495)으로 되어 있다. '龍宮'은 경상북
도 醴泉郡의 한 縣이다.
2 國子句: '國子先生'은 國子監[成均館] 교수로, 李文興을 가리킨다. '五經'은 유학
의 기본 경전인『詩經』·『書經』·『周易』·『禮記』·『春秋』이다.
3 從來句: '心法'은 진심으로 전수해 주는 聖學의 要訣을 가리키는 것으로, 구체적으
로는 마음의 體를 存養하고 마음의 用을 省察하는 精一執中을 말한다. 惺惺은
혼미하지 않고 항상 깨어 있는 것이다.
4 萬殊一理: 성리학의 기본 명제 가운데 하나인 理一分殊를 가리킨다. 보편적 원리
인 理는 하나이지만, 이것이 개별 사물 속으로 들어가 발현되면 수만 가지로 나뉘
어 개별성을 드러내고, 수만 가지로 나뉘어 달라진 사물도 그 理는 동일하다는

四壁圖書雙鬢白　　　十年魂夢舊山青
秋風長路歸根葉[6]　　人指天南一老星[7]

것이다.

5　三舍: 宋나라 때 太學에 外舍生 2천명, 內舍生 3백명, 上舍生 백명을 두어 三舍生
　　이라 불렸는데, 여기서는 成均館을 말한다.

6　歸根葉: 잎이 떨어지면 뿌리로 돌아간다는 뜻으로, 자기가 본래 났거나 자랐던
　　곳으로 돌아감을 이르는 말이다.

7　老星: 남쪽 하늘에 보이는 밝은 항성으로, 옛 사람들은 이 별이 長壽를 주관한다고
　　하여 壽星이라 불렀고 南極星·南極老人星이라고도 하는데, 여기서는 나이가 많
　　은 李文興을 비유한 것이다.

백인伯仁의 시에 차운하다
次伯仁¹韻

한유韓愈 같은 문장력, 하늘이 주어
오랜 세월 글 쓰느라 소매 끝엔 먹물 들었네.
등불 밝혀 책 읽으니 한밤에 벼락 치고
달 보며 거문고 타니 마른하늘에 우박 내리네.
풍류롭고도 문아文雅하니 참으로 유선儒仙이라
한 시대 벼슬아치 모두 마음 쏟아 사모하네.
봄바람에 황금빛 버들가지 흔들리고
단비에 피어난 꽃 화려하게 흐드러지네.
아름다운 동료들은 홍문관의 신선이라
시와 술로 어울려 노니 한껏 즐겁구나.
인간 만사 아득하여 끝없으니
얼큰히 취하여 정신이 없네.
그대는 공무 처리에 발이 묶여 있고
나는 병들어 좋은 기약 저버렸지.
세상에 살 수 있는 날 얼마인가
한 해 좋은 때는 오직 봄날뿐이지.
요사이 십일 동안 문 닫고 누우니
도대체 봄소식 얻을 길이 없네.

---

1 伯仁: 朴孝元의 자. 생몰년 미상. 세조~성종 연간의 문신. 본관 比安. 호 芝峯.
  조부는 大司憲 瑞生이고, 아버지는 北部參奉 瑛, 어머니는 盈德鄭氏 司膳 得和의
  따님이다. 세조 11년(1465) 文科 丙科 3위[3/33]로 급제하여 掌令·司諫·大司諫
  등을 역임했다. 성종 9년(1478) 사간으로서 任士洪의 편에 서서 도승지 玄碩圭를
  탄핵하다가 富寧으로 유배되었다가 성종 17년 임사홍과 함께 직첩이 환급되었다.

그대 거문고 타지 않으면 나도 시 짓지 못하니
이 봄에 무엇으로 적막함을 견딜거나.

吏部[2]文章蓋天賦　　翰墨多年衫袖黑
懸燈讀書夜轉雷　　向月拂絃晴雨雹
風流文雅眞儒仙　　一時冠蓋盡傾落
春風搖蕩黃金柳　　好雨爛熳開花蕚
聯芳侶美玉署[3]仙　　詩酒追遊恣歡樂
人間萬事浩茫茫　　醉鄕[4]陶然不知覺
聞君羈縶簿書間　　我病辜負佳期約
人生於世能幾何　　一年佳節唯春色
邇來十日閑門臥　　無因復得春消息
君若無琴我無詩　　一春何以耐孤寂

---

2 吏部: 吏部는 唐나라 憲宗 때 吏部侍郞을 지낸 韓愈(768~824)를 가리키는데,
　여기서는 朴孝元을 말한다.
3 玉署: 三司의 하나로, 궁중의 經書·史籍·文書를 관리하고 왕을 자문하는 弘文館
　의 별칭이다.
4 醉鄕: 醉中의 별천지를 말한다. 王績 「醉鄕記」에 "취향은 중국과의 거리가 몇 천
　리인지 모른다. 토지는 광대하지만 丘陵이 없으며, 그곳의 기후는 화평하여 晦朔寒
　暑가 없고, 풍속이 大同하여 邑落이 없음은 물론 사람들도 매우 청렴하다." 했다.

당나라 시에 차운하여 계절의 흥취를 부치다 2수
次唐韻寓時興 二首

1

푸른 비단 주렴에 붉은 놀이 물들고
늘어진 버들 어여쁜 복사꽃 집집마다 피었네.
꽃 피는 삼월, 게다가 보름이니
가련하다, 늙고 병들어 한가한 꽃만 바라보네.

綠羅簾幕襯紅霞　　垂柳夭桃百萬家
三月正當三五日　　可憐衰病對閑花

2

한조각 고향 생각, 한밤중 종소리에 스며들고
십년 나그네 마음, 고향 소나무에 매여 있네.
꿈속에선 속세에 매여 있지 않아서
안개 속 덩굴 잡고 상상봉에 날아오르네.

一片鄉愁半夜鍾　　十年心事故山松
夢魂不被塵纓繫　　飛繞烟蘿最上峯

동파東坡의 시에 차운하다 4수

次東坡韻¹ 四首

1

황도가 높아 밝은 해 빛나니

태평가 부르고 피리로 이량곡伊凉曲 연주하네.

버들가지 땅에 닿아 바람 따라 흔들흔들

꽃은 성 가득 피어 이슬에 향기 맺히네.

공손하신 임금님, 때에 맞은 명령으로 편안하시고

나라에 헌신하는 선비들, 일찍부터 관아에서 바쁘네.

사방을 둘러보니 전쟁 연기 그쳤고

눈 씻고 다시 보니 군자들이 많이 모여 있구나.

黃道高懸白日光²　　大平歌吹奏伊凉³

柳垂平地風吹細　　花滿佳城露浥香

恭己聖人⁴時令晏　　委身多士早衙忙

---

1 東坡韻: '東坡'는 唐宋八大家의 한 사람인 宋나라 학자 蘇軾(1036~1101)의 호이
　다. 그의 字는 子瞻으로, 아버지 蘇洵, 동생 蘇轍과 함께 三蘇라 일컬어진다. 여기
　서 차운한 소식의 시는 「同柳子玉遊鶴林招隱醉歸呈景純」 "花時臘酒照人光, 歸路
　春風灑面涼. 劉氏宅邊霜竹老, 戴公山下野桃香. 巖頭匹練兼天淨, 泉底眞珠濺客
　忙. 安得道人携笛去, 一聲吹裂翠崖岡."이다.

2 黃道句: '皇道'는 지구에서 보아 태양이 지구를 중심으로 운행하는 것처럼 보이는
　天球上의 大圓으로, 황도가 높다는 것은 여름이 되었다는 말이다.

3 伊凉: 악곡명으로 商調에 속하는 「伊州曲」과 宮調에 속하는 「凉州曲」인데, 피리
　로 불 수 있는 악곡이다. 원래는 唐나라 때 변경 지역인 이주와 양주에서 부르던
　노래였는데, 그 지역 節度使나 都督이 채집하여 조정에 바친 것이다.《新唐書 禮樂
　志》《樂府詩集 近代曲辭·伊州》

4 恭己聖人: 孔子가 舜임금을 칭송한 말인데, 여기서는 당시의 임금을 가리킨다.
　몸을 공손히 한다는 것은 聖人이 덕을 삼가는 모습으로, 作爲하는 바가 없으면
　사람들이 볼 수 있는 것은 이 밖에 없음을 표현한 것이다. 『論語』 「衛靈公」에

四方回首烟塵息　　　拭目行看鳳集岡[5]

2

얼마나 다행인가, 해와 달 같은 성상聖上 의지했으니
이 몸 위한 계획이야 본래 소략했었지.
홍문관에서 글 쓰니 성상 은혜 화락하고
대궐에서 책 읽으니 성상 향기 띠었네.
밝은 달 솟을 때 술을 급히 부르고
꽃 지는 이곳저곳 시 짓기 바쁘구나.
높은 데 올라 시 짓고픈데 어디로 갈까나
문 앞의 남산, 만 길 높이로 우뚝하구나.

　　何幸攀依日月光　　　經營身計本來凉
　　玉堂[6]抽筆和恩露　　　鸞殿橫經帶御香
　　明月上時呼酒急　　　落花頻處就詩忙
　　登高作賦將何所　　　門對南山萬丈岡

3

거리의 물빛엔 하늘빛이 잠겼으니
노니는 많은 이들 저물녘 시원함 즐기네.
세월은 유수 같아 삼월이 저물어 가는데

"작위하는 바 없이 다스린 분은 舜임금이실 것이다. 무슨 특별한 일을 하셨겠는가.
몸을 공손히 하고 바르게 南面하였을 뿐이셨다.[無爲而治者, 其舜也與! 夫何爲
哉? 恭己正南面而已矣.]"했다.

5 鳳集岡: 군자들이 많이 모여 있음을 비유한 것이다. 『詩經』「大雅·卷阿」에 "鳳皇
　　于飛, 翽翽其羽, 亦集爰止. …… 鳳皇于飛, 翽翽其羽, 亦傅于天. …… 鳳皇鳴矣,
　　于彼高岡."이라 했다.
6 玉堂: 三司의 하나로, 궁중의 經書·史籍·文書를 관리하고 왕을 자문하는 弘文館
　　의 별칭이다.

사랑스럽구나, 곳곳에 향기 나는 온갖 꽃이여.
곰곰이 사물 이치 추론하면, 술 마실 밖에
어찌 인생살이 바쁘게만 지내겠는가.
술동이 앞에 두고 섣불리 떠나지 말게나
하늘이 흰 달을 동쪽 언덕에 걸어주느니.

街頭水色蘸天光　　多少遊人弄晚涼
正是流年三月暮　　可憐隨處百花香
細推物理唯須飲　　何用人生不耐忙
莫向尊前容易散　　天敎素月掛東岡

4

비단옷 입고 밤길가면 어찌 화려함 빛나겠는가
십년동안 부모님, 정성 다해 모시지 못했네.
해 길어진 마루 앞에 원추리와 참죽은 고요하고
봄 저무는 강가에 죽순과 고사리 향기로우리.
굴곡 많은 세상, 공명은 어느 날에나 다할까
고향에 돌아갈 생각, 요사이 더욱 간절하네.
아내와 아이들 데리고 나 장차 떠나리니
어찌 굳이 상심하며, 부모님을 그리워만 하겠는가.

衣繡宵行詎有光　　庭闈十載廢溫凉[7]
堂前日永萱椿靜　　江上春深笋蕨香
浮世功名何日了　　故鄕歸思近來忙

---

7 溫凉: 冬溫夏淸과 같은 말로, 자식이 정성을 다해 부모님을 모시는 것이다. 『禮記』
「曲禮」上에 "자식 된 자는 어버이에 대해서, 겨울에는 따뜻하게 해 드리고 여름에
는 시원하게 해 드려야 하며, 저녁에는 잠자리를 보살펴 드리고 아침에는 문안
인사를 올려야 한다.[凡爲人子之體, 冬溫而夏淸, 昏定而晨省.]"했다.

挈妻與子吾將逝　　何必傷神陟彼岡[8]

---

8 陟彼岡: 멀리 있는 부모님을 그리워하여 부모님이 계신 곳을 보는 것이다. 『詩經』
「魏風·陟岵」에 "陟彼岵兮, 瞻望父兮. …… 陟彼屺兮, 瞻望母兮. …… 陟彼岡兮,
瞻望兄兮."라고 했는데, 이 시에 대해 「毛詩序」에서 "효자가 부역을 가서 부모를
생각한 것이다.[孝子行役, 思念父母也.]"했다.

계절을 느끼다
感時

서울 거리 버들빛은 안개처럼 엷고
궁궐의 복사꽃은 취하여 잠든 듯.
빈궁한 거리 쓸쓸하여 마수레 적으니
문 닫고 한가히 누워 젊은 시절 보내노라.

天街柳色薄如烟　　上苑¹桃花醉欲眠
窮巷蕭條車馬少　　閉門高枕²過靑年

---

1 上苑: 上林苑의 줄임말로 중국의 옛 宮苑 이름인데, 대궐의 정원이라는 뜻으로
  쓴다.
2 高枕: 근심 없이 편안하고 한가하게 누워 있다는 뜻이다.

내가 사평司評 김대가金待價에게 하인을 빌려달라고 하자, 대가
가 시로 나를 놀렸는데 나를 압도하는 말이 많아 내가 그 시에
차운하여 그의 조롱을 풀었다. 대가는 별호가 개약수疥藥叟이다
余從金司評待價乞丘史,¹ 待價詩以嘲戱, 頗多壓倒之辭, 余次韻解其
嘲. 待價, 別號疥藥叟也

1
모기와 등에는 더러운 데 잘 모이고
가을 나방은 뜨거운 곳에 살기 좋아하네.
그래서 개약수疥藥叟란 분
말 앞에 하인 많다 자랑하시네.
푸른 소나무, 본성이 무리 짓지 않으니
홀로 서있어도 진실로 나쁘지 않지.
뚱뚱하고 마르기야 때에 따라 바뀌고
교묘하고 졸렬하기야 서로 그럴 수 있네.

2
오늘 나에게 하인 한사람 빌려주고
그대에게 청하노니 닳는다 한탄 마시오.
공후장상公侯將相이 어찌 타고난 것이겠소

---

1 余從句: '司評'은 掌隷院 소속 정6품관으로 노예의 簿籍과 訴訟에 관한 직무를
담당했다. '待價'는 세조~중종 9년(1514)의 문신 金瑄의 자로, 또 다른 字는 愚夫
이다. 본관 咸昌. 아버지는 遇賢, 어머니 海平金氏 崇禮의 따님이다. 세조 14년
(1468) 文科 丙科 6위[16/33]에 급제하여 여러 관직을 역임하고, 江原監司로서
중종반정에 참여하여 靖國三等功臣에 책록되고 咸安君에 책봉되었다. '丘史'는
임금의 宗親 및 功臣에게 특별히 딸려 준 지방의 官奴婢, 또는 관원의 馬前·轎前을
喝道하는 노비이다.

사람들 후일에 나에 대해 기뻐할 것이오.
은혜에 배반하는 것은 상서롭지 못하다 하니
간절한 맹세의 말, 시로써 새기겠소.

蚊蝱好聚汚　　寒蛾喜居熱
所以疥藥曳　　馬前誇多卒
蒼松性不羣　　獨立良不惡
豐悴有時換　　巧拙相失得
今日借我一夫力　請君且莫歎消鑠
公侯將相寧有種　人亦他年於我悅
吾聞背施是不祥　誓言丁寧詩以勒

희윤希尹에게 부치다 2수

寄希尹[1] 二首

1

좋은 날과 즐거운 일, 참으로 겹치기 어려운 법
도리화桃李花 피는 날에 그대 만나지 못하네.
코끝 흰칠을 십년동안 깎을 생각 못했으니
그대여, 바람 이는 도끼 급히 휘둘러 주시오.

> 良辰樂事苦難並　　桃李花開不見君
> 堊鼻十年無慮斲　　請君須急運風斤[2]

2

지극한 즐거움엔 예부터 음악 필요 없으니
마음을 아는 데 굳이 말이 필요하랴.
동창東窓 너머 푸른 하늘, 달 뜨는 이 밤
정취가 경치와 어울려 퍼지는 때로구다.

> 至樂從來謝絲竹　　知心何必語言爲
> 東窓一夜青天月　　便是流通情境時

---

1 希尹: 今朴侯希尹, 以司瞻寺正, 出守密陽. 《送朴先生出守密陽詩序-徐居正》
2 堊鼻~風斤: '堊鼻'는 코끝에 白土를 묻힌 것을 말한다. 『莊子』「徐無鬼」에 "郢
지방 사람이 코끝에 백토를 파리 날개처럼 묻혀 놓고 匠石을 시켜 그것을 깎아
내게 하였다. 그러자 장석이 바람을 일으키며 도끼를 휘둘러 마음대로 깎아 내기
시작하였는데, 백토를 다 깎았는데도 코를 다치게 하지 않았고, 그 郢 지방 사람도
조금도 동요하지 않고 그대로 서 있었다." 했다. 어떤 한 방면의 기예가 뛰어남을
말하는데, 후대에는 郢斤이라 하여 글을 잘 고치는 것을 뜻하는 말로 쓰였다.

경숙磬叔의 시에 차운하다

次磬叔[1]韻

귀향할 마음에 십년동안 강남을 꿈꾸었는데
오늘 풍광 보니 그리움 견딜 수 없네.
가랑비 오는 하늘, 백로는 날고
푸른 이내 백리, 푸른 산을 덮네.
포구 떠난 배는 돛이 처음 부풀어 오르고
정자 안의 사람은 술이 반쯤 얼큰하네.
내일은 또 속세 찾아 떠나리니
한가히 강과 바다 이야기나 해야지.

十年歸興夢江南　　此日風光思不堪
細雨一天飛白鷺　　蒼烟百里覆靑藍
舟從海口帆初飽　　人在亭心酒半酣
明日又尋塵土去　　應携江海入閑談

1　磬叔: 成俔의 자. 세종 21(1439)~연산군 10(1504). 본관 昌寧. 호 慵齋·虛白堂·浮休
子·菊塢. 시호 文戴. 아버지는 知中樞府事 念祖, 어머니는 順興安氏 從約의 따님
이다. 세조 8년(1462) 文科에, 세조 12년 拔英試에 각각 3위로 급제하여 박사로
등용된 뒤 여러 관직을 역임하고 大提學에 올랐다. 죽은 지 수개월 후 연산군
10년(1504) 甲子士禍가 일어나 剖棺斬屍를 당했으나 뒤에 신원되고 淸白吏에 錄
選되었다. 저서로 『虛白堂集』·『樂學軌範』·『慵齋叢話』 등이 있다.

강원도로 양전量田하러 가는 이 응교李應敎를 전송하다
送李應敎量田江原道

듣자니 강원도는
산이 많고 백성은 적다 하네.
달팽이 같이 작은 집이 산 속에 있고
갈기 어려운 돌밭은 구름 위에 있다지.
원숭이 울음, 나그네 수염 스치고
말발굽, 나무 끝을 밟겠지.
둘러보면 이웃 마을 드물고
올려다보면 해와 달 작겠지.
해마다 바람과 서리 일찍 찾아와
가을걷이는 항상 부족하고
주린 배는 도톨밤으로 채우고
얼어터진 살결 덩굴 잎으로 가린다지.
이 백성들 참으로 불쌍하니
가장 좋은 것은 들볶지 않는 것.
나라의 직신直臣인 이 후李侯는
본래부터 홍문관의 표상인데.
가서 아홉 등급의 밭을 측량하니
진실한 그 마음 환하고 또렷하구나.
나라를 풍족하게, 백성을 편안하게 하는 일
응당 둘 모두 잘 처리하겠지만
원컨대 더욱 힘을 써서
우리 억조 백성 보호해주오.
가을바람은 낙엽에 불어오고

안장 얹은 말은 새처럼 빠르네.

붉은 낙엽 물결 따라 흘러가고

푸른 산에 길 하나 둘러 있네.

술 가지고 먼 곳에서 전송할 때

들은 넓고 가을 하늘 아득할 텐데.

나는 마침 병으로 일어나지 못해

조용한 창 아래서 자주 머리 들어 바라보니

갔다가 빨리 돌아와

걱정스런 내 마음 위로해 주오.

見說江原道　　　山多居民少
蝸廬入山腹　　　石田抗雲表
猿聲傍客鬢　　　馬蹄行樹梢
回頭隣里稀　　　仰見日月小
年年風霜早　　　歲功恒未了
飢腸充橡栗　　　凍膚覆蒿蘿
斯民實可哀　　　所貴能勿擾
李侯邦之直　　　自是玉署[1]表
往度九等田　　　團團一心皦
足國且便民　　　知應兩通曉
我願更努力　　　壽我之億兆
秋風吹落木　　　鞍馬疾如鳥
紅葉隨流水　　　青山一路遠
載酒遠送之　　　野豁秋天杳
我時病不起　　　閑窓首重矯
行矣速歸來　　　慰我思悄悄

1　玉署: 三司의 하나로, 궁중의 經書·史籍·文書를 관리하고 왕을 자문하는 弘文館
　의 별칭이다.

일본 중산中山의 승려 도은道誾을 전송하다
送日本國中山僧道誾¹

태평성대, 동남 바다 풍파 일지 않아
스님이 배타고 오니 신의와 충성 지녔지.
안개가 먼 섬에 걷히니 푸른 섬들 나타나고
해가 겹겹 파도에 씻기니 신기루 붉어졌지.
새벽엔 두레박 같은 바다에 달 뜨니 쇄락洒落함 보태고
한밤엔 신통한 노가 허공을 쳤겠지.
고국을 돌아보니 하늘은 끝이 없고
한양 향해 절을 하니 해는 중천에 떴지.
성주의 훌륭한 정치 진실로 너그럽고 돈독하니
온 조정이 다투어 한 목소리로 칭송하네.
선기禪機는 바로 못 가운데 달처럼 맑고
도골道骨은 가을 지난 봉우리보다 말랐네.
의발衣鉢을 부처에게 전해 받았다 본인은 말하는데
사람들은 시문詩文 보고 훌륭한 유학자라 하네.
우리 문물 보고는 주례周禮 보았다 기뻐하고
불법 묻고는 사찰 방문하느라 애쓰네.

---

1 中山僧道誾: '中山'은 琉球[오키나와]의 별칭이다. '道誾'은 일본에서 파견한 승려
　로, 세종 28년(1446) 12월 26일 對馬州의 宗貞盛이 그를 파견했고, 31년 8월 19일
　대마주 종정성이 그를 파견하여 環刀와 원숭이를 바치고 『大藏經』과 白犬·白鶴
　을 청하여 9월 4일 돌아갔고, 세조 13년(1467) 1월 8일 日本國 京城澁河 源義堯가
　그를 파견하여 토산물과 불상 하나를 바치고 3월 6일 사찰을 두루 관람한 뒤에
　圓覺寺의 탑을 구경하려 하여 다음날 관람하게 한 뒤에 3월 7일 도은에게 「如來現
　相圖」·「觀音現相圖」와 書帖 등의 물품을 하사하고 文臣들에게 시를 지어 餞別하
　게 했다. 『朝鮮王朝實錄』 시의 내용으로 보면 이 시는 세조 13년 3월 도은을 전별
　할 때 지은 것이다. 성종 3년(1472, 35세) 倭人護送使로 영남에 갔다.

옥백玉帛을 이미 바치니 왕의 조회 파하고
포도넝쿨 보며 때때로 상방上方을 봉封했던 것 생각하네.
떠나가는 여정, 풍류는 시가 삼천 수요
지나치는 길, 험준한 산하는 겹겹이겠지.
눈 아래 흰 구름, 고국이 가깝고
뱃전에 푸른 바다, 성은聖恩이 크리라.
우리 스님 이번 가면 철로 대문 만들어야지
안부 인사 오는 사람, 문전성시 이룰 것이니.

盛代東南海不風　　　上人舟楫信兼忠
烟開遠島鰲岑²碧　　　日浴層波蜃氣紅
貯月曉餠³添洒落　　　降龍夜掉⁴擊虛空
回頭故國天無際　　　稽首神京⁵日正中
聖主政嘉誠款篤　　　滿朝爭與語言同
禪機⁶正似潭心月　　　道骨⁷瘦於秋後峯
衣鉢⁸自言傳佛祖　　　詩文人指是儒宗
觀光喜得觀周禮⁹　　　問法仍勞問梵宮

---

2 鰲岑: 鼇峯과 같은 말로, 渤海 동쪽에 자라가 머리에 이고 있다는 岱輿·員嶠·
　方壺·瀛洲·蓬萊 다섯 神山인데, 이 산들이 潮水에 표류하지 않도록 천제의 명에
　따라 황금 자라 15마리가 머리에 이고 있다고 한다. 『列子』「湯問」 전하여 東海의
　신산을 가리키는데, 보통 江海 가운데 있는 島嶼를 이른다.
3 曉餠: 도은이 조선으로 올 때 건넜던 바다를 병에 비유한 것이다.
4 掉: 원문에는 '掉[흔들다]'로 되어 있는데, 의미상 '棹[노]'가 되어야 한다.
5 神京: 황제가 사는 수도나 신선이 사는 곳을 이르는데, 여기서는 漢陽을 말한다.
6 禪機: 禪宗의 祖師들이 후학의 속물근성을 뿌리 채 뽑아 버리고 대번에 깨달음의
　계기를 마련해 주기 위해 취하는 돌발적인 언행으로, 갑자기 큰 소리로 고함을
　지르는 喝이나 몽둥이를 들고 때리는 棒 같은 것인데, 여기서는 품고 있는 禪家의
　진리를 말한다.
7 道骨: 修道者의 기질이나 모습이다.
8 衣鉢: '衣'는 袈裟, '鉢'은 鉢盂로 禪宗에서 법통을 전수할 때 신표로 주는 것이다.
9 周禮: 周나라의 禮樂으로 후대에 전범으로 삼는 제도인데, 여기서는 일본에 비해

玉帛已叨王會罷　　草龍時憶上方封[10]
離程風月三千首　　去路山河百二重
眼底白雲鄕國近　　舟邊滄海聖恩洪
吾師此去門須鐵　　問訊應煩雜沓蹤

　　선진적인 조선의 제도를 말한다.
10 草龍句: '草龍'은 『酉陽雜俎』에 이르기를 "具丘의 남쪽에 葡萄谷이 있는데, 天寶
　　연간에 沙門 曇霄가 여기에 왔다가 마른 넝쿨을 얻어서 本寺로 돌아가 심었더니,
　　높이가 두어 길이나 자라서 그늘진 땅이 둘레가 10여 丈이나 되었다. 그래서 쳐다
　　보면 마치 帷蓋와 같았고 그 주렁주렁한 열매들은 마치 자줏빛 구슬처럼 생겼으므
　　로, 사람들이 이것을 草龍珠帳이라 호칭했다."고 하였다. '上方'은 교토·오사카
　　지방(가미가타).

어느 장례 행렬에 대한 만시挽詩
挽人出葬

슬픔이여, 길고 긴 슬픔이여
인생이란, 새가 눈앞에 지나가듯 잠깐이지.
새는 날다가도 돌아올 줄 아는데
이제 가면 어떻게 돌아올 수 있겠나.

惻惻長惻惻　　人生鳥過目
鳥飛尙知還[1]　此去何當復

---

1 鳥飛句: 陶潛 「歸去來辭」에 "구름은 무심히 산굴에서 나오고, 새는 날다 지쳐 돌아
올 줄 아네.[雲無心以出岫, 鳥倦飛而知還.]" 했다.

근인近仁의 시에 차운하여 덕섬德摻에게 주다
次近仁贈德摻[1]

하늘이 나그네에게 한 웅큼 즐거움 주느라고
다시 봄 술로 봄추위를 가시게 하네.
그대에게 가장 좋은 건 오래토록 취하는 것
깨어나면 세상사 또 수도 없이 많으니까.

天遣遊人一握歡　　更敎春酒壓春寒
憑君最好長時醉　　世事醒來又萬端

---

1 次近句: '近仁'은 善山金氏 漢生의 아들 甲訥의 字이다.

계속 비가 오다가 이제야 개어 중서사인中書舍人 여러분에게 부치다
積雨初晴, 寄中書舍人[1]列位

종루의 북소리, 밝은 해는 서두르는데
그대 그리워도 만나지 못해 중대中臺에 기대네.
비 그친 푸른 못에 포도빛 물결 찰랑이리니
연꽃은 피었는가 안 피었는가.

樓鼓聲中白日催　　思君不見倚中臺[2]
碧池雨歇葡萄漲　　借問荷花開未開

---

1 中書舍人: 고려 때 中書門下省의 종4품 관직으로 공민왕 11년(1362)에 內書舍人으로 고쳤고, 조선시대에는 의정부의 정4품 舍人의 관직이다.
2 中臺: 고려 때 中樞院·銀臺·南北院을 합한 관청으로 숙종 1년(1096)에 폐지하고 다시 중추원을 설치했는데, 여기서는 三司의 하나로 정치에 대해 논평하고 관리의 비행을 조사하여 규탄하며 풍속을 바로잡는 일을 담당했던 司憲府를 이른다. #홍귀달은 성종 2년(1471, 34세) 司憲府掌令이 되고, 성종 20년(1489, 52세) 司憲府大司憲이 된다.

경상도 도사都事 홍자아洪自阿에게 부치다
寄慶尙道都事洪君自阿[1]

함창咸昌 서쪽 푸른 산모퉁이
오래된 집 세 칸이 바로 우리 집이라오.
마루 위 부모님 모두 백발이 성성하시니
지금 안부가 진정 어떠하실까.

咸昌西面碧山阿　　老屋三間是我家
堂上兩親皆白髮　　卽今安否定如何

1　寄慶句: '都事'는 忠勳府·忠翊府·儀賓府·義禁府·開城府·中樞府·五衛都摠府
　등에 두어 주로 관리의 감찰과 규탄을 맡아보는 종5품의 관직, 또는 관찰사 아래에
　도 도사를 두어 관찰사와 함께 지방을 순력하고 규찰하는 임무를 담당했다. '洪自
　阿'는 본관 南陽. 자 次山. 호 玉峰. 아버지는 元淑, 어머니는 永川皇甫氏 仁의
　따님이다. 예종 1년(1469) 增廣文科 甲科 2위[2/33]로 급제하여 兵曹參判·忠淸
　監司 등을 역임했다.

사천현감泗川縣監으로 부임하는 양희지楊熙止를 전송하다
送泗川縣監楊熙止[1]

처음 그대 알았을 땐 임금님이 그대 몰라주시어
필마로 십년토록 남쪽 북쪽 떠돌았었지.
주머니엔 모수毛遂의 송곳 삐져나오지 못했으나
소매 속엔 이미 사마상여司馬相如의 부賦가 있어.
서울의 호걸들이 모두 그대를 인정하여
때때로 수창하여 좋은 구절 있었지.
내가 홍문관 거쳐 승정원 들어갔을 때
그대는 약수弱水 건너고 봉래산蓬萊山 올라 산천 유람했지.
내가 죄를 얻어 남쪽 외진 곳으로 쫓겨갈 때
그대는 이미 은혜 입어 조정으로 들어왔지.
올해 내가 다시 승지承旨 되어
그대 보니 항상 붓 들고 무리와 따랐지.
좌중 모두 꿈틀대는 그대 글씨에 감탄하고
먼 길에 내달리는 천리마 같은 그대, 우두커니 보았지.
구중궁궐 부지런한 임금님 인재를 급히 찾으시니
한 번 보고는 문무 겸비한 그대 알아 보셨네.

---

1 楊熙止: 세종 21년(1439)~연산군 10년(1504). 본관 中和. 자 可行. 호 大峰. 아버
지는 군수 孟淳, 어머니는 羅州鄭氏 直長 鄭是僑의 따님이다. 성종 5년(1474)
式年文科 兵科에 급제했는데, 이때 성종이 稀枝라는 이름과 楨父라는 字를 하사했
다. 藝文館檢閱을 시작으로 여러 관직을 역임하고 同知成均館事를 거쳐 漢城府右
尹에 이르렀다. 연산군 6년(1500)에 大司諫이 되었으나 朴林宗 등을 疏救하다가
우의정 成俊의 배척을 받고, 任士洪의 당여로 지목받아 益山에 付處되기도 했다.
양희지는 成宗 9년(1478) 弘文館副修撰이 되었다가 9월 부모 봉양을 위해 泗川縣
監으로 나갔는데, 이때 洪貴達・金宗直・趙之瑞 등이 지은 송별시가 『大峯集』 卷4
「附錄」 下(『한국문집총간』 15)에 실려 있다.

불러들여 한림원에서 글 솜씨 닦게 하니
가슴 속엔 밝은 북두 별빛 같은 문장 펼쳐있었지.
조서 쓴 오색 종이에 먹도 마르기 전에
꿈속에서 어버이께 축수 술잔 올리고
다음날 글을 올려 사직하길 비니
변방의 사또 임명, 바로 결정되었네.
성은 푸른 바다 곁이라 파도가 자주 사납고
평소에도 순식간에 바람과 우레 생기지만
그대는 담소하며 동요하지 않고
가만히 앉아 남쪽 바다 항상 맑음을 보겠지.
모든 집들 연기 오르고 울타리 편안하니
일생토록 푸근한 고향 마을이지
벽옥 같은 왕대, 봄 껍질 벗겨지고
황금빛 귤과 유자, 가을 서리 맺히겠지.
죽순 꺾고 귤 품어 부모님께 달려가면
노쇠한 부모님 얼굴, 화사함 피어나겠지
나 역시 부모님 영남에 계시는데
쳐다보면 항상 흰 구름이 가리고 있네.
고향산천 어드메오, 돌아갈 길 없겠는가마는
임금 은혜 탐하느라 못가니 정말 부끄럽구나.
그대가 돌아오기 전에 나 또한 떠나리니
서로 만나 기필코 평소의 회포 풀리라.

憶初識君君未遇　　匹馬十年南北路
囊中未脫毛遂錐[2]　袖裏已有相如賦[3]
長安豪傑盡相許　　往往酬唱有佳句
我歷玉堂入銀臺　　君涉弱水登蓬萊[4]

我旋得罪去南陲　　君已承恩來赤墀[5]
今年我再忝喉舌　　看君載筆常追隨[6]
滿座嗟歎龍蛇字　　佇看長途騏驥馳
九重宵旰[7]急賢材　一見知君文武才
召作鸞坡[8]修鳳手　胸中炯炯羅星斗
詔裁五色墨未乾　　夢向高堂稱壽酒
明朝上章乞骸骨[9]　邊城斗印已繫肘[10]

---

2 囊中句: ‘毛遂’는 戰國時代 趙나라 平原君의 식객이고, ‘송곳이 뚫고 나온다’는
   것은 재주가 남보다 뛰어나다는 말로, 楊熙止가 그 재주를 펴지 못했다는 뜻이다.
   秦나라가 조나라를 침략했을 때 평원군이 楚나라에 가서 초왕과 合從의 협약을
   맺는 일에 자신이 참여하겠다고 하자 평원군이 “賢士의 처세란 마치 주머니 안에
   든 송곳과 같아 그 끝이 반드시 뚫고 나오는데, 선생은 우리 집에 있은 지 벌써
   3년이나 되었는데 선생의 유능한 점을 한 번도 듣지 못했으니 그만두시오.” 하니,
   모수가 “오늘 당장 나를 주머니 안에 넣어 주십시오. 그러면 그 끝만 나오는 것이
   아니라 자루까지도 다 나올 것입니다.” 하여, 평원군을 따라 초나라에 가서 합종의
   협약을 성사시켰다.《史記 卷76 平原君虞卿列傳》

3 袖裏句: ‘相如’는 「子虛賦」・「上林賦」 등을 지은 漢나라 賦의 대가 司馬相如(B.C.
   179~117)로, 楊熙止에게 사마상여 같은 文才가 있음을 말한 것이다.

4 我歷~蓬萊: ‘玉堂’은 三司의 하나로 궁중의 經書・史籍・文書를 관리하고 왕을 자
   문하는 弘文館의 별칭이고, ‘銀臺’는 임금의 명령을 전달하고 하부의 보고・청원
   등을 임금에게 중계하는 일을 맡아보는 承政院의 별칭이다. ‘弱水’는 신선이 산다
   는 중국 서쪽의 전설상의 강이고, ‘蓬萊’는 신선이 산다는 전설상의 蓬萊山이다.

5 我旋~赤墀: ‘赤墀’는 붉게 칠한 황궁 계단으로, 보통 朝廷을 이른다.

6 今年~追隨: ‘喉舌’은 목구멍과 혀, 즉 왕명의 출납과 정부의 중대한 언론을 맡았다
   는 뜻으로 承旨의 직임을 말한다.

7 宵旰: 宵衣旰食의 준말로, 날이 새지도 않았는데 벌써 옷을 입고 있고 밤이 되어서
   야 밥을 먹는다는 뜻으로 제왕이 나라 일에 부지런한 모양을 말한다.

8 鸞坡: 金鑾坡의 준말로, 唐나라 德宗 때 學士의 집을 금난파 위로 옮겼다 하여
   翰林院의 별칭이 되었는데, 조선에서는 弘文館이나 藝文館을 뜻한다. 楊熙止는
   성종 9년(1478) 弘文館副修撰이 된다.

9 乞骸骨: 늙은 재상이 벼슬을 내놓고 그만두기를 임금에게 청원하는 것으로,
   乞骸・乞身이라고도 한다.

10 邊城~繫肘: ‘邊城’은 泗川을 이르고, ‘斗印’은 大印으로 官印을 말한다. 晉나라
   王敦이 반란을 일으켰을 때 尙書左僕射 周顗가 “금년에 여러 역적 놈들을 죽이면
   의당 말[斗]만큼 큰 황금 인장을 팔꿈치 뒤에 찰 것이다.[今年殺諸賊奴, 當取金印

城臨滄海波頻驚　　尋常呼吸風雷生
君能談笑靜鎮之　　坐見南海恒澄淸
萬家烟火安堵墻　　百年晏然桑麻鄕
碧玉篔簹解春籜　　黃金橘柚垂秋霜
折筍懷橘¹¹趨庭闈　　衰顔藹藹生春陽
我有萱椿¹²嶺之外　　面首白雲常晻靄
溪山何處無歸路　　貪恩不去能無愧
君未歸來我且去　　相逢定作平生語

如斗大繫肘後.] 했다.《晉書 列傳 卷39》

11　懷橘: 부모님에 대한 지극한 효성을 이른다. 東漢 말엽 陸績이 여섯 살 때 袁術을
　　찾아가니 원술이 귤 세 개를 먹으라고 주었는데, 육적이 그것을 품속에 품었다가
　　일어설 때 귤이 방바닥에 떨어졌다. 원술이 그 이유를 물으니 어머님께 드리려고
　　품었다고 대답했다.《三國志 卷57 虞陸張駱陸吾朱傳》

12　萱椿: '원추리와 참죽나무'는 어머니와 아버지의 代稱이다. 『詩經』「衛風·伯兮」에
　　"어떻게 하면 諼草를 얻어 北堂에 심을꼬.[焉得諼草, 言樹之背.]"했는데, 이에
　　대해 陸德明『經傳釋文』에 "諼은 萱으로도 쓴다. 北堂에 원추리를 심는 것은 사람
　　으로 하여금 근심을 잊게 할 수 있기 때문이다. 옛날에는 북당이 主婦의 거처였기
　　때문에 萱堂으로 어머니의 거처를 비유하고 아울러 어머니를 비유했다."했다.
　　『莊子』「逍遙遊」에 "태고적에 큰 참죽나무[大椿]가 있었는데, 8천년을 봄으로,
　　8천년을 가을로 삼는다."했는데, 후대에 참죽나무가 장수하기 때문에 아버지를
　　비유했다.

참판參判 김자고金子固의 집에 들려 감회에 젖다
過金參判子固家[1], 有感

문밖에 옛날 손이 한참을 서성이는데
주인 영감 불러오는 이 아무도 없네.
쓸쓸한 작은 연못, 연꽃 향기 그윽하니
슬프다, 벽통주碧筒酒에 취할 길 없구나.

門外長過舊時客　　無人喚起主人翁
小塘寂寂荷香暗　　惆悵無因醉碧筒[2]

[원주]
예전에 이 집에서 벽통주를 마신 적이 있기 때문에 감회에 젖은 것이다.
嘗飮碧筒於此第, 故有懷云.

---

1 過金句: ‘參判’은 六曹에 딸린 종2품 관직으로, 判書 아래이다. ‘子固’는 金紐(세종
2, 1420~성종 21, 1490)의 字이다. 그는 본관 安東, 호 琴軒・翠軒・璞齋・雙溪齋
・觀後庵・上洛居士로, 아버지는 副知敦寧府事 仲淹, 어머니는 太宗의 駙馬 平壤
趙氏 大臨의 따님이다. 세조 10년(1464) 別試文科 丙科에 급제하여 工曹參判・忠淸道
觀察使・同知中樞府事・大司憲・吏曹參判 등을 역임했다. 글을 잘 짓고 行書와 草
書 등 글씨에 능하며 거문고도 잘 하여 三絶이라 불렸다.
2 碧筒: 연잎으로 만든 일종의 술그릇이다. 魏나라 鄭慤이 三伏 더위에 使君林에서
피서하면서 연잎蓮葉에 술 석 되를 담아 비녀로 연잎을 찔러 줄기와 통하게 해서
줄기를 코끼리 코처럼 들어 올려 마셨다.《段成式 酉陽雜俎 酒食》

승문원承文院 누각의 기둥에 써서 동지중추부사同知中樞府事 유희명柳希明의 시에 맞추다

題承文院¹樓柱, 調柳同知希明²

시인은 맑고도 파리하여 작은 추위 겁내다가
오월달 남풍에, 노곤히 난간에 기댔네.
온종일 작은 병풍 치고 먹을 갈다가
마당 가득 오동꽃을 주렴 사이로 내다보네.

詩人清瘦怯輕寒　　五月南薰倦倚闌
盡日小屏調硯黑　　桐花滿地隔簾看

---

1 承文院: 외교에 관계되는 문서를 맡아보는 관청으로, 槐院이라고도 한다. 成均館
　·校書院과 합하여 三館이라 한다. 홍귀달은 세조 8년(1462, 25세)에 承文院博士
　가 되었다.
2 調柳同知句: '同知'는 中樞府의 종2품 관직 同知中樞府事이다. '希明'은 柳洵(세
　종 23, 1441~중종 12, 1517)의 字이다. 본관 文化. 호 老圃堂. 시호 文僖. 아버지는
　左洗馬 思恭, 어머니는 南陽洪氏 判鏡城府事 尙直의 따님이다. 世祖 8년(1462)
　式年文科 丙科 8위[18/33]로 급제하여 弘文館副提學·大司憲·同知中樞府事·刑
　曹參判·吏曹判書 등을 역임했다. 연산군 12년(1505) 65세의 나이로 영의정에 제
　수되고, 그 이듬해 中宗反正이 발생하자 수상으로서 靖國功臣 2등에 책록되고
　文城府院君에 봉해졌다. 詩文에 능하고 字學에 정밀하며 의학·지리학에도 조예가
　깊었다.

이 사인李舍人의 원정園亭에서 민 검상閔檢詳의 시에 차운하다
李舍人¹園亭, 次閔檢詳²韻

숲 속 정원, 날 저물어 술통이 깊은데
사방의 맑은 바람, 나그네 시 속에 들어오네.
긴 피리 한 소리에 하늘에 달 뜨려 하니
늘그막 호기를 정녕 막지 못하겠구나.

園林向晚酒尊深　　四座淸風入客吟
長笛一聲天欲月　　暮年豪氣正難禁

1　舍人: 고려 때 中書門下省의 종4품 관직으로 공민왕 11년(1362)에 內書舍人으로
　　고쳤고, 조선시대에는 의정부의 정4품 舍人의 관직이다.
2　檢詳: 議政府의 郞官으로 정5품 관직인데, 정4품 舍人에 결원이 생기면 재직 연한
　　에 관계없이 승급·임명되었다.

광원廣原 이사고李士高에게 부치다 3수
寄廣原李士高[1] 三首

1

백성들 일에 애쓰느라 깊은 병 들어
병석에서 봄바람 보내니 수척해질 밖에.
남쪽 사람들, 그대 은택 그리워하여
지금토록 그대의 어진 정치 칭송한다 하네.

憂勞民事病侵尋　　臥度春風瘦不禁
見說南人思惠澤　　至今歌舞舊棠陰[2]

2

재주 없는 내가 어쩌다 임금님 은혜 입어
종이 가득 벼슬 이름, 면류관 쓰고 수레 탔네
영남에 있는 우리 집, 부질없이 꿈속에서 찾지만
흰머리에 쇠잔해서 혼정신성昏定晨省 못하네

---

1 李士高: 李克墩의 자. 세종 17년(1435)~연산군 9년(1503). 본관 廣州. 아버지는
右議政 仁孫, 어머니는 交河盧氏 信의 따님이다. 세조 3년(1457) 親試文科 丙科에
급제하여 여러 관직을 역임하고 성종 1년(1470) 大司憲·刑曹參判을 거쳐 이듬해
佐理功臣 4등으로 廣原君에 봉해졌다. 『成宗實錄』을 편찬할 때 實錄廳 堂上官으
로 史草를 정리하다가 金宗直의 제자 金馹孫의 사초에서 김종직의 「吊義帝文」과
훈구파의 非違 사실이 기록된 것을 발견하고, 柳子光과 함께 「조의제문」이 세조의
찬탈을 비난한 것이라 연산군을 충동하여 연산군 4년(1498) 戊午士禍를 일으키는
데 주도적 구실을 했다.
2 棠陰: 지방관의 善政을 이른다. 『詩經』「召南·甘棠」에 "무성한 저 감당나무 가지
를, 자르지 말고 베지도 말라. 召伯이 초막으로 삼으셨던 곳이니라.[蔽芾甘棠,
勿翦勿伐, 召伯所茇.]" 했는데, 이 시는 남방 제후를 巡行하면서 文王의 政事를
펼친 召公의 덕을 추모하여 부른 노래이다.

非才吾復誤君恩　　滿紙官銜冕又軒
家住嶺南空夢寐　　不堪衰白趁晨昏[3]

3
수레들 어지러이 홍진紅塵 속을 내달리는데
진심 어린 벗, 꼽아보니 몇이나 되는가.
민거문고 손에 들고 흰 달을 불렀으니
좋은 밤에 속마음을 터놓아야 할 것을.

紛紛車馬走紅塵　　屈指知音[4]有幾人
携得素琴[5]招素月　　會須良夜話精神

---

3 晨昏: 昏定晨省의 준말로, 어버이를 제대로 봉양하는 것을 이른다. 『禮記』「曲禮」
上에 "어버이에 대한 자식 된 자의 도리는, 겨울에는 따뜻하게 해 드리고 여름에는
시원하게 해 드려야 하며, 저녁에는 잠자리를 보살펴 드리고 아침에는 문안 인사를
올려야 한다.[凡爲人子之禮, 冬溫而夏凊, 昏定而晨省.]" 했다.
4 知音: 음악의 가락을 잘 이해한다는 뜻으로, 벗 사이에 서로 마음을 잘 이해함을
이른다. 春秋時代 琴의 명수 伯牙가 그의 벗 鍾子期 앞에서 「高山流水曲」을 연주
했는데, 백아의 뜻이 태산에 있으면 종자기가, "높고 높구나.[峨峨]" 하였고, 뜻이
흐르는 물에 있으면 "출렁출렁 하는구나.[洋洋]" 하여 백아의 마음을 잘 이해했다.
《列子 湯問》
5 素琴: 陶潛(365~427)이 가지고 있었다는 줄이 없는 거문고이다. 『宋書』「列傳」
卷53 隱逸에 "도잠은 음률을 모르면서 素琴 한 벌을 집에 두었는데 줄이 없었다.
술기운이 얼큰하면 손으로 어루만지고 뜻만 부쳤다." 했다.

승정원에 있을 때 지은 시를 생각하며 도승지都承旨 조태허曹太虛에게 부치다
懷銀臺篇, 寄都承旨曹太虛[1]

대궐 한 가운데 승정원 높으니
노둔한 이 몸 영웅호걸 따랐었지.
임금님 은택은 날마다 우로雨露처럼 젖어들고
봉황지鳳凰池엔 따스한 봄 물결 넘실거렸지.
옥 술잔엔 자하주紫霞酒 찰랑찰랑
은쟁반엔 빨간 앵두 빛깔 고왔지.
지금 돌아보니 속세 안개 막고 있으니
신선 같은 그대들에게 멀리 공손히 인사를 하네.

金闕正中銀臺[2]高   憶曾駑劣隨英豪[3]
天家恩澤日雨露   鳳池[4]漲暖春波濤

---

1 太虛: 曹偉의 자. 단종 2년(1454)~연산군 9년(1503). 본관 昌寧. 호 梅溪. 시호
   文莊. 아버지는 蔚珍縣令 繼門, 어머니는 文化柳氏 汶의 따님이고 金宗直의 처남
   이다. 성종 3년(1472) 生員·進士試에 합격하고, 성종 5년 式年文科 丙科에 급제하
   여 承文院正字·藝文館檢閱을 거쳐 戶曹參判·忠淸道觀察使·同知中樞府事를 역
   임했다. 연산군 4년(1498) 聖節使로 明나라에 다녀오던 중 연산군 4년(1498) 戊午
   士禍가 발생했는데, 金宗直의 詩稿를 수찬한 장본인이라 하여 오랫동안 義州에
   유배되었다가 順天으로 옮겨진 뒤 그곳에서 죽었다. 咸陽郡守 때에는 租賦를 균등
   하게 하기 위해 「咸陽地圖志」를 만들었다고 전해지는데, 이는 김종직이 善山府使
   로 있을 때 「一善地圖志」를 만든 것과 같은 일이다. 저서로 『梅溪集』이 있다.
   성종 22년(1491, 38세) 동부승지, 성종 23년 도승지가 되었고, 이해 가을 김종직이
   죽었다. 이 시는 1491년 이후 작품 추정.
2 銀臺: 임금의 명령을 전달하고 하부의 보고·청원 등을 임금에게 중계하는 일을
   맡아보는 承政院의 별칭이다.
3 憶曾句: 洪貴達은 성종 7년(1476, 39세) 同副承旨가 되고, 성종 9년 左副承旨
   ·右承旨를 거쳐 11월에 都承旨가 되었다. 이 시는 성종 9년 이후 작품 추정

玉瑩影搖紫霞液[5]   銀盤色凸紅櫻桃
而今回首隔塵霧   擧手遙禮神仙曹

---

4 鳳池: 魏晉南北朝時代에 禁苑에 파 놓았던 연못 鳳凰池인데, 여기서는 대궐의
연못을 이른다.

5 紫霞液: 項曼都라는 사람이 仙人에게 한 번 얻어 마시고는 몇 개월 동안 배가
고프지 않았다는 술이다. 보통 궁중에서 빚은 美酒를 비유하는데, 혹 流霞酒라고
도 한다.《抱朴子 祛惑》

김백운金伯雲의 시에 차운하다. 그의 이름은 준손駿孫이다
次金伯雲¹韻. 名駿孫

그대 집은 자연 경치 풍부하여
인간 세상 속세 모습 전혀 없다지.
평평한 숲 먼 둑엔 큰 나무 서 있고
향긋한 풀 어두운 시내엔 통나무 다리 있겠지.
태수가 시 읊으니 저녁 흥이 넘쳐나고
백성들 풍악 울리니 가을 저녁 즐겁겠지.
이은吏隱이라고 일이 전혀 없는 것은 아니니
자주자주 서둘러 대궐에 조회하러 오게나.

聞道華堂物象饒	人間塵相此氷消
平林遠岸仍喬木	芳草暗川更野橋
太守吟哦饒晚興	居民簫鼓樂秋宵
未應吏隱²渾無事	飛鳥³時時降闕朝

---

1 伯雲: 金駿孫의 자. 단종 2년(1454)~중종 3년(1508). 본관 金海. 호 東窓. 아버지
  는 都摠府經歷兼執義 孟, 어머니는 龍仁李氏 讓의 따님이다. 濯纓 金馹孫(세조
  10, 1464~연산군 4, 1498)의 맏형으로, 성종 13년(1482) 謁聖試 甲科에 급제하여
  弘文館博士 등을 역임했다.
2 吏隱: 벼슬살이에 뜻이 없어 隱居를 원하지만 생계나 부모 봉양을 위해 하급 관직
  에서 작은 녹봉으로 살아감. 또는 그런 사람이다.
3 飛鳥: 나는 듯이 빨리 감을 이른다. 後漢 明帝 때 葉縣의 縣令 王喬가 神仙術을
  익혀 매월 초하루와 보름이면 섭현에서 조정으로 날아가 명제를 알현했다. 명제
  는 그가 자주 오는데도 수레가 보이지 않음을 이상하게 여겨 은밀히 太史를 시켜
  엿보게 하니, "그가 올 때마다 한 쌍의 들오리가 동남쪽에서 날아왔습니다. 그래
  서 다시 날아오기를 기다려 그물로 잡았는데 한 켤레의 신발만 얻었습니다." 했
  다. 그래서 器物을 제조하는 부서인 尙方의 관원에게 감별하게 하니, 그 신발은
  永平 4년에 尙書의 관원에게 하사했던 신발이었다. 《後漢書 卷82上 方術列傳 王
  喬 조항》

영남으로부터 우리 집 아이들의 편지가 왔다. 언충彦忠은 또
병이 도졌고 언국彦國은 새로 관직에 배수되어 상경하려 한다
고 한다. 그래서 시를 지어 회포를 털어 놓는다
豚犬¹兄弟書自嶺南來, 彦忠²復患疾, 彦國³新拜官欲來云, 故詩以敍懷

반년 동안 하늘 끝 두 아들 꿈에 그렸는데
오늘 아침 영남에서 그 애들 편지 왔네.
하나는 관직 얻었다니 조금 기쁘지만
하나는 병들었다 하니 어쩌면 좋은가.
가을 들어 귀향할 마음에 기러기 바라보고
강가 살면서 벼와 물고기 먹던 일 추억하네.
내 수레 채비 하고 내 말에 꼴 먹여라
내 행차 섭현葉縣 현령 왕교王喬처럼 날아갈 것이니.

兩兒半歲天涯夢   雙鯉⁴今朝嶺外書

---

1 豚犬: 못난 자식을 이르는 말로, 보통 자기 자식에 대한 겸사로 쓰는 말이다. 三國
   時代 魏나라 曹操가 孫權의 정숙한 軍伍를 보고는 감탄하여 "자식을 낳으려거든
   의당 孫仲謀[孫權]처럼 낳아야 할 것이다. 劉景升[劉表]의 자식은 개돼지 같을
   뿐이다.[生子, 當如孫仲謀, 劉景升兒子, 若豚犬耳.]"했다.《太平寰宇記》
2 彦忠: 洪貴達의 三男. 성종 4년(1473)~중종 3년(1508). 본관 南陽. 자 直頃. 호
   寓菴. 아버지는 參贊 貴達, 어머니는 商山金氏 司正 淑正의 따님이다. 연산군
   1년(1495) 司馬試에 합격하고, 그해에 增廣文科 乙科에 급제하여 承文院副正字
   ·博士·吏曹佐郎 등을 역임했다. 연산군 10년(1504) 甲子士禍가 발생하자 글을
   올려 연산군에게 忠諫하다가 門外黜送 당하고 진안에 유배되었다. 이어 아버지
   홍귀달이 慶源으로 유배될 때 다시 海島로 移配되었는데, 도중에 中宗反正이 일어
   나 풀려났다. 문장에 능했을 뿐만 아니라 글씨에도 뛰어났으며, 특히 隷書를 잘
   썼다. 문장으로 鄭淳夫·李擇之·朴仲說 등과 함께 당대의 四傑이라 불렸다.
3 彦國: 洪貴達의 四男으로, 參奉을 지냈다.
4 雙鯉: 편지를 이른다. 樂府 相和歌辭「飲馬長城窟行」에 "먼 곳에서 찾아온 나그
   네, 나에게 한 쌍 잉어를 주네. 아이 불러 잉어를 삶게 하니, 뱃속에 한 자 편지

新得官銜差可喜　　更嬰身病此何如
秋來歸意看鴻鴈　　江上生涯憶稻魚
載轄吾車秣吾馬　　吾行擬及葉飛初[5]

들었네.[客從遠方來, 遺我雙鯉魚. 呼童烹鯉魚, 中有尺素書.]"했다.
5　吾行句: 나는 듯이 빨리 귀향하겠다는 말이다. 後漢 明帝 때 葉縣의 縣令 王喬가
　　神仙術을 익혀 매월 초하루와 보름이면 섭현에서 조정으로 날아가 명제를 알현했
　　다. 명제는 그가 자주 오는데도 수레가 보이지 않음을 이상하게 여겨 은밀히 太史
　　를 시켜 엿보게 하니, "그가 올 때마다 한 쌍의 들오리가 동남쪽에서 날아왔습니다.
　　그래서 다시 날아오기를 기다려 그물로 잡았는데 한 켤레의 신발만 얻었습니다."
　　했다. 그래서 器物을 제조하는 부서인 尙方의 관원에게 감별하게 하니, 그 신발은
　　永平 4년에 尙書의 관원에게 하사했던 신발이었다.《後漢書 卷82上 方術列傳 王喬
　　조항》

효자 박말산朴末山이 찾아왔다. 말산은 본관이 충주忠州이다. 충주의 궁벽한 마을에 살면서 효성을 다해 어머니를 섬겨 향리에 이름이 났다. 돌아가신 참판參判 권건權健 숙강叔强은 그 부친의 묘소가 말산이 사는 곳과 가까웠다. 숙강은 삼년 동안 시묘살이를 했기 때문에 말산의 옳은 행실에 대해 가장 잘 알고 있어 나에게 이야기해 주었다. 후일 숙강과 함께 경연에 입시하여 인심과 풍속에 대해 토론하다가 효자 박말산의 일에 대해 언급하게 되었다. 성상께서 가상히 여기셔서 특별히 그의 신역身役을 면제해 주셨다. 한참 뒤에 숙강이 세상을 떠났다. 효자 박말산이 서울에 오면 반드시 먼저 나를 만나러 오니, 마음에 느껴지는 것이 있어 지었다

孝子朴末山[1]來謁, 末山, 忠州人也. 家于州之遠村, 事母孝, 以是知名於鄕里. 卒參判權健[2]叔强, 其先墓近末山居. 叔强守廬三年, 知其人行義最悉, 言于兼善. 異日, 與叔强入侍經筵, 論人心風俗, 因語及孝子事. 上嘉之, 命特蠲身役[3]. 久之, 叔强辭世. 孝子苟至京師,

---

1 朴末山: 忠州 遠村 사람으로, 본래 軍器寺 노비였다. 성품이 지극히 효성스러워 집안이 가난하였으나 빚을 얻어다가 부모에게 음식을 올렸는데, 한 번도 부모의 뜻에 거스른 적이 없었다. 아버지가 병에 걸리자 약을 반드시 먼저 맛보았고, 아비가 죽자 장례를 치르는 데에 있어 여러 형을 번거롭게 하지 않고 스스로 해결했다. 묘 곁에서 여막을 짓고 살자, 다른 자식의 집에서 살던 그 어머니가 불안하여 여막에 와서 함께 살았다. 아버지 제사를 모시고 어머니를 봉양함에 한결같은 마음으로 정성을 다했다.《大東韻府群玉》

2 權健: 세조 4년(1458)~연산군 7년(1501). 본관 安東. 자 叔强. 시호 忠敏. 아버지는 右議政 擥, 어머니는 固城李氏 原의 따님이다. 성종 3년(1472) 進士試에 합격하고, 성종 7년 別試文科 乙科에 급제하여 直講·監察·大司憲·戶曹參判 등을 역임했다. 연산군 6년(1500) 兵曹參判으로 成俔 등과 함께 『歷代明鑑』을 편찬했다. 文名이 높았고, 시에도 일가를 이루어 『東文選』에 시문 10여 편이 실려 전한다. 저서로 『權忠敏公集』이 있다.

3 身役: 몸이 官府나 權門에 속해 있어 그곳에서 몸으로 치르는 노역이다.

必先來見我, 有感作

풍류롭고 문아文雅하여 옛 유선儒仙 같던 이
한 번 떠나니, 그 목소리 그 모습 구천 너머에 있네.
지난 날 성상 앞에서 효자를 논했는데
그 효자 만나보니 도리어 슬퍼지네.

　　風流文雅古儒仙　　一別音容隔九泉
　　憶昔御前論孝子　　相逢孝子却悽然

승지 황사효黃士孝가 가자加資되어 황해도관찰사로 떠남을 축하하다

賀黃承旨士孝[1]陞資, 出按黃海道[2]

어젯밤 별이 자미성紫微星 곁에서 움직이더니
오늘 신임 관찰사 대궐에서 떠나네.
황금으로 허리띠 만들어 차고
붉은 비단으로 입고 갈 옷을 만들었네.
성상의 큰 은혜, 단비가 몸을 적시는 듯
한 길의 이는 바람, 역말은 날아가는 듯.
누런 황해 맑아져 바닥이 보이리니
황헌黃憲처럼 본래 맑은 물결 드넓은 분이니.

昨夜星辰動紫微[3]	明朝新相出彤闈[4]
黃金鑄作腰間帶	紅錦裁成馬上衣
九天雨露身如染	一路風烟馹似飛
黃海自應淸見底	汪汪黃憲[5]本淸漪

---

1 黃士孝: ?~연산군 1년(1495). 본관 長水. 자 百源. 시호 良靖. 아버지는 忠淸道兵馬節度使 致身, 어머니는 平海黃氏 兵曹判事 象의 따님이다. 성종 8년(1477) 式年試 丙科에 급제하여 持平·掌令·執義·左副承旨·大司憲 등을 역임했다.

2 出按句: 성종 24년(1493) 5월 19일 黃事孝를 嘉善大夫 黃海道觀察使로 삼았는데, 다음날 연로한 어머니의 봉양 문제와 능력 부족을 이유로 사직을 요청했으나 허락받지 못했다. 『國譯朝鮮王朝實錄』의 기사에 근거하면 이 시는 洪貴達 56세 때의 작품이다.

3 紫微: 上帝가 거처한다는 북두성 북쪽의 紫微垣으로, 보통 제왕의 거처를 이른다.

4 彤闈: 붉은 칠을 한 궁궐 대문으로, 보통 궁궐을 이른다.

5 黃憲: 後漢의 高士로, 字는 叔度이다. 郭泰가 그에 대해 "숙도는 질펀히 드넓어 마치 천 이랑 물결의 저수지와 같아서 맑게 한다고 해도 맑아지지 않고 흐리게 한다고 해서 흐려지지 않으니, 헤아릴 수 없다.[叔度, 汪汪若千頃陂, 澄之不淸, 淆之不濁, 不可量也.]" 했다. 여기서는 황사효를 황헌에 비유한 것이다.《後漢書

승문원承文院 누각에서 재숙齋宿하다가 감회에 젖다

齋宿承文院樓,¹ 有感

옛날엔 이불 들고 와 이 누각에서 잤는데
백발성성 오늘 밤, 벌써 삼십 이년 지났네.
벽에 글 쓴 사람, 그 누가 살아 있나
우물가 고목만이 예전과 다름없구나.
늘그막엔 화려한 명성 전혀 쓸모없고
쇠병은 노년에 인연이 있는 듯하네.
밤 깊어 말도 없고 잠도 오지 않아
하늘 가득 별들만 누워서 바라보네.

當時持被此樓眠²　白髮今宵卅二年
壁上故人誰住者　井邊老樹獨依然
聲華晩境渾無賴　衰病殘年似有緣
夜久無言兼不寐　滿空星斗臥看天

1　齋宿句: '재숙'은 제사나 典禮를 치르기 하루 전에 재계하고 홀로 묵어 경건함을
　　유지하는 것이다. '승문원'은 외교에 관계되는 문서를 맡아보는 관청으로 槐院이라
　　고도 하는데, 成均館·校書院과 합하여 三館이라 한다.

2　當時句: '持被'는 관청에서 숙직할 때 자신이 덮을 이불을 가지고 가는 것이다.
　　韓愈 「送殷員外序」에 "지금 사람들은 수백 리만 가려 해도 문을 나서면 망연자실하
　　여 이별의 가련한 기색을 띠고, 이불을 가지고 三省에 숙직하러 들어갈 때도 여종
　　을 돌아보고 시시콜콜 끊임없이 여러 가지 당부를 한다. 그런데 지금 자네는 만
　　리 밖 타국으로 사신을 나가면서도 말투나 기색이 조금도 달라지지 않으니, 어찌
　　경중을 제대로 아는 대장부가 아니겠는가.[今人適數百里, 出門悵悵, 有離別可憐
　　之色. 持被入直三省, 丁寧顧婢子, 語刺刺不能休. 今子使萬里外國, 獨無幾微出於
　　言面, 豈不眞知輕重大丈夫哉.]"했다. 洪貴達은 세조 8년(1462, 25세)에 承文院
　　博士가 되고, 성종 25년(1494, 57세) 12월 24일 성종이 大造殿에서 승하하자 25일
　　戶曹判書 홍귀달은 左贊成 韓致亨·知中樞府事 李克均과 함께 國葬都監提調가
　　되었다. 국장과 관련해서 승문원에서 재숙했나?

태인泰仁 동헌에 있는 시에 차운하다
次泰仁¹東軒韻

이내 몸 바다 향해 흐르는 물처럼 밤낮 내달려
꿈속에서 고향 찾으며 벌써 일 년 지났네.
풍광 노래한 시인의 시 남겨진 곳에서
자주 가던 길 멈추고 짧은 시 짓네.

身似東流日夜馳　　夢尋鄕國已瓜時²
翰林物色分留處　　時復停鞭就小詩

1　泰仁: 전라도의 縣名으로, 동쪽으로 任實縣 경계까지 39리, 남쪽으로 淳昌郡 경계
　　까지 48리, 서쪽으로 金堤郡 경계까지 28리, 북쪽으로 金溝縣 경계까지 17리이고,
　　서울과의 거리는 5백 63리이다.《新增東國輿地勝覽 卷34 전라도 태인현》
　　성종 3년(1472, 35세) 홍귀달은 全羅道按廉使로 나가다. 이때 지은 詩 70여 수를
　　모아「南行錄」을 남겼다
2　瓜時: 일 년이 지났다는 뜻이다. 春秋時代 齊나라 襄公이 오이가 익어가는 때에
　　大夫인 連稱과 管至父를 葵丘에 보내며 "내년에 오이가 익을 때 교대시켜 주겠다."
　　했는데, 1년의 수자리 살 기한이 지났는데도 교대시켜 주지 않아 두 사람이 양공
　　시해를 도모했다.《春秋左氏傳 莊公 8년》

고산현高山縣에서 나주목사羅州牧使에게 부치다

在高山縣[1], 寄羅州牧使[2]

산릉山陵 일로 이 년이나 함께 지내다
홀연 남북으로 헤어져 이별의 한 사무쳤지.
그대에게 가는 길, 지금 구름과 나무에 가려
하늘가에 뾰족한 금성산錦城山만 보이네.

山陵[3]曾共二年淹　　南北俄驚別恨添
一路如今隔雲樹　　天邊唯見錦山[4]尖

---

1 高山縣: 전라도의 縣名으로, 동쪽으로 龍潭縣 경계까지 34리, 전주부 경계까지
  55리, 남쪽으로 전주부 경계까지 10리, 서쪽으로 여산군 경계까지 32리, 북쪽으로
  충청도 連山縣 경계까지 29리이고, 서울과의 거리는 4백 46리이다.《新增東國輿
  地勝覽 卷34 전라도 고산현》

2 羅州牧使: 李永肩. 태종 3년(1403)~성종 13년(1482). 본관 遂安. 자 一心. 호
  石齋·遼山. 아버지는 東部令 求魯, 어머니는 德水李氏는 우왕 2년(1376) 丙辰文
  科, 掌令 執義.의 따님이다. 세종 11년(1429) 式年文科 丙科에 급제하여 여러 관직
  을 역임하고, 세조 2년(1456) 僉知中樞院事가 되고, 이어서 禮曹參議·吏曹參議를
  거쳐 세조 10년 仁壽府尹이 되었다. 성종 1년(1470)부터 4년간 羅州牧使로 재직했
  는데, 때마침 기근이 들어 정부의 금지책에도 불구하고 場門이라는 시장이 개설되
  자 수령으로서 금지하지 않았다 하여 문제가 되기도 했다. 홍귀달이 전라도안핵사
  시절에 이 시를 썼다면 여기의 나주목사는 이영견이다. 그런데 시에서 산릉 일을
  함께 2년 했다고 했으니 어떻게 해야 하나?

3 山陵: 國葬을 치르기 전 아직 이름을 정하지 않은 새 묘소인데, 보통 國喪과 관련된
  일련의 일들을 이른다. 성종 25년(1494, 57세) 12월 24일 성종이 大造殿에서 승하
  하자 25일 戶曹判書인 홍귀달은 左贊成 韓致亨·知中樞府事 李克均과 함께 國葬
  都監提調가 되었다.

4 錦山: 나주의 鎭山인 錦城山으로, 높이는 451m이다. 4개의 봉우리로 이루어져
  있는데, 동쪽 봉우리는 露積峰, 서쪽은 悟道峰, 남쪽은 多福峰, 북쪽은 定寧峰이
  다. 또한 이곳에 錦城山城이 있어 군사요새의 기능도 했다.

고산현高山縣에서 밤에 든 생각
高山¹夜懷

고향 꿈 한 차례 꾸니 달이 뜰에 가득하여
일어나 말없이 난간에 기대 서네.
멀리서도 알겠네, 오늘 밤도 부모님께서는
하늘 남쪽 시선 가는 곳까지 나를 바라보시겠지.

鄕夢初回月滿庭   起來無語倚窓櫺
遙知今夜高堂上   極目天南望使星²

---

1 高山: 전라도의 縣名으로, 동쪽으로 龍潭縣 경계까지 34리, 전주부 경계까지 55
리, 남쪽으로 전주부 경계까지 10리, 서쪽으로 여산군 경계까지 32리, 북쪽으로
충청도 連山縣 경계까지 29리이고, 서울과의 거리는 4백 46리이다.《新增東國輿
地勝覽 卷34 전라도 고산현》

2 使星: 임금의 명령을 수행하는 使者를 이른다. 後漢 和帝 때에 微服 차림의 사자를
각 州縣에 파견했는데, 사자 두 사람이 益州에 당도하여 李郃의 집에 투숙했다.
마침 여름밤이라 主客이 모두 밖에 나가 앉았을 때, 이합이 天文을 보고 두 사람에
게 "두 분이 京師를 출발할 때에 혹 조정에서 두 사자를 파견한 사실에 대해 들었습
니까?" 하여, 두 사람이 속으로 놀라면서 그 사실을 어떻게 아느냐고 물었다. 이합
이 별을 가리키면서 "두 사자의 별이 익주의 分野를 향했기 때문에 알았습니다."
했다. 여기서는 사신의 임무를 띠고 남방을 순행하는 洪貴達을 가리킨다.《後漢書
卷82上 方術列傳 이합 조항》

흥덕현興德縣에 있는 시에 차운하다
次興德韻[1]

천 길 봉우리 위 한 조각 외로운 성
올라 바라보니 끊임없이 먼 곳에서 바람 불어오네.
둘러보는 곳마다 구름 걷힌 천지
시선 가는 곳마다 해 저무는 산하.
푸른 바다 신선 불러 벗해볼까 하는데
속세에 물든 내 늙은 모습 어쩔거나.
은근히 다시 삼신산三神山 찾으니
곧바로 뗏목 띄우면 며칠이면 닿겠지.

一片孤城千丈峯　　登臨不盡遠來風
雲開天地回頭外　　日暮山河極目中
碧海擬招仙伴侶　　紅塵奈我老形容
殷勤更與問三島[2]　直泛星槎[3]幾日通

1　興德韻: '흥덕'은 전라도의 縣名으로, 동쪽으로 고부군 경계까지 16리, 북쪽으로 고부군 경계까지 15리, 扶安縣 경계까지 13리, 남쪽으로 고창현 경계까지 16리, 서쪽으로 고창현 경계까지 14리이고, 서울과의 거리는 6백 26리이다. '차운한 시'는 흥덕현 객관 서쪽 培風軒에 걸린 鄭昌孫(태종 2, 1402~성종 18, 1487)의 시 "傍海雄藩對碧峰, 凌雲樓觀逈臨風. 孤舟出沒斜陽外, 遠岫微茫杳靄中. 半夜角聲搖月影, 一軒花色媚春容. 滄溟蕩盡鯨波靜, 水闊天長眼界通."이다.《東國輿地勝覽 卷34 전라도 흥덕현》

2　三島: 蓬萊·方壺·瀛洲 세 神山을 이른다.『列子』「湯問」에 "渤海 동쪽에 岱輿·員嶠·방호·영주·봉래 다섯 신산이 있었는데, 이 산들이 조수에 밀려 표류하며 정착하지 못해 天帝가 이 산들이 西極으로 표류할까 염려하여 금색의 자라 15마리로 하여금 이 산들을 머리에 이고 있게 함으로써 비로소 정착하게 되었다. 뒤에 龍伯國의 거인이 단번에 이 자라 6마리를 낚아가 버려 대여·원교 두 산은 서극으로 표류하고 방호·영주·봉래 세 산만 남았다." 했다.

3　星槎: 하늘의 은하수를 왕래하는 뗏목인데, 보통 使行을 이른다. 전설상 은하수가

바다와 통해 있었는데 어떤 사람이 바닷가에 살면서 해마다 음력 8월이 되면 어김없이 뗏목이 떠오는 것을 보고, 그 뗏목에 양식을 가득 싣고 수십 일 동안 갔더니 멀리 宮室에는 베 짜는 아낙들이 많고 물가에는 소를 끌고 와 물을 먹이는 사내가 있었다. 그가 돌아와서 점술로 유명한 嚴君平에게 이 일에 대해 물어보니, "모년 모월 모일에 客星이 牽牛星을 범하였다." 했다. 날짜를 계산해보니 이 남자가 뗏목을 타고 은하수를 건넜던 때였다 한다.《博物志 卷10 雜說下》

고부현古阜縣 별관別館에 있는 시에 차운하다
次古阜[1]別館韻

만리 길 바람 불고 바다에 해도 맑은데
아득한 큰 들판에 문득 외로운 성.
올라 바라보니 천지 바라볼 안목 트이니
여기에 머물며 가무歌舞로 태평시절에 취하네.

萬里風吹海日晴　　茫茫大野忽孤城
登臨正豁乾坤眼[2]　　歌舞留連醉大平

---

1 古阜: 전라도의 郡名으로, 동쪽으로 泰仁縣 경계까지 37리, 남쪽으로 興德縣 경계
　까지 18리, 서쪽로 海岸까지 39리, 북쪽으로 扶安縣까지 17리이고, 서울까지는
　5백 96리 거리이다.《新增東國輿勝覽 卷33 전라도 고부군》
2 乾坤眼: 천지를 두루 보는 안목을 이른다. 杜甫「春日江村」에 "하늘과 땅은 만
　리를 바라보는 곳이요, 계절은 일생 백 년의 마음이로다.[乾坤萬里眼, 時序百年
　心.]"했다.

익산현益山縣 누각에서 흥취가 일다
益山樓上感興

비 그쳐 대숲에 바람이 푸르고
구름 걷혀 강에 해가 밝구나.
어지러운 산, 칼과 창 세운 듯 삐죽삐죽
깊은 골짜기, 천둥치듯 우르릉 쾅쾅.
분주히 다니며 무엇을 이루었나
아득한 이내 마음이여.
부질없이 읊으며 누각 위에 누웠다가
주렴 걷으니 저녁 하늘 아득히 평평하네.

雨歇竹風綠　　雲開江日明
亂山森劍戟　　深澗響雷霆
役役成何事　　悠悠復此情
浪吟樓上臥　　簾捲暮天平

회포를 적어 진옹鎭翁에게 보여주다

述懷示鎭翁[1]

나서부터 그대나 나나 집안이 어려워
벼슬길 깊은 마음 엇비슷했지.
오늘 천리 밖에서 서로 만나니
담소의 내용, 온통 옛 고향에 관한 것이지.

生來門戶各艱難　　宦路深情伯仲間
今日相逢千里外　　笑談多是舊江山

---

1 鎭翁: 세조 연간의 문신 南鼎의 字이다. 그는 본관 固城으로, 조부는 南得儉, 아버지는 南允寶, 어머니는 咸昌金氏 有暄의 따님이다. 세조 8년(1462) 式年文科 丙科에 급제하여 承文院博士가 되었다. 홍귀달이 성종 3년(1472, 35세) 全羅道按廉使로 나갔을 때 高山縣監이었다.

큰비를 읊다
大雨吟

나그네 길 마음 아픈데 밤비까지 퍼붓더니
아침 되자 창밖엔 물이 하늘처럼 넓구나.
땅은 운무에 젖어 침상 밑에 김이 오르고
계곡은 우레와 바람으로 험해 침상이 요란하네.
강가엔 순식간에 수풀이 사라지고
밭머리엔 반나마 집들이 쓸려갔네.
서울 사는 아내와 아이들 편안히 있으려나
초라한 초가집 낡아 쓰러지려 했는데.

客裏傷心夜雨懸　　朝來窓外水如天
地濡雲霧蒸床底　　溪險雷風戰枕邊
江上須臾林莽失　　田頭一半室廬遷
帝城妻子今安否　　茅屋三間老欲顚

고산현高山縣 동헌의 시에 차운하다
次高山[1]東軒韻

벼슬길엔 한가한 곳 적은 법인데
속세에도 이렇게 조용하고 맑은 곳 있네.
골짜기 새, 산 그림자에 울어대고
시골 다듬이, 밝은 달 아래 울리네.
구름이 오니 두 켤레 신이 무거워지고
바람 부니 이 한 몸 가벼워지네.
가장 좋은 건, 어부의 피리 속에
세속 밖의 정취 묻어나는 것이지.

名途少閑暇　　塵世此幽淸
谷鳥啼山影　　村砧響月明
雲來雙屨重　　風處一身輕
最好漁郞笛　　吹生物外情

1　高山: 전라도의 縣名으로, 동쪽으로 龍潭縣 경계까지 34리, 全州府의 경계까지
　　55리, 남쪽으로 같은 부의 경계까지 10리, 서쪽으로 礪山郡의 경계까지 32리,
　　북쪽으로 충청도 連山縣 경계까지 29리이고, 서울과의 거리는 4백 46리이다.《新
　　增東國輿地勝覽 卷34 전라도 고산현》

연산현連山縣에서 밤에 자고 있는데 꿈에 어떤 사람이 나타나
아버지께서 편찮으시다고 전해주어 깨어나 지었다
宿連山¹, 夜夢有人傳家君起居有不懌者, 故覺而有作

아버지 근년에 회갑이 돌아왔는데
외로운 아들, 해 바뀌도록 뵙지 못해 탄식만 하다가
갑자기 꿈속에서 소식 전해 듣고는
아침에 밥을 대하고도 차마 먹지 못하네.

慈父年來甲子還　　孤兒隔歲歎違顔
忽然夢裏傳消息　　當食朝來不忍湌

---

1 連山: 충청도의 縣名으로, 동쪽으로 鎭岑縣 경계까지 22리, 전라도 珍山郡 경계까
지 35리, 남쪽으로 전라도 高山縣 경계까지 19리, 恩津縣 경계까지 26리, 서쪽으
로 尼山縣 경계까지 17리, 북쪽으로 공주 경계까지 32리이고, 서울과의 거리는
3백 98리이다. 《新增東國輿地勝覽 卷18 충청도 연산현》

국화國華의 「교동喬桐」 시에 차운하다

次國華喬桐韻[1]

난간 한 면이 조수潮水를 누르고 있으니
아득한 푸른 물결 끝없이 시름겨워라.
십년 속세 생활 속에 나는 이미 늙었는데
백년 인생살이에 또 가을이네.
눈앞에는 삼신산三神山이 코앞에 지척이고
바다 너머로 중국이 뚜렷이 보이네.
아름다운 이 경치 쉽게 떠날 수 없으니
석양이 서쪽으로 지건만 다시 머뭇머뭇.

闌干一面壓潮頭　　渺渺滄波無盡愁
十載塵埃吾已老　　百年光景歲云秋
眼前咫尺捫三島[2]　　海外分明見九州[3]

1　次國華句: '國華'는 崔淑精의 자. 세종 17년(1432)~성종 10년(1479). 본관 陽川.
　호 逍遙齋·私淑齋. 아버지는 五衛司正 仲生, 어머니는 忠州安氏 縣監 善福의 따
　님이다. 세조 8년(1462) 式年文科 丙科에 급제하여 史官으로 발탁된 뒤 세조 12년
　文科重試에 3등, 拔英試에 2등으로 급제했다. 성종 1년(1470) 刑曹佐郎·經筵侍讀
　官이 되고 春秋館記注官이 되어 「世祖實錄」과 『睿宗實錄』 편수에 참여했다. 성종
　3년(1473) 司憲府持平·經筵侍講官 등을 역임하고, 『三國史節要』·『東文選』 편찬
　에 참여했다. 일세의 名賢이며 높은 詩格을 지녔다는 평을 들었다. 저서로 『逍遙齋
　集』이 있다. '喬桐'은 현재 강화도 서쪽의 작은 섬인데, 『新增東國輿地勝覽』 卷13
　경기 교동현 조항에 "바다 섬에 있는데, 동쪽으로 寅火石津까지 10리, 서쪽으로
　바다까지 27리, 남쪽으로 바다까지 11리, 북쪽으로 황해도 白川郡 角山津까지
　12리이고, 서울과의 거리는 1백 82리이다." 했다.
2　三島: 蓬萊·方壺·瀛洲 세 神山을 이른다. 『列子』 「湯問」에 "渤海 동쪽에 岱輿
　·員嶠·방호·영주·봉래 다섯 신산이 있었는데, 이 산들이 조수에 밀려 표류하며
　정착하지 못해 天帝가 이 산들이 西極으로 표류할까 염려하여 금색의 자라 15마리
　로 하여금 이 산들을 머리에 이고 있게 함으로써 비로소 정착하게 되었다. 뒤에
　龍伯國의 거인이 단번에 이 자라 6마리를 낚아가 버려 대여·원교 두 산은 서극으로

勝地未應容易去　　　夕陽西下更淹留

3　九州: 고대에 중국을 아홉 개의 州로 나누었는데, 그 아홉 개의 주는 『書經』「禹貢」
　에는 冀州·兗州·靑州·徐州·揚州·荊州·豫州·梁州·雍州이고, 『爾雅』「釋地」에
　는 靑州·梁州 대신 幽州·營州가 있고, 『周禮』「夏官·職方」에는 徐州·梁州 대신
　幽州·幷州가 있다. 보통 천하나 중국 전역을 이르는데, 여기서는 중국을 가리킨다.

구월 구일 중양절重陽節에 산에 올라 짓다
九日登高有作

1

듣자니 구월 구일 재앙을 씻으려면
높은 곳에 올라 국화주를 마셔야 한다지.
흥취 오르면 응당 오사모烏紗帽 떨어지리니
푸른 산에 바람 불어 나무에 단풍 드네.

聞道消除九日災　　登高要把菊花杯[1]
興來定落烏紗帽[2]　　風響碧山紅樹來

2

오늘은 하늘이 응당 재앙 내리지 않으니
좋은 경치 모두 가져다 술자리에 둘러놓았네.
노랫소리 풍악소리 바깥에 알리지 말라
술동이 앞에 속된 손님 찾아올까 두려우니.

1　聞道~花杯: 後漢 때 道士 費長房이 그의 제자 桓景에게 "9월 9일 너의 집에 재앙이
　　닥칠 것이다. 빨리 집으로 돌아가 온 가족에게 붉은 주머니에 산수유를 담아 각자
　　팔목에 잡아매고 높은 산에 올라가 국화주를 마시게 하라. 그러면 화를 면할 것이
　　다." 하자, 환영이 말한 대로 한 뒤에 저녁에 집에 돌아오니 가족 대신 가축들이
　　모두 죽었다 한다.《續齊諧記》
2　興來句: 중양절에 뛰어난 풍류를 발휘함을 뜻한다. 晉나라 征西將軍 桓溫이 重九
　　日에 幕僚들을 모두 거느리고 龍山에서 연회를 베풀었을 때 바람이 불어 그의
　　參軍 孟嘉의 모자가 날려 땅에 떨어졌는데도 알아차리지 못했다. 맹가가 변소에
　　간 틈을 타서 환온이 孫盛을 시켜 글을 지어 맹가를 조롱하게 했더니, 맹가가
　　돌아와서 보고는 즉시 글을 지어 답했는데, 그 글이 매우 아름다워 온 좌중이 감탄
　　했다.《晉書 卷98 列傳68 맹가 조항》

此日天應不我災　　盡輸雲物繞御杯
不將歌吹傳方外　　只恐尊前俗客來

3

세상의 복이니 재앙이니 관여치 않으니
봄빛이 얼굴에 가득하고 술은 잔에 가득하지.
취한 뒤엔 나도 나를 알지 못하니
그대가 어디에서 왔는지 어찌 알겠나.

不管人間福與災　　春光滿面酒盈杯
醉來我亦不知我　　豈識汝從何處來

구월 어느 날 밤에 아버님 꿈을 꾸었다. 이날 밤 첫눈이 내렸다. 아침에 일어나 앉으니 계절의 변화에 슬픈 생각이 들어 절구 두 수를 지었다. 또 여름과 가을 이래의 물상을 읊어 사람살이 에 빗대었다. 절구 세 수 모두 희윤希尹에게 적어 보여주었다
九月日, 夜夢家君. 是夜下初雪. 朝來起坐, 感時傷懷, 作二絶. 又 述夏秋來物像, 擬之人事. 並三絶, 錄似希尹

1
무너진 벽 외로운 등 가을밤은 찬데
선잠 결에 언뜻언뜻 아버님 뵈었네.
깨어나니 무릎 아래 아이들 편지만 가득
이 생각 저 생각 슬픈 마음에 차마 보지 못하네.

　　壞壁孤燈秋夜寒　　假寐時復夢嚴顔
　　覺來膝下兒章滿　　俯仰興懷不耐看

2
어제는 가을바람 유난히 차더니만
오늘 아침 흰 눈이 온 산을 덮었네.
병중에 일어나 앉아 슬프기만 하니
무슨 일로 해마다 나그네 신세로 보는가.

　　昨日秋風特地寒　　今朝白雪滿山顔
　　病中起坐偏惆悵　　何事年年客裏看

반년 동안 거센 바람에 용과 범도 쓰러지더니
모든 산 하루 밤 사이 푸른 모습 잃었네.

이 속에 굳센 나무, 그대 반드시 기억하게나
그늘진 벼랑에 남아 눈 속에 보인다네.

半歲顚風龍虎倒　　千山一夜失蒼顔
此中强項君須記　　留與陰崖雪裏看

[원주]
금년에 큰바람이 불어 나무가 뽑혔다.
是歲, 大風拔木.

희윤希尹을 방문했는데 만나지 못하고 돌아오다가 말 위에서 입으로 불렀다. 위응물韋應物의 「왕 시어王侍御를 방문했다가 만나지 못하다」라는 제목의 시에서 "구일 동안 말달리며 바쁘다가 오늘 하루 한가해, 그대 찾아갔으나 만나지 못해 또 헛되이 돌아왔네."라는 구절의 운을 썼다

訪希尹不遇, 歸來馬上口占. 用韋應物「訪王侍御不遇」詩'九日驅馳一日閑, 尋君不遇又空還'韻也[1]

속세에선 누구나 한가롭지 못하니
그대는 뉘 집에 가서 저물도록 오지 않는가.
서점에서 책을 보는 것이 아니라면
분명 높은 곳에서 고향 바라보겠지.

紅塵不見一人閑　　君向誰家暮未還
不是看書書肆上　　定應高處望家山

---

1 用韋應物句: '韋應物(737~786)'은 중국 唐代의 시인으로, 정치와 민생의 괴로움을 주제로 지은 작품이 많고, 시집으로 『韋蘇州集』이 있다. 위 시의 원제목은 「休假日訪王侍御不遇」이고, 全文은 "九日馳驅一日閒, 尋君不遇又空還. 怪來詩思淸人骨, 門對寒流雪滿山."이다.

병석에서

病中

가난이야 하늘이 주신 것이지만
몸에 병은 도대체 누가 초래했는가.
눈길 밟으니 한 해 저물어 마음 아프고
등불 돋우니 정녕 밤이 길어졌구나.
안부 묻는 이는 모두 친척들이고
약 보내는 이는 관가官家 동료들이네.
원하는 건, 근력이 더하여
종신토록 훌륭한 조정 돕는 것이지.

家貧天所賦　　身病正誰招
踏雪傷年暮　　挑燈信夜遙
問安皆族屬　　寄藥自官僚
更願加筋力　　終身翊盛朝

띠집에서 붓 가는대로 쓰다
茅廬卽事

잣잎으로 군불 넣으니 작은 온돌 따뜻하고
종이 창문 아래 시권詩卷에 아침 해 솟네.
탕건도 두건도 쓰지 않고 내키는 대로 지내며
한가로이 앉아 아침 내내 도道의 기운 보존하네.

栢葉炊梁小堗溫　　紙窓詩卷日初暾
不巾不幘隨吾意　　閑坐終朝道氣存

감회를 읊어 희윤希尹에게 주다

感懷贈希尹

나는 남산, 그대는 북쪽에 살지만
생각해보니 일마다 마음이 일치했지.
집은 누추하지만 마음은 떳떳하고
주머니는 비었지만 집안엔 책이 있네.
저자 문에 해 비출 때 범 포효에 놀라고
벼슬살이 풍파 일어도 무심하여 다행이지.
본래 비방 받고 명성 얻는 곳이니
우선 흠뻑 술에 젖고 비방과 칭찬 내버려 두지.

栖我住南山君北居　　看來事事自相如
葉縱然屋陋心無累　　正使囊空家有書
不日照市門驚虎嘯　　風生宦海幸舟虛[1]
不從來得謗收名處　　且進深杯任毀譽

---

1 風生句: '舟虛'는 무심히 떠다니는 배에 아무도 없다는 뜻으로, 사사로운 마음으로
계교하지 않고 허심탄회함을 이른다. 『莊子』「山木」에 "배를 타고 황하를 건너다
가 사람이 타지 않은 빈 배가 와서 부딪치면 아무리 마음이 좁은 사람이라도 성내지
않는다.[方舟而濟於河, 有虛船來觸舟, 雖有惼心之人, 不怒.]"했다. 홍귀달은
성종 23년(1492, 56세) 대간의 탄핵으로 파직되어 남산에 퇴거했다.

국화國華의 「개성부開城府」 시에 차운하다
次國華¹開城府韻

흥망 천년, 옛 도성 조문하니
화표주華表柱에 돌아온 학, 그 한 가누지 못하네.
오나라 궁궐 꽃밭엔 봄바람 그치고
위나라 산천엔 노을만이 곱구나.
벼슬아치 떠난 곳 구름만 홀로 아롱지고
풍악 소리 사라진 곳 새만 슬픔에 겨워 우네.
지난 일 마음 아파 많은 말 못하니
흰 해에 비친 붉은 구름, 이곳이 옥경玉京이지.

興廢千年弔古城　　鶴歸華表恨難平²
吳宮花草春風歇　　魏國山川夕照明³

1　國華: 崔淑精의 자. 세종 17년(1432)~성종 10년(1479). 본관 陽川. 호 逍遙齋
·私淑齋. 아버지는 五衛司正 伸生, 어머니는 忠州安氏 縣監 善福의 따님이다.
세조 8년(1462) 式年文科 丙科에 급제하여 史官으로 발탁된 뒤 세조 12년 文科重試
에 3등, 拔英試에 2등으로 급제했다. 성종 1년(1470) 刑曹佐郞·經筵侍讀官이 되고
春秋館記注官이 되어 「世祖實錄」과 「睿宗實錄」 편수에 참여했다. 성종 3년 司憲府
持平·經筵侍講官 등을 역임하고, 「三國史節要」·「東文選」 편찬에 참여했다. 일세
의 名賢이며 높은 詩格을 지녔다는 평을 들었다. 저서로 「逍遙齋集」이 있다. 「逍遙
齋集」 卷1에 「謝恩開城府有感」이라는 시가 있으나 韻字가 맞지 않는다.
2　鶴歸句: 세월의 변천에 슬퍼함을 이른다. 漢나라 때 遼東의 丁令威가 靈虛山에
들어가 신선술을 배운 뒤 학으로 변하여 고향에 돌아와 성문의 華表柱에 앉았다.
한 소년이 활로 쏘려 하자, 학이 날아올라 공중을 배회하면서 "새여 새여 정령위가,
집 떠난 지 천년 만에 이제야 돌아왔네. 성곽은 의구한데 사람은 옛사람이 아니,
어찌 신선술 배우지 않아 무덤만 즐비한가.[有鳥有鳥丁令威, 去家千年今始歸. 城
郭如故人民非, 何不學仙冢纍纍.]"한탄하면서 날아갔다.《搜神後記 卷1》
3　吳宮~照明: 옛날에 화려하고 아름답던 곳이 지금은 꽃도 피지 않고 석양만 남아
황량하다는 말로, 세월·역사·인생의 無常함을 이른다. '吳宮'은 春秋時代 吳나라
의 화려한 궁전이고, '魏國'은 三國時代 曹操의 나라로, 아름다운 화초나 경치도

冠盖去殘雲獨彩　　笙歌散盡鳥餘情
傷心往事無多說　　白日紅雲是玉京[4]

나라가 멸망한 후에는 모두 사라지고, 그것을 즐겼던 사람들도 이미 죽고 없어 허무하다는 뜻이다. 李白 「登金陵鳳凰臺」에 "봉황대 위에선 일찍이 봉황새가 놀더니, 봉황은 가고 빈 대 앞에 강물만 절로 흐르네. 오나라 궁전의 화초는 오솔길에 묻혀 있고, 진나라 시대 귀인들은 옛 무덤을 이루었구나. 삼산은 푸른 하늘 밖으로 반쯤 솟아 있고, 두 강물은 백로주에서 중간이 나뉘었네. 뜬구름이 태양을 가려, 장안을 볼 수 없어 근심스럽구나.[鳳凰臺上鳳凰遊, 鳳去臺空江自流. **吳宮花草埋幽徑, 晉代衣冠成古丘**. 三山半落青天外, 二水中分白鷺洲. 總爲浮雲能蔽日, 長安不見使人愁.]" 했다.

4 玉京: 白玉京의 준말로, 道家에서 말하는 天帝가 거주하는 곳, 또는 신선이 사는 곳으로, 보통 제왕의 도읍지를 가리킨다.

성경숙成磬叔에게 부치다 2수

寄成磬叔[1] 二首

1

홍문관 패옥 소리, 신선 같은 많은 이들

범속한 이 몸 함께 할 줄 생각이나 했겠나.

높은 벼슬 그릇되이 재주 없는 내게 내려오고

까불러 내니 부끄럽게도 쭉정이가 앞서게 되었네.

드넓은 강호江湖, 돌아갈 날 언제인가

가난과 질병이 늙음을 재촉하네.

그대는 훌륭한 계책으로 임금 보좌하고

여전히 아름다운 시구 온 성안에 회자되네.

玉堂環佩藹群仙[2]　　　　豈料塵凡且綴聯

冠盖謬加樗櫟[3]上　　　　簸揚慙使粃糠[4]前

---

1 磬叔: 成俔의 자. 세종 2년(1439)~연산군 10년(1504). 본관 昌寧. 호 慵齋·浮休子
·虛白堂·菊塢. 시호文戴. 아버지는 知中樞府事 念祖, 어머니는 順興安氏 牧使
從約의 따님이다. 세조 8년(1462) 式年文科에, 세조 12년 拔英試에 각각 3등으로
급제하여 博士로 등용된 뒤 弘文館正字·藝文館修撰·慶尙道觀察使·禮曹判書·
大提學 등을 역임했다. 성종 3년(1472) 漢訓質正官의 신분으로 進賀使인 형 成任
을 따라 北京에 갔는데, 가는 길에 지은 기행시를 엮어『觀光錄』을 남겼다. 성종
6년 從事官으로 李瓊仝·崔淑精 등과 함께 韓明澮를 따라 명나라에 다녀오고, 성
종 16년 千秋使로 명나라에 다녀왔다. 성종 19년 平安道觀察使로 조서를 가지고
온 명나라 사신 董越·王敞의 접대 잔치에서 시를 주고받아 그들을 탄복하게 하고,
7월 謝恩使로 명나라에 다녀왔다. 죽은 뒤 수개월 만에 甲子士禍(연산군 10, 1504)
가 일어나 剖棺斬屍를 당했으나 뒤에 신원되고 청백리에 녹선되었다. 저서로『虛
白堂集』·『樂學軌範』·『慵齋叢話』·『浮休子談論』등이 있다.
2 玉堂: 三司의 하나로, 궁중의 經書·史籍·文書를 관리하고 왕을 자문하는 弘文館
의 별칭이다.
3 樗櫟: 樗櫟散木의 약칭으로 가죽나무와 상수리나무는 재목이 될 수 없는 쓸모없는

江湖滿地歸何日　　貧病催人入暮年
好把文章資黼黻⁵　　邇來佳句滿城傳

2

강남의 문단을 휩쓸고 다녔으니
가슴 속에 몇 사람의 마음을 얻었는가.
육기陸機 육운陸雲 서울에 오니 문장이 훌륭하고
소식蘇軾 소철蘇轍 함께 벼슬하니 명성이 향기롭네.
객관客館 술자리에 흰 달을 부르고
여행 길 비바람에 외로운 침상 뿐이었겠지.
연경燕京 왕래하는 길 삼천리
아름다운 시구 주머니에 가득하구나.

踏遍江南翰墨場　　胸中添得幾人腸
機雲入洛文章盛⁶　　軾轍同朝姓字香⁷

나무라는 뜻인데 재능이 없는 사람을 비유한다.《莊子 逍遙遊·人間世》여기서는
洪貴達이 자신을 재주 없는 사람이라 겸손히 표현한 것이다.

4 糠粃 : 곡식 쭉정이인데, 자신이 재능도 없이 남의 앞에 있다는 겸칭이다. 南朝 梁
나라 王文度와 范榮期가 모두 簡文帝의 부름을 받고 가는데, 범영기는 나이가
많고 지위가 낮으며 왕문도는 나이가 적고 지위가 높았다. 서로 앞을 다투어 가다
가 범영기가 앞서자 왕문도가 "키로 곡식을 까불어 날림에 쭉정이가 앞에 있다.[簸
之揚之, 穅粃在前.]"했는데, 범영기가 "물로 일어 가려냄에 모래와 자갈이 뒤에
있다.[洮之汰之, 沙礫在後.]"했다. 여기서는 洪貴達이 자신을 재주없는 사람이라
겸손히 표현한 것이다.《世說新語 卷25 排調》

5 黼黻: 禮服에 수놓은 아름다운 무늬인데, 임금을 잘 보좌함을 이른다. 舜임금이
禹임금에게 "내가 해·달·별·산·용·꿩을 무늬로 만들고, 종묘의 술그릇·물풀·
불·흰쌀·보·불을 수놓아서 다섯 가지 채색을 다섯 가지 빛깔로 물들여 옷을 만
들려 하면, 그대는 그것을 밝게 만들라.[日月星辰山龍華蟲, 作會, 宗彝藻火粉米
黼黻, 絺繡, 以五采彰施于五色, 作服, 汝明.]"했다.《書經 虞書·益稷》

6 機雲句: 魏晉時代 晉나라 武帝 말기에 陸機(261~303)와 陸雲(263~302) 형제가
함께 洛陽에 들어가서 그들의 文名이 일시에 낙양을 진동시켰다. 여기서는 成俔과

賓館尊罍携素月　　驛路風雨對孤床
燕山來往三千里　　收拾瓊瑤滿錦囊[8]

그의 형 成任을 육기·육운 형제에 비유한 것이다.

7 軾轍句: 宋나라 문장가 蘇軾(1036~1101)이 먼저 翰林學士가 되고 아우 蘇轍
(1039~1112)이 형을 뒤이어 한림학사가 되어 명성이 자자했다. 여기서는 成俔과
그의 형 成任을 소식·소철 형제에 비유한 것이다.

8 錦囊: 시를 적어서 넣는 비단 주머니이다. 唐나라 때 시인 李賀가 외출할 때 종에게
비단 주머니를 가지고 따라다니게 하면서 시를 지으면 그 속에 넣었다 한다.《新唐
書 卷203 文藝 下 이하 조항》

병의 증세를 적어 옥당의 여러 동료에게 보여주다
病候, 錄似玉堂諸僚

예전에는 가난이 병이 아니었는데
오늘은 먹을 수 없어 괴롭네.
진정 먹을 게 없는 건가
응당 병으로 씹을 수 없는 게지.
아이 불러 종이 잘라 편지 써서
곡식 빌려오라 편지 들려 보내네.
아내는 새벽 일찍 상자에서 무언가 꺼내더니
한낮이나 되어 장에서 먹거리 바꾸어 오네.
중요한 건 몸에 탈 없는 것이니
먹거리 부족이 무슨 문제이겠나.
요사이 섭생을 잘못하여
병으로 누우니 가을 달이 두렵네.
처음에는 감기 걸려
오장五臟이 뒤틀렸는데.
점점 이질痢疾로 변하더니
비장과 위장이 제 기능을 잃었지.
약을 먹어도 재차 설사를 하여
더러운 것 한 번에 씻겨나가
가을 비 갠 듯 상쾌하고
강에 큰 물결 가라앉듯 했네.
비록 그러하나 기력이 떨어져
도리 없이 아직까지 자리에 누워있네.
병석이지만 음식을 조금 먹고

시서詩書도 때때로 보았지.
하루아침에 입안이 뻣뻣해지더니
입 안이 물건을 머금은 듯하여.
손가락 넣어 더듬어 보니
동그란 게 달걀껍질 같네.
왼쪽 뺨에서 생겨나
점점 목구멍 곁으로 옮겨가네.
이빨은 흔들흔들 빠지려 하고
머리는 쿵쿵 때리듯 아프네.
입을 벌려도 겨우 손가락 크기 정도
허기져도 다만 죽만 넘기고
의사 만나 증세를 말하려 해도
말도 제대로 나오지 않네.
그나마 두 손이 남아 있어
겨우 이렇게 편지를 쓴다네.
아전이 우리집 문을 두드리는데
경연經筵에서 진강할 책을 들고 있네.
나더러 경연에 참여하라 하는데
일어날 수 없으니 어찌한단 말인가.

念昔貧非病　　如今病無食
其眞無食耶　　只應病不喫
呼童裁尺牘　　寄書往貸粟
寡妻曉發簏　　日中市有獲
所貴身無恙　　何論飯不足
邇來失榮衛　　臥病怯秋月
初如觸風寒　　五內相摧薄
稍稍轉痢疾　　脾胃已失職

服藥再疏洩　　汚穢一洗滌
夫若秋雨霽　　江湖漲痕落
雖然少氣力　　不曾廢枕席
匙箸臥中進　　詩書亦時閱
一朝牙頰剛　　口中如有物
點檢以手指　　有瞳如卵殼
根於左車傍　　漸轉咽喉側
牙齒動欲落　　頭顱痛如擊
開口僅容指　　苦飢唯下粥
逢醫欲說證　　言語亦艱澁
賴有雙手存　　紙墨粗可執
吏來扣我門　　手持經筵冊
告我入經筵　　奈此起不得

무안현감務安縣監 권평중權平仲에게 부치다
寄務安守權平仲[1]

함평咸平 누각에서 이별주 흠뻑 마시고
취하여 영광靈光에 쓰러지듯 도착하니 해가 아직 남았네.
오늘 이후 그리움 얼마나 깊을까
천 길 깊이 한강 건너기 어려울테니.

咸平[2]樓上別杯深　　醉倒靈光[3]日未沈
此後相思知幾許　　漢江之水直千尋

---

1 寄務句: '務安'은 전라도의 縣名으로, 동쪽으로 羅州 경계까지 33리, 서쪽으로
　바닷가까지 7리, 남쪽으로 바닷가까지 30리, 북쪽으로 咸平縣 경계까지 22리이
　고, 서울에서 7백 88리 떨어져 있다.《新增東國輿地勝覽 卷36 전라도 무안현》
2 咸平: 전라도의 縣名으로, 동쪽으로 羅州 경계까지 32리, 서쪽으로 바닷가까지
　41리, 남쪽으로 務安縣 경계까지 4리, 북쪽으로 영광군 경계까지 35리이고, 서울
　에서 7백 62리 떨어져 있다.《新增東國輿地勝覽 卷36 전라도 함평현》
3 靈光: 전라도의 郡名으로, 동쪽으로 珍原縣 경계까지 59리, 남쪽으로 咸平縣 경계
　까지 28리, 북쪽으로 茂長縣 경계까지 24리, 서쪽으로 해안까지 28리이고, 서울에
　서 6백 99리 떨어져 있다.《新增東國輿地勝覽 卷36 전라도 영광군》

청주로 귀향하는 권재지權載之를 전송하다
送權載之[1]歸淸州

필마로 먼 길 가는데 한 해는 저물어가고
흰 눈 같은 베옷 입고 하늬바람 맞는구나.
세상에 실의失意한 이 셀 수나 있겠나
독한 이별주를 취하도록 마셔보세.

匹馬脩途歲欲窮   布衣如雪受西風
人間失意曾何限   別酒釅釅且一中

---

1 權載之: 權子厚의 자. 생몰년 미상. 성종 연간의 문신. 본관 安東. 아버지는 璐,
   어머니는 江陵金氏 叔箎의 따님이다. 성종 12년(1481) 親試文科 丙科에 급제하여
   承文院校理를 역임했다.

황산역黃山驛에서 묵으며 감사監司 계림군雞林君 정가구鄭可久에게 부치다

宿黃山驛[1], 寄監司雞林君鄭可久[2]

영남 산천에 멀리 떠나온 나그네
오래도록 한강 북쪽 꿈을 꾸었지.
풍류 아는 벗 계림군
가락국駕洛國에서 만나자마자 헤어졌지.
삼차수三叉水 칠점산七點山을 아스라이 이별하고
석양 속에 말머리 돌려 암흑 속에 내맡기네.
손짓해 사공 불러 한밤에 강을 건너
적막한 황산역에서 역승驛丞과 함께 자네.

嶺外山川遠遊客	長時魂夢漢水北
風流故人鄭雞林	相逢卽別駕洛國[3]
三叉七點辭微茫[4]	馬首斜陽任昏黑

1　黃山驛: 경상도 梁山郡 黃山江[洛東江의 옛 이름] 기슭에 있는 驛院이다.《新增東
　　國輿地勝覽 卷22 경상도 양산군》
2　可久: 鄭孝常의 자. 세종 14년(1432)~성종 12년(1481). 본관 慶州. 시호 齊安.
　　아버지는 樂安郡守 知年, 어머니는 靈光周氏 鉶의 따님이다. 단종 2년(1454) 謁聖
　　文科에 장원하여 集賢殿副修撰이 되고, 세조 1년(1455) 原從功臣 2등에 책록되었
　　다. 監察・吏曹佐郎・世子侍講院弼善 등을 역임하고, 南怡의 옥사를 다스리는 데
　　공을 세워 翊戴功臣 3등에 책록되고, 嘉善大夫에 올라 雞林君에 봉해졌다. 성종
　　2년(1471) 성종의 즉위를 도운 공적으로 佐理功臣 3등에 책록되고 正憲大夫에
　　올랐다. 성종 3년 慶尙道觀察使를 겸하고, 성종 5년 工曹判書・吏曹判書가 되고,
　　성종 7년 進賀使로 명나라에 다녀오고, 성종 8년 知中樞府事가 되었다. 홍귀달은
　　성종 3년(1472) 倭人護送使로 영남에 갔다.
3　駕洛國: 경상남도 金海의 古號이다.
4　三叉句: '三叉'는 낙동강 하구 물의 흐름이 세 갈래로 갈라진 곳으로, 양산군 七點
　　山이 두 갈래진 사이에 있다. 三分水라고도 하는데, 전해 오는 속설에 따르면 낙동

招招舟子夜過江　　　寂寂黃山伴丞⁵宿

강이 남쪽으로 흘러 북쪽 磊津에 이르고, 다시 동쪽으로 흘러 玉池淵·黃山江이
되며, 또 남쪽으로 흘러 남쪽 鷲梁에 와서 바다에 들어가며 禮成江과 합류하니,
바닷물이 國脈을 옹위하고 地鉗이 서로 응한다. 이로 인해 고려 文宗 때에 本府를
五道都部署本營으로 삼았다. 그 뒤에 都部署使 韓冲이 道內가 넓고 멀다고 조정에
아뢰어 3도로 나누어 각각 본영을 설치하였는데, 그날 저녁 황산강 물이 세 가닥으
로 갈라져서 바다로 들어갔기 때문에 삼분수 또는 삼차수라 했다 한다.《新增東國
輿地勝覽 卷32 경상도 김해도호부》 '七點'은 고을[양산군] 남쪽 44리 되는 곳 바닷
가에 있는데, 일곱 봉우리의 산이 점과 같이 있기 때문에 이렇게 이름 지은 것이다.
세상에 전하기를, 駕洛國 때 昆始仙人이 놀던 곳이라 한다.《新增東國輿地勝覽
卷22 경상도 양산군》
5 丞: 驛丞으로, 조선 초기에 驛路를 관장하는 종9품 외관직이다.

음성陰城에서 밤에 앉아 회포를 부치다

陰城[1]夜坐寓懷

해 바뀌니 돌아갈 마음 절박한데
여행길 설성雪城에 이르렀네.
깊은 밤 맑디맑아 잠들지 못하고
등불 아래 꼿꼿이 앉아 상념에 잠기네.
해는 황금 궁궐 위에 떠오르고
봄은 아름다운 서울에 돌아오고 있으니
공명정대한 조정, 훌륭한 많은 분들
응당 다함께 태평성대 경하하겠지.

換歲歸心迫	吾行到雪城[2]
夜深淸不寐	燈下兀含情
日上黃金殿	春廻白玉京[3]
明庭藹環佩	應與慶昇平

---

1 陰城: 충청도의 縣名으로, 동쪽으로 忠州 경계까지 8리, 북쪽으로 충주 경계까지 25리, 남쪽으로 槐山郡 경계까지 18리, 淸安縣 경계까지 35리, 서쪽으로 鎭川縣 경계까지 40리이고, 서울까지 2백 48리이다.《新增東國輿地勝覽 卷14 충청도 음성현》

2 雪城: 충청도 陰城縣의 별칭이다.

3 白玉京: 道家에서 말하는 天帝가 거주하는 곳, 또는 신선이 사는 곳으로, 보통 제왕의 도읍지를 가리킨다.

고향집에 돌아가는 꿈을 꾸다가 깨어나 회포를 적다
夢歸高堂, 覺來書懷

연전에 이미 부모님을 떠났는데
정월 초순에도 아직 한양에 이르지 못했네.
밤마다 남으로 날아가는 고향 꿈길 멀고
아침마다 북으로 가는 말발굽 바쁘구나.
이 한 몸 집과 나라 위해 행하기도 멈추기도 하고
천리 강토 길면 긴대로 짧으면 짧은대로 다니지.
조만간 성은聖恩에 만분의 일이라도 보답하면
곧장 옛집에 돌아가 부모님 봉양하리라.

年前吾已別高堂　　正月初旬未漢陽
夜夜南飛鄕夢遠　　朝朝北向馬蹄忙
一身家國兼行止　　千里溪山任短長
早晚聖恩酬萬一　　便將歸養舊家莊

경원통판慶源通判으로 떠나는 교리校理 홍형洪洞을 전송하다
送洪校理洞通判慶源[1]

요사이 변방 수령에 유신儒臣을 임명하니
성상의 뜻은 정녕 변방 백성 위한 것이지.
교만한 태도로 장졸將卒들 노려보지 말고
위엄과 신의로 오랑캐 백성 위무하시게.
마천령 북쪽, 산엔 눈이 오래 녹지 않고
두만강 남쪽, 풀엔 봄도 오지 않지.
진심을 지니고 온 힘을 다 쏟으시게
남아의 공업은 천신만고에서 시작하느니.

年來邊牧用儒臣　　宸意丁寧爲遠人
愼勿驕矜睨將卒　　祗須威信撫夷民
磨天嶺[2]北山長雪　　豆滿江南草不春

1　送洪句: '校理'는 集賢殿·弘文館·承文院·校書館 등의 정·종5품의 관직이다. '洪
　洞'은 세종 28년(1446)~연산군 6년(1500)의 문신. 본관 南陽. 자 子淵. 아버지는
　慶尙左道水軍節度使 貴海, 어머니는 驪興閔氏 同知敦寧府事 孝悅의 따님이다.
　성종 8년(1477) 式年文科 丙科에 급제하여 성종 10년 承政院注書가 된 뒤 여러
　관직을 거쳐 성종 20년 慶源判官이 되었다. 연산군 3년(1497) 문신으로서 활을
　잘 쏘고 무예에 능하다 하여 穩城府使에 임명되었는데 70살이 넘은 노부모를 모시
　는 자는 300리 밖 지역의 수령에 임명하지 않도록 한 『經國大典』의 규정을 들어
　간청하는 노모의 진언이 받아들여져 취소되고 弘文館副提學이 되었다. 이후 右副
　承旨가 되었는데 연산군 10년(1504) 甲子士禍가 발생하자 연산군의 생모 尹妃廢
　黜事件 당시 승정원주서로 이에 적극 개입했다 하여 처형되고 剖棺斬屍되었다.
　홍형이 경원판관이 된 성종 20년(1489)은 홍귀달이 52세로 大司憲으로 재직할
　때이다. '通判'은 判官으로, 監營·留守營 및 큰 고을에 둔 종5품 벼슬이다. '慶源'
　은 함경도의 都護府名으로, 동쪽으로 慶興府 경계까지 96리, 남쪽으로 바다까지
　1백 65리, 서쪽으로 穩城府 경계까지 19리, 북쪽으로 두만강까지 16리이고, 서울
　과의 거리는 2천 1백 44리이다.《新增東國輿地勝覽 卷50 함경도 경원도호부》
2　磨天嶺: 함경남도 단천군 광천면과 함경북도 학성군 학남면 사이의 道界에 있는

好把肝腸盡筋力　　　男兒功業起艱辛

고개이다.

향일암向日菴에 제題하다 2수
題向日菴[1] 二首

1
작은 사찰 하늘 밖에 놓여 있으니
높다란 창 아래 지나는 새 굽어 뵈네.
샘물은 은하수와 맞대어 솟아나고
맷돌은 흰 구름 섞어 돌아가네.
쌓인 눈이 산길을 숨기고
빽빽한 소나무 물굽이 가리네.
이곳에 와 하룻밤 묵자니
속세 인연 많은 것이 부끄럽구나.

小刹開天外	高窓俯鳥過
泉當銀漢湧	碾雜白雲磨
遣雪藏山徑	敎松鎭水阿
我來還一宿	自愧世緣多

2
한밤에 푸른 산속 절에서 묵고
아침에 가난한 마을로 돌아가는데.
오묘한 향기 달 아래 은은하고

---

1 向日菴: 지방문화재 제40호로 낙산사의 홍연암, 남해 금산 보리암, 강화도 보문암
과 함께 한국의 4대 관음기도처 중 하나로, 전남 여수시 돌산읍에 신라 선덕여왕
13년(644) 원효대사가 원통암으로 창건한 후 임진왜란으로 소실되어 肅宗 41년
(1715) 인목대사가 다시 짓고 향일암이라 명명했다. 주위의 바위들이 거북이 등처
럼 되어 있어 영구암이라고도 불린다.

맑은 종소리 구름 너머에서 퍼지네.
한 줄기 길 허공에 걸려 가늘고
두 눈동자 흰 눈에 아찔하여 혼미하네.
걸을수록 닭 울음 개 짖는 소리 가까워지니
점점 다시 시끄러운 속세로 들어가는구나.

夜宿翠微寺	朝回白屋村
妙香聞月下	淸梵出雲根
一路懸空細	雙眸眩雪昏
行行雞犬近	漸復入塵喧

향일암向日菴에서 붓 가는대로 쓰다
向日菴卽事

밝은 창을 보니 여전히 대낮인데
따뜻한 구들에 면이불까지 덮었네.
계수나무로 절구질하여 향기론 밥 짓고
구름 걷자 시원한 샘물을 길어오네.
높은 암자는 큰 골짜기 곁에 두고
늙은 중은 여러 하늘 일 설법하네.
땡 경磬소리 중당中堂에 경소리 그치자
꾸벅꾸벅 손은 졸음이 오는구나.

明窓仍白日　　溫堗又重綿
碓桂炊香飯　　開雲汲泠泉
軒高臨大壑　　僧老說諸天
一磬中堂了　　昏昏客欲眠

희윤希尹의 시에 차운하다 3수

次希尹韻. 三首.

1

버들은 맑은 물결에 씻기고 물은 다리를 치는데
뉘집 연못 옆 자리에 흥이 저리 넉넉한가.
미인은 보배 단장에 간드러지는 허리
공자는 금구슬에 의기를 뽐낸다.
그 자리에 홍안은 봄빛이 사라지지 않고
인간세상 대낮에 취하여 모든 시름 녹인다.
어찌 가난에 병든 몸이 띠집 속에서
애타게 이웃집에 막걸리나 청하는 사정을 알 수 있으냐.

　　柳拂晴波水拍橋　　誰家池館興偏饒
　　佳人珠翠要支裊　　公子金丸意氣驕
　　座上紅顔春不老　　人間白日醉能消
　　焉和貧病茅茨裏　　渴向隣家喚濁醪

2

날고 뛰어 가는 곳마다 교룡이 들레니
세상 사업은 다만 문벌이 좋아야한다네.
곧은 길 두고 스스로 빈천함에 아파하고
높은 재주 두고도 아끼며 뽐내지 못해 봤네.
소나무 잣나무는 해질 무렵 눈서리 헤치며
비와 눈도 아침에 해 뜨면 스러지니.
인간세상 득실이야 다시 어찌하랴
이내 신세를 막걸리에 부쳐두네.

飛騰隨處競長橋　事業但要門戶饒
直道自憐貧且賤　高才不數吝還驕
松杉歲暮凌霜翠　雨雪朝來見晛消
得失人間聊復爾　且將身世付醇醪

3

조수潮水 가에 버드나무, 집 남쪽엔 다리
고향 마을 멀리서도 햇빛 따사롭겠지.
창밖 푸른 산엔 고사리가 일찍 패고
밭머리 아침 해에 꿩이 푸드덕 뽐내겠지.
술의 향기를 머금어 정원의 꽃은 터지고
강어귀 맑은 물결은 산의 눈이 녹은 것이라.
고향집을 꿈속에 두고 돌아가지 못하니
벼슬길 마음에 반나마 취한 게지.

潮邊楊柳宅南橋　故里遙應得景饒
窓外靑山薇拆早　原頭朝日雉飛驕
酒唇香氣園花綻　江口澄波山雪消
家在夢中歸不得　宦途情似半醺醪

강가에서의 밤, 당시唐詩에 차운하다
江夜, 次唐詩韻.

강에 바람 부니 비가 개고
강에 비친 달은 나를 향해 희네.
물 건너 연밥 따던 아가씨
배 매어놓고 어느 곳으로 떠났나.
이 몸은 본래 머물지 않으니
오늘은 예전 저녁이 아니라네.
술이 있으니 또한 마시리
내일 아침엔 또 세상 속에 있으리니.

江風吹雨晴　江月向人白
隔水採蓮女　維舟何處客
此身本不住　今日非宿夕
有酒且飲之　明朝又紫陌

첨지僉知 원맹수元孟穟 만시挽詩

元僉知孟穟[1]挽

선을 쌓은 집안이라 넉넉한 경사 생겨나니
원주 원씨 이 집안 대대로 높은 벼슬.
평생에 손을 좋아하니 술동이는 항상 가득
늘그막에 그대를 아는 이 내가 가장 친했었지.
음악 속에 몇 번이나 한낮에 머물렀나
원림園林 속에 어찌 급히 청춘을 잃었던가.
가련타 온 집안 울음소리 들리니
모두 다 당시에 노래하고 춤추던 이라.

積善之家餘慶新　　原城門戶世簪紳
平生好客尊常滿　　晚歲知君我最親
絃管幾回留白日　　園林何遽失靑春
可憐滿屋聞啼哭　　盡是當時歌舞人

1　元僉知孟穟: 元孟穟. 예조판서 원효연의 아들.

영남군용순찰사嶺南軍容巡察使 서 상국徐相國의 막하에 부임하
는 교리校理 유계분柳桂芬을 전송하다
送柳校理桂芬[1]赴嶺南軍容巡察使徐相國幕下

상국은 남으로 내려가 바닷가를 안찰하시니
막부幕中의 종사從事들은 모두 알맞은 사람이라.
배웅하는 곳 지는 해 따라 날나리 소리 처량하고
텅 빈 들 가을바람 부는데 멀리 깃발이 가네.
일 없으면 다시 서막徐邈의 청주를 들고
마음 두면 유종원의 시로 화답하시오.
태평한 백년을 이로부터 보리니
그대 가는 것 읍하여 보내니 내 기쁜 마음 아시겠지.

相國南征按海陲　　幕中[2]從事[3]摠相宜
長亭落日寒吹角　　曠野秋風遠見旗
無事復中徐邈[4]聖　　有懷聊和柳州詩
昇平百年從今卜　　揖送君歸喜可知

---

1 柳校理桂芬: 柳桂芬. 자 自馨. 호 綠筠. 단종 1년(1453) 增廣文科에 丙科로 급제하
　여 吏曹·禮曹의 正郎, 郡守 등을 역임했다.
2 幕中: 군대의 지휘소.
3 從事: 조선시대 破陣軍 소속의 종8품 잡직.
4 徐邈: 중국 삼국시대의 지독한 애주가.

대내大內의 그림 「백아탄금도伯牙彈琴圖」에 제題하다. 교지
를 받들어 지은 것이다
題內畫伯牙彈琴圖. 奉教製.

늙은 고목 천 길의 그늘은 십 무畝나 되는데
대나무 울타리 띠집은 저기 운림雲林 속에 있네.
내 몸을 모두 잊으니 사슴과도 가깝게 되고
이 마음 평생토록 거문고만 비껴 탔네.
시골늙은이 찾아오니 아는 얼굴이라
더러운 세상 그 어디서 나를 알고 찾아왔나.
만나도 말없이 그냥 보기만 하는데
산은 절로 푸르고 물은 절로 깊네.

老木千章十畝陰　　竹籬茅屋隔雲林
形骸兩忘近遊鹿　　心事百年橫素琴
野老來尋曾識面　　塵寰何處訪知音
相逢不語但相對　　山自蒼蒼水自深

근인近仁의 시에 차운하다 절구 2수

次近仁[1]韻. 二絶.

1

해바라기처럼 언제나 해를 바라보았더니
궁궐에서 십년 익힌 술 금술잔에 찰랑이네.
봉황지 봄물은 포돗빛으로 푸른데
윤음綸音 초초草하는 것 끝나니 취흥 겨워 미치겠네.

慣把葵心向大陽　　十年宮醞滿金觴
鳳池春水葡萄綠　　草罷絲綸[2]醉興狂

2

액이 든 윤달이라 금년은 구양九陽이 들었는데
너른 회포를 그저 막걸릿잔에 맡겼네.
취하니 보이는 곳 모두가 평지인데
비틀대니 진실로 내가 미친 것 같네.

厄閏今年値九陽　　寬懷賴有濁醪觴
醉鄕面面皆平地　　散步眞堪寄我狂

---

1 近仁: 金甲訥의 자. 본관 善山. 金漢生의 아들. 길주목사를 지냈다.
2 絲綸: 綸音. 조선시대 국왕이 국민에게 내리는 訓諭의 문서.

정경부인貞敬夫人 남씨南氏 만시挽詩
貞敬夫人¹南氏挽詞

남씨 집안은 가풍이 멀고
서하西河 땅은 지세도 높다네.
봉황은 홰홰 울고
금琴과 슬瑟 화락하게 어울렸네.
부덕婦德은 엄숙하고
뒤에서 도와 가업이 융성했네.
신선 복숭아는 만 알이나 되고
훌륭한 아들은 한 떨기로세.
줄기가 크니 집안 성세도 크고
용을 새기는 글재주는 국수의 솜씨라.
신령스런 망아지는 임금님 마구로 보내야지
혼인 기러기 바친 곳은 반드시 왕궁이었네.
귀하신 공주님 겸손하고 공경하였고
부마도 잘 돌봐주었지.
왕궁에서 은택을 베풀고
훌륭한 저택엔 상서로운 바람이 일었지.
한번 병들자 의사도 쓸 데 없어
삼생三生의 운수엔 끝이 있었네.
아들 손자 곡하는 소리에
친척과 벗들도 눈물 속에 잠겼네.
복과 덕이 앞뒤로 쓰러지고

---

1 貞敬夫人: 조선시대 외명부인 문무관처에게 내린 정·종1품 爵號.

슬픔과 영화는 처음과 끝이 있는 법.
여주에 선산이 있으니
말갈기 따라 새 무덤으로 가네.
흰 만장은 저녁 강을 따라가고
단풍에 가을 강이 붉네.
나 홍애자洪崖子는 따로 느낌이 있어
훔친 눈물 성 동쪽에 뿌렸네.

南氏家風遠　　西河地勢崇
鳳凰音噦噦　　琴瑟調融融
婦德閨儀肅　　陰功相業隆
仙桃和萬顆　　玉樹挺孤叢
幹蠱家聲大　　雕龍國手工
神駒須御廏　　奠鴈必王宮
貴主謙恭並　　儀賓眷遇同
天家垂睿澤　　甲第動祥風
一疾醫無效　　三生數有窮
兒孫哭聲裏　　親舊淚痕中
福德傾前後　　哀榮併始終
驪州存舊壟　　馬鬣就新封
素幔暮江向　　丹楓秋水紅
洪崖偏有感　　雪涕洒城東

문경聞慶 양벽당漾碧堂에 제제하다
題聞慶漾碧堂[1]

홀륭한 정사를 누가 능히 그려낼까
당을 세웠으나 아직 이름이 없다네.
앞산 절벽엔 물소리 꿩꿩하고
못을 파니 거울같이 맑디맑다.
사람은 물결 사이 달빛 속에 누웠고
기생의 노랫소리 벽 위의 등잔 따라 흔들리네.
글 못 짓는다 사양하지 마시라
태수도 예전부터 능하셨으니.

美政誰能狀	堂成未有稱
面山屏矗矗	開沼鏡澄澄
人臥波間月	魚吹壁上燈
休辭文字缺	太守舊相能

---

1 漾碧堂: 양벽당기가 있음.

양산사陽山寺 승려 문욱文郁이 묘향산 유람 시축에 제題하다 2수
題陽山寺[1]僧文郁遊妙香山詩軸. 二首.

1

욱郁은 중이라
향기로운 명성 예전에 들었네.
선禪의 마음 머무는 곳 없으니
세상 일 시끄러운 것 떠나버리네.
세월은 두 다리요
건곤은 한조각 구름이라.
공중에 날아도 본래 발자취 없으니
어느 곳에서 다시 문文을 만날꼬.

  郁也沙門挺 香名舊所聞
  禪心無住着 世事謝紛紜
  日月雙行脚 乾坤一片雲
  空飛本無迹 何處更逢文

2

반평생 뜬 명성에
속세에서 머리만 희어지네.
고향에 구름 낀 산은 낮에도 눈에 보이고
강과 바다에서 배 타던 일 생각나네.
물욕은 뱀이 코끼리 삼키듯 하고
인정은 사슴이 맹수를 겁내듯 하네.

---

1 陽山寺: 현재의 봉암사. 경상북도 문경시 가은읍 원북리 曦陽山에 있는 절이다.

어느 날에나 혜원惠遠을 데리고
마음대로 호계虎溪에서 놀까.

半世浮名誤　　紅塵欲白頭
雲山長見畫　　江海憶登舟
物欲蛇呑象　　人情鹿畏貙
何時携惠遠[2]　隨意虎溪[3]遊

---

2 惠遠: 동진의 고승.
3 虎溪: 혜원이 이 계곡에 걸린 다리를 건너가지 않았는데 처사 도연명, 육수정이
　방문하여 이야기하다가 깜빡 잊고 다리를 건넜다는 고사. 「虎溪三笑圖」로 유명함.
　마침 문경에도 호계현이 있어 서로 조응하여 쓴 말.

영남으로 돌아가는 길에 음성陰城에서 승지 이경동李瓊仝에게 부치다
歸嶺南, 在陰城寄李承旨瓊仝[1].

내 말없이 남쪽으로 떠나는 날
머나먼 북관으로 그대 보내는 마음.
친구를 강에서 보내는데
아내와 아이들 데리고 눈길을 가네.
길을 고향 쪽으로 나 있어
성스럽고 밝은 임금 도울 길 없구나.
푸른 산에 몇 줄기 눈물은
흰머리 서생의 것일세.

默默南征日　　悠悠北關情
親朋江上送　　妻子雪中行
有路歸鄕里　　無階補聖明
靑山數行淚　　白首一書生

1　李承旨瓊仝: 李瓊仝. 생몰년 미상. 조선 초기의 문신. 본관 全州. 자 玉汝. 고려조
　의 정당문학 文挺의 후손이다. 동지중추부사·호조참판·예조참판·형조참판·병
　조참판을 역임하였다.

금암金巖에서 묵으면서 서장관書狀官 신종호申從濩에게 주다
宿金巖¹, 贈申書狀²從濩³.

길 나서니 몸은 이미 멀어졌는데
산관山館의 밤은 길기만 하구나.
비 그치니 푸른 산은 더욱 우뚝하고
뜰은 비었는데 흰 달만 흐른다.
그대도 분명 잠 못 들고 있겠지
나를 생각느라 시름겨워 하겠지.
옛 동산 남두성南斗星 비치는 곳에서
어버이도 먼 길 떠난 아들 염려하시겠지.

客行身已遠　　山館夜悠悠
雨歇靑山立　　庭空皓月流
知君應不寐　　憐我獨生愁
故苑直南斗　　高堂念遠遊

1　金巖: 黃海道 平山郡 金巖面의 지명이다.
2　書狀: 書狀官. 조선시대 중국에 보냈던 使行가운데 하나이다. 특히 燕行使(北京에
　　가는 사신)의 일행인 三使(正使·副使·記錄官) 가운데 기록관을 말하며 외교문서
　　에 관한 일을 분담했다. 정4품에서 6품 사이의 관원으로 임명했으나, 임시로 一品
　　上位의 직함을 함께 주었다.
3　申書狀從濩: 申從濩. 세조 2년(1456)~연산군 3년(1497). 본관 高靈. 자 次韶.
　　호 三魁堂. 도승지 檣의 증손으로, 할아버지는 영의정 叔舟이고, 아버지는 奉禮郎
　　澍이다. 어머니는 영의정 韓明澮의 딸이다. 1481년 洪貴達의 書狀官이 되어 명나
　　라에 갔다. 도승지·동지중추부사를 거쳐, 병조·예조·이조참판을 역임하였으며,
　　연산군 2년(1496) 正朝使가 되어 명나라에 갔다가 이듬해인 1497년에 돌아오던
　　중에 개성에서 죽었다.

봉산鳳山가는 길에서
鳳山¹道中

큰 바람이 성난 물결처럼 땅을 말아 올리고
산 아지랑이 흰 비처럼 하늘에 가득 찼네.
천지가 숨을 내쉬니 풀과 나무도 울부짖고
모래 돌 날아오르니 사람과 말 자빠지네.
사람 소리야 지척에서도 도무지 들리잖고
푸른 산도 귀밑머리에 가려 아예 보이지 않네.
귀 막은 듯 귀먹은 듯 아예 미친 듯
발걸음 떼 옮겨도 뒷걸음질에 아예 제자리.
봉은 단산丹山에 있다는데 그 어드메인가
늙은 말 옛 발걸음 따라 맡겨버리자.
문득 당堂 깊고 나무 오래된 곳에 들어가니
여기구나 명당의 봉의 둥지에 오동나무 줄지어 있는 곳.
창을 닫고 비스듬히 누우니 나는 이미 편안하지만
나그네들 길 위에 있는 자 몇몇 이런가.
아아 바람신이여 밉기도 하구나
한창려韓昌黎가 소송했는데도 뉘우치지 못하다니.
나는 본래 사물과 서로 미워하지 않는데
너는 왜 나를 저버리고 저토록 성이 났느냐.
이번 길에 응당 대궐에 조회하리니
천자를 뵈면 제일 먼저 너를 소송하리라.

---

1 鳳山: 黃海道 봉산군 沙里院에서 동쪽 약 6km 지점에 있는 옛 읍의 지명이다.

大風捲地如怒浪　　山靄滿空如白雨
天地噓噫草木號　　沙石飛走人馬仆
人語咫尺那得聞　　青山遠鬢迷指顧
如聾如聵又如狂　　欲前似却行似駐
鳳在丹山不知所　　一任老馬尋舊步
忽入堂深木老處　　知是阿閣²連梧樹
閉窓兀臥我已穩　　幾多行人猶道路
嗟哉風伯汝可憎　　昌黎訟之不悔悟
我生與物本無忤　　於汝何負乃爾怒
此行正當朝閶闔　　謁帝第一爲汝訴

___

2 阿閣: 사면이 높이 치켜 올라간 처마가 있는 누각이다.

강 이상姜二相의 「금교역金郊驛」 시에 차운하다
次姜二相金郊驛[1]韻

오랜 지난 일은 다시 쫓아갈 수 없는데
오래된 역은 황량하게 푸른 산에 있네.
만리 길에 귀밑머리 희어진 줄도 모르니
일생에 어찌 잠시라도 편안할 때 있으랴..
머리 돌려 보니 어느 새 봄날은 가고
여행 날짜 꼽아 보니 팔월에나 돌아오겠네
멀리 오색구름 속 궁궐의 새벽을 생각하니
백관들 조회 반열에 정렬하고 있겠지.

　　悠悠往事詎追攀　　古驛荒涼積翠間
　　萬里不知雙鬢改　　百年安得片時閑
　　回頭徂歲三春去　　屈指遊程八月還
　　遙想五雲宮闕曉　　百官初整紫宸班

---

1 金郊驛: 황해도 금천군 금교에 있던 역이다.

조천朝天하는 길에 보니, 중국 사신이 이미 요동을 지났는데 가지고 오는 궤와 함이 몇이나 되는지 알지 못하겠다고 한다. 그 일행을 마중하며 지원하는 평안도 백성들이 길에 가득하고, 심지어 닭과 개까지도 운반되고 있어 참담한 느낌으로 읊다
朝天¹路上, 見說天使已過遼東, 所賫櫃函, 不知其幾. 平安人民迎候 供給者滿路, 至於雞犬, 亦在轉輸. 有感, 賦云.

곳곳마다 수레 먼지 눈을 가리니
모두들 중국 사신이 요동을 지났다 전하네.
지난해에는 동방을 닥닥 긁어갔다 하더니
오늘은 도리어 중국 땅이 텅 비었나 여겨지네.
온 길에 인민들은 채찍질 속에 들었고
온 집의 닭과 개는 등짐 속에 지고 가네.
돌아갈 때는 올 때보다 고생이 배나 되리니
어찌하면 이 모습을 천자의 귀에 들리게 할까.

眯眼車塵處處同　　共傳天使過遼東
前年見說東方罄　　今日還疑上國空
一路人民鞭朴內　　萬家雞犬負馱中
歸時想倍來時苦　　安得早情達帝聰

---

1 朝天: 중국의 천자를 보러 가는 것.

거련관車輦館에서, 기성箕城에서 좋은 경치를 구경하던 일을 떠올리며 지어서 같이 구경했던 이 참찬李參贊에게 부치다
車輦館¹追述箕城²遊賞勝跡, 寄同遊李參贊.

서경은 경치좋은 땅이라
놀러 다닐 곳도 많아라.
풍월루風月樓 속에서 쉬고
능라도綾羅島 위에서 만났네.
부벽루浮碧樓의 기와도 만져보았고
모란봉牧丹峯에도 올라보았네.
청교靑橋 백교白橋는 마주 대하고
춘대春臺 추대秋臺는 둘 다 높았지.
기린굴麒麟窟은 띠풀로 막혔고
문무정文武井은 이끼로 막혔네.
기자묘箕子墓 지나며 느꺼워
삼가 성스러운 모습을 뵈었네.
밭이 있으면 모두 정전井田을 했고
곳곳마다 종소리 울리지 않는 곳 없네.
버들 심은 길 십리에
각 집마다 봄날 해가 떨어지네.
안타깝게도 남포南浦로 갈 시각 늦어지니
같이 붙잡고 올라 술동이에 취한다.
이번 만남 천년에 한번 뿐이라

---

1 車輦館: 평안북도 동림군에 소재한 지명이다.
2 箕城: 평양의 옛 이름.

되돌아보니 그 마음 만 겹이나 되네.

西京形勝地　　　多我氶遊從
風月樓[3]中散　　綾羅島[4]上逢
摩挲浮碧瓦[5]　　登眺牧丹峯[6]
靑白橋相對　　　春秋臺並崇
麒麟窟[7]茅塞　　文武井[8]苔封
感慨經箕墓[9]　　寅恭禮聖容
有田皆畫井[10]　　無處不鳴鍾
十里垂楊路　　　千家落日春
最憐南浦[11]晚　　共挹上尊濃
此會誠千一　　　追思意萬重

3　風月樓: 평양에 있으며 서거정이 「風月樓 重新記」를 지었다.
4　綾羅島: 평양 대동강에 있는 섬. 경치가 아름다워 예로부터 箕城八景의 하나로
　　꼽힌다.
5　浮碧瓦: 浮碧樓. 평양 牡丹臺 밑 淸流壁 위에 있는 누각이다.
6　牧丹峯: 평양 북쪽에 있는 작은 산. 꼭대기에 牡丹臺, 最勝臺, 을밀대 따위의 누각
　　이 있다.
7　麒麟窟: 평양 부벽루 아래 동명왕이 기린말을 길렀다는 곳으로 후인이 비석을
　　세워 표하였다.
8　文武井: 평양의 장경문에서 부벽루에 가는 도중에 있는 우물이다.
9　箕墓: 평양시 기림리에 있는 箕子의 묘이다.
10　有田皆畫井: 토지 제도의 하나로 중앙의 한 구역을 公田이라고 하고, 둘레의 여덟
　　구역을 私田이라고 하여 여덟 농가에게 맡기고 여덟 집에서 공동으로 공전을 부치
　　어 그 수확을 나라에 바치게 하였다.
11　南浦: 평안남도 남서부에 있는 지명이다.

적강狄江을 건너다
渡狄江¹

천 웅큼 푸른 물결 지는 해 희롱하고
작은 배 두둥실 버드나무 곁을 지나네.
적강狄江도 또한 바다로 조회가는 강이라
천년토록 편안하게 사신 탄 배를 보내주네.

千掬蒼波弄日斜　　小舟輕颺柳邊過
狄江亦是朝宗者　　穩送千秋使客查

---

1 狄江:「동국여지지도」에는 '八江'으로,「대동여지도」에는 '三江'으로,「동국여지
승람」에는 '狄江'으로 표기되어 있는 강으로 압록강 주위의 강으로 판단된다. 연암
은『열하일기』에서 "압록강을 건너 10리를 가서 三江에 이르니 강물이 비단결같이
잔잔하다. 어디서 발원하는지는 알 수 없으나 압록강과의 거리는 불과 10리 가량이
지만 강물이 범람하지 않은 것을 보면 압록강과 근원이 다르다는 것을 알 수 있다."
라고 하였다.

서장관의 시에 차운하다
次書狀韻

평생토록 주남周南에 머무리라 생각지 못하고
몇 년이나 느릿느릿 해동 땅에 누웠었나.
기둥에 제題하던 사마상여 수레 탈 것 기약하고
갈림길에서 울던 양주楊朱는 길이 막히면 웃었지.
말타고 우공禹貢 속 산천을 지나니
사람들은 주나라 예악 속에 들었네.
나그네 길에 아는 사람 적다고 말하지 말라
이응李膺을 한 번 보면 이미 무르녹게 알아보리라.

平生不數周南¹滯　　幾歲棲遲臥海東
題柱相如期馵過　　泣歧楊子²笑途窮
馬行禹貢³山川內　　人入周家禮樂中
莫謂客中知己少　　李膺⁴一見已知融

---

1 周南: 오늘날의 중국 하남성 洛陽 지방을 가리킴인데, 轉하여 조정의 정사에 직접
　참여하지 못하는 먼 지방의 고을을 뜻하게 되었다. 『사기』 권130 「太史公自序」의
　'태사공이 주남에 머물렀던 까닭에 부득이 그 일에 함께 따를 수 없었다(太史公留
　滯周南 不得與從事)'고 하는 구절에서 유래하였다.
2 楊子: 楊朱. 중국 전국 시대의 학자. 중국 전국 시대의 사상가. 字는 子居. 老子의
　無爲獨善說을 따라서 쾌락적 인생관을 세우고 극단적인 이기주의, 개인주의를
　제창하였다.
3 禹貢 중국 九州의 지리와 산물에 대하여 기술한 고대의 지리서이다. 夏의 禹가
　홍수를 다스리고, 천하를 통일하는 과정을 일종의 地誌的 서술로 되어 있다.
4 李膺: 중국 後漢 때의 襄城 사람. 字는 元禮. 벼슬은 桓帝 때 司隷校尉를 지냈다.
　후에 黨禍에 걸려 靈帝 때 宦官에게 죽임을 당하였다.

단양일端陽日에 높은 고개에서 묵다가 밤에 두견이 소리를 듣고 서장관의 시에 차운하다

端陽日¹宿高嶺下, 夜聞鵑聲, 次書狀韻.

우리 집은 아득히 낙동강 서쪽에 있는데
몇 번이나 돌아가고픈 마음에 잠 이루지 못했나.
부모님께서 여러 번 꿈에 나타셨고
낚싯배와 차아궁이도 시구에 자주 썼네.
옛동산에 갔던 때는 첫장마 졌는데
타향 땅 수풀 속에 두견이 우는구나.
보노라니 올해도 또 이와 같으니
다시 좋은 쌀 찧어 내년이나 점쳐보리.

家山渺渺洛西邊　幾度歸心夜不眠
椿樹萱花²勞夢想　釣舟茶竈費詩聯
來麰舊隴初梅雨　草樹他鄉已杜鵑
看却今年只如此　更精瓊米卜明年

---

1 端陽日: 端午.
2 椿樹萱花: 춘나무와 원추리꽃. 춘나무는 부친을 비유하고 원추리는 모친을 비유한 것이다.

요동관遼東館에 도착하여 서장관의 시에 차운하다
到遼東館[1], 次書狀韻.

고향 산천 속엔 저절로 시가 천 수나 있는데
하늘 한 끝에 있을 줄 생각이나 했겠는가.
막북漠北에 봄이 깊으니 높은 나무에 가로막혔고
요서에 산이 끝나니 갈림길도 많아라.
강가에서 달을 보며 길게 휘파람 불고
여관에서 사람을 만나 차를 홀짝이네.
태사太史는 내일 응당 상주하리라
은하수에 곧바로 올라가는 뗏목을 보았노라고.

溪山自有詩千首　　　身世不知天一涯
漠北春深雲樹隔　　　遼西山盡路歧賒
江皐見月長呼酒　　　旅館逢人細啜茶
太史[2]明朝應有奏　　　銀河直上見星査

1　遼東館: 중국 요동에 있는 여행 숙소.
2　太史: 중국에서 기록을 맡아보던 벼슬아치. 史官.

청석동靑石洞 노인의 탄식
青石洞[1]老人歎

청석골 노인은 나이가 예순인데
얼굴은 칠흙같이 검고 삿갓도 안썼네.
정강이 오는 짧은 도포엔 때가 친친 올랐고
손에는 채소다발 들고 내 앞에 와 읍하네.
"저희 집은 이 산 속에 있는데
얼마 전부터 해마다 오랑캐 기병이 들어옵니다.
아들 하나 딸 둘은 오랑캐가 잡아가고
늙은 아내 살아있으나 항상 양식이 떨어집니다.
산밭은 거칠어서 남는 재산도 없고
다만 이것으로 간신히 때운답니다.
외로운 두 부부는 죽을 때가 다 되었는데
슬프다 아들 딸들 오랑캐 땅에서 울고 있겠지요.
이생에 다시 만날 길 없으리니
바랄 것은 큰 나라에서 모아들여 주었으면……"
들을수록 그의 소리 더욱 괴로워
말소리 들리지 않고 아이고 아이고 우네.
아아 나는 뜻은 있지만 헛되이 늙어서
간담肝膽은 살았지만 힘이 미치지 못 하네.
쌀뒷박이나 넉넉히 되어 위로하며 보내고 나니
성나 일어난 머리털이 온 저녁 내 섰구나.

---

1 青石洞: 개성 인근의 지명으로 동쪽에 천마산이 있다.

青石老人年六十　面如漆黑頭不笠
短布及骭仍帶垢　手持枼把前我揖
自言家住此山中　邇來頻年胡騎入
一男二女虜去盡　老妻生存常絶粒
山田薄薄無餘産　只有此物堪供給
子子夫妻老濱死　哀哀子女胡中泣
此生無路復相見　所望大邦倘收集
聽之愈深聲愈苦　言語不成但於悒
嗟余有志空老大　肝膽輪囷力不及
姑將溢米慰送之　蕭蕭怒髮終宵立

연아근체演雅近體로 지어 서장관에게 보여주다

演雅近體[1], 錄示書狀.

귀밑머리 거울을 보니 이미 까마귀 빛 잃었으니
어쩌랴 말 위에서 청춘을 보냈구나.
나귀 타고 요동성 화표주華表柱에 학을 찾아보고
제비 새끼 비둘기들에게 영남 우리 집 소식 묻노라.
양참陽站 길에서 이리와 사슴을 실컷 찾아보고
편어鯿魚 보니 한강에서 뗏목 타던 잡던 일 생각나네.
시 지어 남쪽 가는 기러기에게 부치니
나에게도 물가에서 백구와 만날 맹세 있다네.

雙鬢臨鸞已失鴉	如何馬上過年華
騎驢問鶴遼東表[2]	乳燕鳴鳩嶺外家
狼鹿[3]厭尋陽站[4]路	鯿魚[5]憶上漢江槎
題詩寄與南歸鴈	我有鷗盟在水涯

---

1 演雅近體: 黃庭堅이 태화현에 좌천되어 있을 때 지은 것으로 추정되는 「中有鴨鷗
  閑似我」라는 작품을 '演雅體'라 하였다. 주로 벌레·새·짐승을 시속에 이용하여
  짓는 것을 특징으로 한다.
2 遼東表: 요동성의 華表柱. 화표주는 무덤을 지키는 수호 신앙과 기념적인 기능을
  가진 석조물이다. 천년만에 학이 되어 왔다는 선인 정령위의 고사임.
3 狼鹿: 이리와 사슴. 주 나라의 목왕이 犬戎을 정벌하고 흰 이리 네 마리와 흰
  사슴 네 마리를 잡아 가지고 돌아왔고, 이후로 戎翟이 사는 荒服 지역에서는 조공
  을 바치지 않았다 한다.《史記 卷4 周本紀》
4 陽站: 중국 沈陽에 있는 驛站.
5 鯿魚: 전갱이과에 속하는 물고기이다.

서장관의 시에 차운하다 4수
次書狀韻. 四首.

1

이역이라 만나는 사람 적으니
석양에 말을 세우고 섰네.
긴 하늘 새도 날다 지쳤는지
오직 먼 길 가는 사람과 벗해 주네.

異域逢人少　　斜陽立馬頻
長天鳥飛倦　　唯伴遠征人

2

이 몸도 내 것이 아니니
어느 곳인들 내가 살 곳이 아니랴.
일생이 나그네와 같으니
천지는 곧 역말집 속이라.

此身非我有　　何處不吾居
百年如過客　　天地卽蘧廬

3

전에 동문의 조석祖席을 생각하고
고개 돌리니 한양성 나무가 보이는 듯.
앞길은 아득하여 얼마나 되는지
눈닿는 곳 멀리 제齊와 노魯 쪽을 바라보네.

憶昨東門祖[1]　　回頭漢陽樹

前程渺何許　　極目望齊魯²

4

해가 쉬니 수레와 말도 쉬고
문앞에 먼길 상인들 모여드네.
나는 취해 어디에도 없는 땅에 앉았는데
술이 깨니 시마詩魔가 들어오네.

日晏車馬休　　門前商旅集
我坐無何鄕　　酒醒詩魔³入

---

1 東門祖: 동문의 祖席. 한양성 동쪽에서 길제사 지내고 헤어지는 곳. 祖는 길의 신.
2 齊魯: 齊와 魯 쪽. 춘추시대의 나라들로 조선에서 보기에 서쪽에 위치해 있으며,
　여기서는 중국을 바라본다는 의미로 사용되었다.
3 詩魔: 시를 지을 마음을 불러일으키는 마력.

요동성遼東城 남쪽에서 읊다

遼東城[1]南吟

화표주華表柱 머리에 학은 날아가 버렸는데
요동성 남쪽엔 무덤들만 옹긋쫑긋.
지난 무덤 평평하고 새 무덤은 높은데
성중의 번화함은 예전과 같구나.
아침에 보니 성중에 나으리들 많더니
저녁에 보니 성 남쪽에 귀신들 떼 지었네.
성중의 사람들아 묶여 사는 것 그치시라
성남으로 가는 길 어찌 그리 재촉하나.
반드시 하루에 만전萬錢을 써서
통쾌히 마시고 총애와 오욕을 왜 잊어버리지 않는가.

華表柱頭鶴飛去　　遼東城南塚纍纍
舊塚已平新塚高　　城中繁華如昔時
朝看城中盛簪紳　　暮看城南多鬼神
城中之人休局束　　城南之路何催促
正須一日費萬錢　　痛飲無何忘寵辱

1　遼東城: 심양을 가리키는 말. 본래 고구려 시대의 지명.

요동관遼東館에서 서장관의 시에 차운하다

遼東館次書狀韻

1

같은 때 다행히도 성스런 임금 시대를 만나서

그대 재주 한 시대의 영웅 됨을 알아보았네.

높은 의기를 어찌 글 속에 다 담겠는가

깊은 회포는 말 속에 있지 않다네.

밤들자 술잔으로 용만龍灣의 달을 빨아들이고

아침에 말을 타고 요동벌 바람을 맞노라.

이제 구경을 떠나니 빛이 배나 솟구치니

이하李賀의 화려한 옷깃에 청총마靑蔥馬 뛰어오르네.

同時自幸際雲龍	共識君才一代雄
高義豈容文字上	深懷不在語言中
瑤盃夜吸龍灣[1]月	珂馬朝乘鶴野風
此去觀光光焰倍	華裾長吉[2]耀靑蔥

2

아침에 구름을 보며 육운陸雲같은 이 떠올리네

지금토록 붙잡아주니 호걸영웅이로세.

시는 흥을 푸느라 천 수나 읊고

술은 마음을 여느라 다시 한 자리 마련하네.

어스름 질 때 신녀神女의 비에 옷이 젖고

높은 대에 오르니 양왕襄王의 바람이 불어오네.

---

1 龍灣: 지금의 평안도 의주의 옛 지명으로 조선의 최서북단에 위치한다.
2 長吉: 李賀. 791~817. 중국 唐代의 시인.

서경西京의 달밤에 응당 머리 돌려 보리니
헛되이 흰 파같은 손으로 붉은 실 어루만지리.

> 早向雲間記士龍[3]　　如今附翼却豪雄
> 詩因遣興聊千首　　酒爲開懷復一中
> 薄暮衣沾神女雨　　高臺面拂大王風[4]
> 西京月夜應回首　　浪撫朱絲手剝蔥[5]

3

내고향 옛 마을도 이름에 용자龍字가 들었지
어릴 때 그릇되이 영웅으로 천거되었네.
반평생 공명을 따라 뛰어다니는 속에
몇 년이나 친척과 친구를 꿈속에서 보았나.
처량한 산과 바다 삼경 정각에 보았고
어버이를 쓸쓸하게 오월 바람 속에 보았네.
나그네 길 소반 속에 잣다란 새 잎이 오르니
마음속에 결단 없이 새 파를 보는 것 한스럽네.

> 吾鄕故里亦名龍　　早歲猥蒙誤薦雄
> 半世功名奔走裏　　幾年親舊夢魂中
> 凄涼山海三更角　　寂歷萱椿五月風
> 客路盤中細生葉　　恨無寸斷見新蔥

3　士龍: 陸雲. 263~302, 중국 西晉의 시인이다. 형과 함께 문재에 뛰어나 二陸으로
　　병칭된다.
4　大王風: 초나라 襄王의 고사. 楚나라의 왕으로 고당에 올라가 낮잠을 자는 사이
　　꿈속에서 무산의 선녀를 만나 정을 나누었다는 고사로 유명하다.
5　手剝蔥: 깐 파 같이 하얀 미인의 손을 가리킴.

요동성遼東城을 출발하여 안산鞍山 가는 길을 가리키다 2수
發遼東城, 指鞍山¹途中. 二首.

1

오월 따가운 햇살에 낮닭이 우는데
누가 알았으랴 길 가기가 밭갈이보다 힘들 줄을.
길가에는 시원한 나무그늘 하나 없고
구름 저 멀리 지평선만 내려다 보이네.
주린 입에는 누런 먼지만 들어올 뿐
침침한 눈엔 흰 해만 서쪽으로 기우누나.
안산鞍山을 바라보니 그 어드멘가
담담한 연기 속 꽃 풀에 눈만 어지럽네.

五月炎暉正午雞　　誰知行邁病于畦
傍路全無嘉樹蔭　　隔雲遙見遠天低
飢腸只有黃塵入　　病眼惟窺白日西
却望鞍山何處是　　淡烟芳草使人迷

2

요동성 서쪽으로 하늘이 바다 같이 넓어
온종일 말 달려도 길은 끝이 없네.
얕은 사하沙河 물이 잠깐 맑았던 것 빼고는
모두가 흙먼지라 하늘을 덮었네.
말 타는 게 소수레보다 빠르지 않은데
사람얼굴도 그와 같이 햇빛에 그을렸네.

---

1 鞍山: 중국 遼寧省 중부에 있는 지역.

우습다 다리 대롱대롱 나귀 탄 사람아
아이가 어른에게 업힌 것과 똑같네.

遼城西望海天空　　盡日馳驅路不窮
除却沙河²乍淸淺　　餘皆塵土鬧溶濛
馬蹄不及牛車疾　　人面其如日馭烘
堪笑騎驢垂脚子　　正如兒負大長翁

---

2 沙河: 중국 대련 沙河口 인근.

왕차하王汉河 정자에서 진가유陳嘉猷 위한魏瀚의 시에 차운하여
王汉河亭, 次陳嘉猷¹魏瀚韻.

임금님 일 바쁜지라 잠깐도 편안치 못해
수레 급히 몰아 또 이곳 장정長亭을 지나누나.
멀리서 온 세 강물은 서해로 흘러들고
만리장성은 북쪽 바다 너머 있네.
먼 들판 가랑비에 봄풀은 푸르러가고
석양 낀 객점 하나 주기酒旗만 푸르다.
벽 사이로 조금 글의 광채 비치니
시선詩仙이 전날의 경을 읽기 때문이겠지.

王事恩恩詎暫寧　　星軺又此過長亭²
三河遠水流西海　　萬里長城隔北溟
細雨平蕪春草綠　　夕陽孤店酒旗靑
壁間贏得生文焰　　爲有詩仙昔日經

1　陳嘉猷: 명나라의 給事中으로 1457년에 조선에 사신으로 온 인물이다.
2　長亭: 여행객이 휴식을 취하는 곳으로 5里마다 短亭(쉬는 정자)을 두고 10리마다 長亭(쉬는 집)을 설치하였다.

사령沙嶺 가는 길로 나서다

發沙嶺[1]途中

푸른 구름 꽃풀 속에 해는 기울고
다각다각 빠른 말 고운 모래 날린다.
산과 물 보다보니 낯선 땅 나그네라
천지가 내 집이란 말 어찌 의심하리오.
세월은 살같이 빠르게 지나가고
길은 활처럼 굽이굽이 꺾였네.
계곡의 새는 기심機心이 식었다는 것도 모르고
말 앞에서 놀라 날아 구름 끝으로 날아가네.

碧雲芳草日西斜　　快馬駸駸蹴軟沙
慣見山河爲異客　　却疑天地是吾家[2]
光陰似箭經過疾　　道路如弓屈曲多
谿鳥不知機已息　　馬頭驚起向雲涯

1　沙嶺: 현재 중국 요녕성 盤山縣(大凌河 유역) 지역.
2　天地是吾家: 유령의 「酒德頌」에 나오는 말.

고평高平 가는 길 5수

高平¹途中. 五首.

1

모래톱엔 아득히 갈대꽃 피었는데
눈 들어 중원中原을 바라보니 만리길 시름이라.
오월 고평성高平城 아래 길에
쓸쓸한 귀밑머리 이미 가을이 왔는가 놀라네.

>　　平沙渺渺荻花洲　　　一望中原萬里愁
>　　五月高平城下路　　　蕭蕭雙鬢已驚秋

2

무지개다리 뽐내며 맑은 물결에 누웠는데
양쪽 난간 너머엔 푸른 연꽃 물들었구나.
바람 맞으며 한 번 길게 휘파람 불리라
푸른 초원은 끝이 없고 석양만 타오르네.

>　　虹橋偃蹇臥晴波　　　兩面雕欄染碧荷
>　　我欲臨風一長嘯　　　靑蕪不盡夕陽多

3

하늘 끝이라 고향 생각 말할 곳 없는데
땅 가득 한가로운 풀 이름을 알 길 없네.
들새만이 다만 나를 알아주는 자라
구름 너머 날면서 고향 소리로 우네.

---

1 高平: 중국 山東 高平縣의 지명이다.

天涯無處說鄉情　　滿地閑花不解名
野鳥只應知我者　　隔雲飛帶故園聲

4

평생토록 구름 낀 산의 주인이 되고자 했는데
요하를 넘으니 한 점 산도 없구나.
오늘은 길에서 병든 눈을 열어보니
바다 구름 깊은 곳에 저녁 산 하나 외롭구나.

平生愛作雲山主　　直渡遼河一點無
今日路中開病眼　　海雲深處暮鬢孤

[원주]

말위에서 멀리 독산獨山을 바라보았다. 이 고평성高平城 가는 길에서 처음 보는
산이다.
馬上遙見獨山², 是高平路見山初也.

5

인간 세상 꿈속 같다 남가몽南柯夢을 말하는데
가만히 평생을 헤아리니 꿈 아니고 무엇인가.
나는 본래 건곤 사이 나그네 몸이려니
하늘 가에서 무엇하러 봄날을 한탄하랴.

人間幻夢說南柯　　細念一生非夢何
我本乾坤一羈旅　　天涯何用恨年華

---

2 獨山: 고평성 근처에 산줄기가 이어지지 않고 홀로 떨어진 산을 말한다.

반산역盤山驛에서 묵고 광녕廣寧으로 출발하다
宿盤山驛¹, 發向廣寧².

반산역盤山驛 꿈에 어버이를 뵙고
통원교通遠橋 머리에서 고향을 그린다.
십리마다 봉수대는 막북으로 뻗어있고
반나마 패인 수레 자국 요양遼陽으로 달려가네.
먼 하늘 아득히 물새 떼가 날고
푸른 들 질펀하게 메추리 떼 덮였네.
여기서 광녕廣寧까지 몇 리나 되는가
말머리에 산빛은 푸르기도 해라.

盤山驛裏夢高堂　　通遠橋頭復望鄕
十里烟臺連漠北　　半輪車轍走遼陽³
長天渺渺飛鵝鸛　　靑野漫漫布鶉鷯
此去廣寧知幾里　　馬頭山色鬱蒼蒼

---

1 盤山驛: 중국 요녕성 반산현에 있는 驛站.
2 廣寧: 지금의 중국 요녕성 錦州 인근의 北寧에 있는 지명.
3 遼陽: 중국 遼寧省 중심부에 있는 지역의 명칭.

통원교通遠橋를 건너며 서장관의 시에 차운하다
渡通遠橋, 次書狀韻.

한수漢水와 연산燕山은 둘 다 아득한데
몇 차례나 석양 하늘에 대고 읊조리고 있는가.
채찍 소리 내며 또 하교河橋 길을 지나가니
긴 둑에 풀 무성하고 달빛은 내에 가득.

漢水¹燕山²兩渺然　　幾回吟倚夕陽天
鞭風又過河橋路　　草滿長堤月滿川

---

1 漢水: 호북성을 거쳐 장강으로 흘러드는 강. 남쪽의 대명사로 쓰였음. 또는 한강과
　의미 중복으로 쓰였음.
2 燕山: 북경의 뒤쪽에 있는 지역 및 산맥의 명칭.

광녕역廣寧驛에서 자는데 꿈에 부모님을 뵈었다. 깨어나 달을
마주하고 앉아 있으니, 슬픈 마음을 가눌 길 없어 시를 지어
내 마음을 부쳤다
宿廣寧驛¹, 夢見兩親. 覺坐對月, 不勝悲感, 有作寄懷.

고국에선 식미편式微編 읊느라 고달팠는데
하늘가에서 밤마다 고향이 꿈에 뵈네.
아버님께선 처음 예禮를 묻던 때와 비슷하셨고
어머님은 은근히 바느질을 하시네.
대들보 위에 초승달 지는 것 시름겹고
산머리에 흰구름 나는 것도 가슴 아프네.
진지는 누가 받드는지 안타깝기만 한데
죽순도 푸르고 물고기도 살쪄가겠지.

故國應勞賦式微²　　天涯連夜夢鄉闈
鯉庭³彷彿初聞禮　　萱室殷勤舊線衣
樑上愁看纖月落　　山頭悵望白雲飛
遙憐菽水何人奉　　筍自靑靑魚自肥

1　廣寧驛: 광녕에 있는 驛站.
2　式微: 式微編. 『시경』의 「式微」. 이 시는 黎나라 사람이 나라를 잃고 타국에 유리
　　하며 지은 것이다.
3　鯉庭: 공자의 아들 鯉가 뜰을 지나가는데 공자가 예를 배웠느냐고 물었다 함.

광녕역廣寧驛에서 일을 적다

廣寧驛書事

객관은 황량한데 봄은 이미 지나가고
해 떨어지는 호숫가에 나그네 돌아오네.
달밤이라 남쪽 가지에 까마귀 떼 모이고
상원上院에 훈훈한 바람 어린 제비 돌아오네.
나그네로 매실을 보니 첫 열매 열었고
사는 사람 채소 심어 꽃이 이미 피었네.
멀리 구경 가는 것 이소離騷를 모방하니
고향생각 나라생각 슬퍼질까 걱정 되네.

旅館荒涼春已去　　斜陽瀲灔客還來
南枝夜月慈烏集　　上院薰風乳燕回
行子試梅初子結　　居人種菜已花開
遠遊擬作離騷賦　　恐起思鄕戀國哀

광녕廣寧에서 묵는데 밤에 비 내리다가 아침에 맑아져 기뻐서 짓다

宿廣寧, 夜雨朝晴, 喜而有作.

달콤한 비는 신녀처럼
밤들어 꿈에 왔다가 새벽되자 간 곳 없네.
나그네는 흐르는 시간처럼
오늘도 가고 또 가고 내일도 또 가야 하네.
장부 세상에 나서 마땅히 말위에서 늙어야지
죽어서도 시체를 말안장에 싸서 돌아와야지.
내 나서 반평생을 해동 구석에서 지내다
올해 갑자기 이곳 서북길을 왔네.
활 당기던 당년엔 사방에 뜻 두었는데
서쪽 길 몇 달만에 모두 흡족히 보았네.
밤비 오다 낮에 개니 어찌 헛되이 그러하리
하늘에도 혹시 놀러나간 이 있나 보다.

好雨如神女　　　夜來入夢曉無跡
遊子如流光　　　今日行行明又役
丈夫生當馬上老　死亦裹尸須馬革[1]
我生半世海東陲　今年忽忽此西北
弧矢當年本四方　西路數月皆所適
夜雨晝晴豈徒然　天其或者爲遊歷

---

1 死亦句: 죽어서도 시체를 말안장에 싸서 돌아와야지. 후한 마원이 교지를 정벌하면서 보낸 편지에 나오는 말.

광녕廣寧의 한 때 붓 가는대로 쓰다
廣寧卽事

물상物像과 군용軍容이 둘다 흡족하니
요서遼西에선 이 땅이 가장 번화하다.
사나운 십만대군 연燕과 대代를 거두어들이고
준마 삼천이 악왜渥洼 물속에서 나왔네.
성곽 밖 산은 범과 표범이 웅크린 듯
성 남쪽 깃발 그림자 용과 뱀이 꿈틀대는 듯.
세류영細柳營의 비장군飛將軍은 원숭이 팔뚝이라
오랑캐와 중국이 한 집안된 줄 알겠네.

物像¹軍容兩自嘉　　遼西此地最繁華
貔貅十萬收燕代　　駃騠²三千出渥洼³
郭外山形蹲虎豹　　城南旗影動龍蛇
柳營⁴飛將⁵仍猿臂　　胡漢從知竟一家

1　物像: 눈에 보이는 물체의 생김새나 상태. 자연의 경치.
2　駃騠: 원문에는 馬+匕로 되어 있으나 牝의 오자임. 駃騠三千, 駃騠 騄牝(詩經) 등에서 나옴.
3　渥洼: 물 이름인데 한나라 무제 때 이곳에서 준마가 나왔다고 함.
4　柳營: 細柳營. 漢나라의 장수인 周亞夫가 細柳 땅에 주둔할 때 쳤던 군영. 규율이 다른 어느 장군의 진보다 엄정하여 文帝가 순시차 군문에 왔을 때에도 문을 지키는 군사가 '주아부의 명이 없이는 비록 임금이라도 문을 열어 줄 수 없다.'고 하는 말을 듣고 찬탄하면서 크게 감동하였다고 한다.
5　飛將: 勇猛스럽고 매우 날쌘 將帥. 한나라 李廣.

「십삼산역十三山驛」시, 서문도 짓다

十三山驛[1]詩 幷序

[소서]

내가 해동에 있을 때 십삼산十三山이란 것이 있다는 말을 들은 지 오래 되었다.
마음으로 적이 기이하게 생각하면서 항상 눈앞에서 숫자를 세어보지 못하는 것을
한스러워 하였다. 오늘 다행히 사신의 명을 받들어 역사驛舍를 지나다 이른 바 십삼
산이란 것을 보았는데 숫자로 셀 수 있는 것은 겨우 오륙칠 개에 불과했다. 나머지
는 모두 가지친 것이거나 새끼친 것들이어서 마치 아들과 손자가 할아버지 할머니
의 품 속에 있는 것과 같아, 분명히 갈라져 다른 숫자로 명목을 세울 수는 없었다.
아아, 사람들의 말은 곧바로 믿기에 부족하니 이름과 실질이 곧바로 어울리기 힘든
것이 이와 같구나. 내가 보니 사대부들이 성대한 명성을 자부하는 자들을 사람들이
모두 모습만으로 공경하는데 자세하게 살펴보고 들여다보며 관찰하게 되면 그 실
질을 잃지 않는 사람이 드물었다. 어찌 홀로 이 산만 그러하겠는가. 시를 지어 물태
物態가 항상 그러함에 부치고 또한 스스로 경계하려 한다.

余在海東, 聞有十三山者久矣. 心竊奇之, 常恨不得面目而枚數之. 今幸奉使過傳舍, 見所
謂十三者, 可指數者僅五六七, 餘皆枝流餘裔, 如兒孫在翁婆懷抱中, 不可歧而別數充其目.
噫! 人言之不足信 而名實之難副也, 如是夫. 余觀士大夫之負盛名者, 人皆貌敬之, 及至詳
視而熟察, 鮮有不失其實者, 豈獨玆山也哉. 詩以寓夫物態之常, 且自警云.

기이한 봉우리 홀로 서서 기운이 서로 혼융하여
만리 밖에서도 이 경치 찾으러 놀러오네.
주나라의 신하는 오직 열 사람을 말하고
한나라의 호걸은 다만 셋을 꼽는다네.
이 산이 상징과 아름다움을 다 가졌다더니
오늘에야 가만 보니 다 헛소리로구나.
재주 없는 나도 뜬 명성이 퍼져서
오늘처럼 총애 받는 것 부끄럽기만 하구나.

---

1 十三山驛: 산이 열 개로도 보이고 열하나 열두 개로도 보여 十三山이라 하는 곳으
로 지금은 石山이라 한다.

奇峯離立氣相涵　　　萬里遊觀此勝探
周室臣隣惟見十　　　漢庭豪傑只云三²
常怪此山兼象美　　　細看今日信空談
非才我亦浮名盛　　　誤寵如今得不慚

---

2 漢庭句: 한나라를 건국하는 데 결정적인 역할을 해서 흔히 漢初三傑이라 불리는
　　장량, 소하, 한신을 가리키는 말.

십삼산역十三山驛을 나서며 길 위에서 입으로 부르다 절구 2수
發十三山驛, 途中口占. 二絕.

1

하늘이 나그네 위해 날마다 맑게 하더니
하룻저녁 주룩 비에 온 들판이 잠겼구나.
분명히 오늘 천자의 조서가 내려지리니
먼저 황은이 내려 사해에 가득 차게 하는 게지.

天爲行人久作晴	一宵霖雨遍郊坰
也應今日頒天詔	先沛皇恩漲四溟

[원주]
이날 중국 사신이 서울에 들어갔다. 是日天使入漢京.

2

흰 모래 눈처럼 꽃풀난 모래톱에 덮였는데
시냇가에 말 세우고 백구에게 묻노라.
어느 날에나 내 나라 돌아가 남쪽으로 떠나가서
그대와 강해에서 마주 보고 떠 있을꼬.

白沙如雪覆芳洲	立馬溪頭問白鷗
何日東歸更南去	與君江海對沈浮

행산杏山 가는 길에 갑자기 구름이 일어나 비가 오려 했다. 말을
재촉해 성에 들어가 간신히 비를 피하다
向杏山路上, 忽雲興欲雨, 促馬到城得脫.

검은 구름 북쪽에서 일어더니
흰 해가 갑자기 서쪽으로 내려가네.
나는 서북쪽으로 온지라
마음은 멀고 길도 머네.
용신龍神은 나를 따라오고
금까마귀는 나를 버리고 가버리네.
눈앞의 성은 너무도 머니
내 마음을 누구에게 말할까.
꼬마말에게 채찍질하느라 힘이 다했는데
바람신이 날 위해 말을 몰아주네.
외로운 성이 말머리에 나타나니
기쁘다 피할 곳 얻었구나.
다시 채찍질하여 한 걸음 들어가니
비의 신이 또한 급히 들이친다.
앞서거니 뒤서거니 성문에 들어서니
다행이로다 내가 먼저 들어왔다.
말에서 뛰어내려 흙 침상에 올라가
편안히 누워 온갖 걱정 잊는다.
종놈이 주무시는가 묻더니
나물 무침 담아와 듭시라고 하네.
휘저어 먹고 다시 쓰러지니
흩트러진 머리 결을 창에 바람이 불어주네.

黑雲從北起　　白日忽西斜
我亦西北征　　心遠道路賖
龍公追我來　　金烏棄我去
前城去我遠　　我懷與誰語
力盡策款段　　風伯爲我御
孤城忽馬頭　　却喜得所處
更鞭進一步　　雨師亦馳邍
頡頏入城門　　我幸得先據
下馬上土床　　一臥百無慮
僕夫喚睡醒　　盤蔬勸下箸
一飽復頹然　　散髮怱風虛

동관탑東關塔을 바라보다
望東關塔[1]

누런 구름 떨어지니 하늘이 기우는 듯
오래된 탑이 우뚝 서 떠받치려는 듯.
해는 토규土圭에 기우니 그림자 땅에 비쳐 길고
밤 들자 구리 기둥은 찬데 승로반承露盤은 밝구나.
꼭대기에 어찌 학이 와서 이야기하지 않으랴
구름 사이엔 응당 난새 타고 생황부는 이 있으리.
비에 씻기고 바람 맞아 스스로 깨끗해지니
하늘이 열리고 땅이 오래되도록 오히려 꿋꿋하네.
옛사람들 만들어낼 때 무슨 공력 들였길래
지금 사람 지나가도록 다정도 하구나.
아아 어찌 하면 너처럼 오래 살아
하늘 무너질 때 네가 떠받치는 것 두 눈으로 볼까.

荒雲錯落天疑傾　　老塔亭亭如欲撑
日斜土圭[2]暎地長　　夜寒金莖承露[3]明
頂上豈無鶴來語　　雲間應有鸞吹笙
雨洗風磨自皎潔　　天荒地老愈堅貞
昔人經營幾勞力　　今人經過還多情
嗚呼安得如汝壽　　眼明杞天看汝擎

1　東關塔: 동관은 홍대용의 『담헌서』에 의하면 사행길에 위치해 있는 지명이다.
2　土圭: 중국 고대의 玉器로서, 해의 그림자를 측량하던 기구.
3　承露: 承露盤. 하늘에서 내리는 장생불사의 감로수를 받아먹기 위하여 만들었다는 쟁반.

중후소中後所를 지나는 길에서
過中後所[1]途中

들은 비었는데 가운데로 길이 났네
하늘이 개니 사방에 구름이라곤 없네.
흔들흔들 길가는 사람
봉긋봉긋 언덕 위 무덤.
일생토록 다함이 없으니
만사가 헛되이 어지럽구나.
어찌하면 미인에 취해
청춘을 보낼 수 있을까.
그대여 잠깐 무덤에 올라보라
모두 다 길 가던 사람이라오.

野曠中有路　　天晴四無雲
擾擾路中人　　纍纍原上墳
百年會有盡　　萬事徒紛紛
要須醉紅裙　　得得過青春
君看願上墳　　盡是路中人

---

1 中後所: 홍대용의 『담헌서』에 의하면 東關에서 18리 가면 중후소가 있다고 함.

산해관山海關에 들어가며
將入山海關[1]

세월이 나그네를 재촉하는데
산해관은 전연全燕 땅에 가깝네.
해는 요임금 풀열매를 알아보고
바람은 순임금 거문고를 기억하겠지.
고향은 천리 밖인데
천자의 비와 이슬은 오색구름 가에 내리네.
웃노라 모습은 변했는데
아직도 기력이 온전하다 자랑하고 있네.

光陰催遠客 　　山海近全燕[2]
日覺浮堯莢 　　風知過舜絃
鄕關千里外 　　雨露五雲邊
自笑形骸變 　　猶誇氣力全

---

1 山海關: 중국 河北省 동쪽 渤海灣에 면해 있는 촌락. 지금은 중요한 광산지대이지
　 만 17세기까지는 북동쪽의 유목민족으로부터 北京을 방어하기 위한 중요한 전략
　 적 요충지였다.
2 全燕: 하북성 창평현에 있는 燕州의 지명.

천안역遷安驛 뜰 가운데 나무 네 그루, 첩운疊韻을 써서
遷安驛[1]庭中四樹, 疊韻

산해관 안에 수레바퀴 모여들고
요동성 동쪽엔 멀리 산봉우리도 많아라.
천안역遷安驛의 역승驛丞은 수염과 눈썹이 멋있는데
호리병에 술 담아 문득 만났네.
앉아서 기쁘게 이야기하니 알던 사이 같고
한번에 서너 잔 기울이며 거르지 않네.
서로 보고 웃으며 우주를 오시傲視하니
봄빛이 얼굴 가득 눈빛은 게슴츠레.
천 길 늙은 홰나무는 좌우에 서있고
멋있는 나무 두 그루는 좀 더 어린 티 나네.
십 무畝 그늘은 대낮에도 덮여있고
온 뜰에 맑은 기운 두 소매에 가득 차네.
빽빽한 잎 성근 가지 비바람 모여드는 듯
웅크린 뿌리 굽은 줄기 교룡이 싸우는 모습.
해 저물면 반드시 푸른 구름 걸릴 게고
밤 깊으면 응당 그믐달빛 비쳐드리.
늙은 껍질 갈라져 괘卦 모양을 짓고
열매는 회오리바람 불면 별처럼 떨어지리.
강 뒤집혀 돌이 날아도 분명 엎어지지 않으리
바람과 구름이 모시고 귀신이 지킨다네.

---

1 遷安驛: 명나라 홍무 14년 설치하고 천안현의 성안에 위치해있었다. 천안현은 지금 중국 하북성의 천안현이다.

늠연(凜然)히 서로 대하여 으뜸과 버금이 있는 듯
나에게 한나절만 쉬어가라 하네.
고향에도 또한 동산이 한가로운데
일생토록 우리 집 가난해도 교목(喬木)만은 좋다네.
다른 날 관(冠)을 걸고 성성이 족제비 벗할 때
이 나무 정녕 고개 돌리면 생각 나리.

山海關內車輪轅　　遼東城東多遠岫
遷安驛丞²鬚眉秀　　携酒提壺忽邂逅
坐談欣欣如有舊　　一擧數觴不曾漏
相看一笑做宇宙　　春光滿面眼波皺
老槐千章立左右　　嘉樹兩株差稚幼
十畝濃陰蔽白晝　　一庭淸氣滿雙袖
密葉踈枝風雨驟　　盤根屈幹蛟龍鬪
日暮定有蒼雲逗　　夜深澴應纖月透
老皮龜拆開卦繇　　香子風飄落星宿
江翻石走確不仆　　風雲護持鬼神守
凜然相對若主副　　要我半日教宿留
故鄕亦有閑園囿　　一生家貧喬木富
他年掛冠伴猩貁　　此木丁寧入回首

2　驛丞: 馬政 관리 역리와 驛戶 보호 禁防 검문 등의 임무를 맡은 관리.

천안역遷安驛에서 자다가 꿈에서 깨어 느낌이 있어

宿遷安驛, 夢覺有感

나그네 길은 기러기도 못 오는 곳
내 집은 영남 낙동강 물 서쪽.
밤마다 불러보다 천리 꿈 깨어나니
꼬끼오 우는 오경 닭이 밉네.

客行鴻鴈不來處　　家在嶺南江水西
夜夜喚回千里夢　　生憎咿喔五更鷄

유관楡關을 나서 시오리도 못 갔는데 말 위에서 더위를 먹어 자못 괴로웠다. 말에서 내려 시골마을의 밭머리에 누워 약을 먹고 치료했다. 조금 있다가 이에 차도가 있기에 시를 지어 괴로움을 읊었다. 진퇴격進退格을 썼다

發楡關¹未十五里, 馬上病暑頗苦, 下馬臥村舍園田頭, 服藥療治. 移時乃差, 詩以敍悶, 用進退格²

만리 밖에서 넓적다리 어루만지며 탄식하니
내 한 몸 말라가며 시마詩魔 때문이네.
헛증을 보하는 데 우심牛心 구운게 좋다하니
근심을 거두고 작설차雀舌茶 내오라 하네.
오늘은 더위 먹어 간과 폐에 병이 이니
내일 거울 보면 살쩍 털이 희어졌으리.
이제사 더욱 이 몸 쓸데없음을 알게 되니
눈을 닦고 시를 보니 현기증이 나네.

萬里難禁拊髀嗟　　一身消瘦坐詩魔
補虛幾說牛心³炙　　掛癘仍呼雀舌茶
今日觸炎肝肺病　　明朝臨鏡鬢毛皤
而今轉覺身無用　　洗眼看詩幷有花

---

1 楡關: 山海關의 옛 이름.
2 進退格: 시를 짓는 데 있어 韻을 사용하는 한 가지 格例로, 예를 들면 시의 제 1구와 제 3구에는 虞자 운을 사용하고, 제 2구와 제 4구에는 魚자 운을 사용하는 따위이다.
3 牛心: 소의 心臟.

노봉구蘆峯口에 이르러 회포를 써서 서장관에게 보여주다
到蘆峯口, 書懷示書狀

고향 쪽으로 머리 돌리니 저녁 산이 뾰족한데
띠집 세 칸에 아궁이에 불도 안땠으리.
남자는 천하를 위한 계책을 세워야 하는데
세월은 나그네 길에 멈춰있네.
베옷에 소매 짧게 한 것은 흐르는 땀 때문이고
대삿갓 둘레 길게 한 것은 더위를 꺼려서 라네.
병이 시 생각 속에 들어가 시 쓸 생각 줄어드니
강산은 이로 인해 내가 욕심 없음을 알겠지.

故山回首暮山尖　　茅屋三間堗不黔
男子要爲天下計　　年光長向客中淹
布衫袖短愁飜汗　　簟笠簷長怕受炎
病入詩脾詩思減　　江山從此識吾廉

영평성永平城 동쪽 길 위에서

永平城¹東路上

만 그루 버드나무 그늘에 길 한줄기 평평한데
바람 몰아 말달리니 말발굽도 가볍구나.
도리어 생각하니 사월에 서경西京 길에서
취해서 수양버들 꺾으며 느릿느릿 가던 일이.

萬柳陰中一路平　　馭風騎氣馬蹄輕
飜思四月西京路　　醉折垂楊緩緩行

---

1 永平城: 현재 중국의 하북성 동쪽에 위치한 永平府에 속해 있는 성의 명칭이다.

계주薊州 풍윤현豐潤縣 서쪽 오리쯤에 길가에 버드나무 한 그루가 있는데 높이가 수십 장이나 되고 그 그늘은 오륙십 명이 앉을 만했다. 말에서 내려 그 뿌리에 앉아보니 눈앞이 훤하고 바람이 높아 상쾌하기 마치 허공에 올라 바람을 타고 날개가 돋쳐 신선이 되어 올라가는 것 같았다. 이에 도롱이를 벗어 땅에다 깔고 조금 누웠다가 잠이 들었는데 꿈에 혼은 이미 고향 강산 속에 날고 있었다. 깨어나 지었다

薊州[1]豐潤縣[2]西五里許, 道傍有柳一株, 大可數十丈, 其陰可坐五六十人, 下馬坐其根, 眼豁風高, 爽然若憑虛御風, 羽化而登仙矣. 乃披蓑鋪地, 少臥就睡, 夢魂已飛故鄕林泉中矣. 覺來有作

만리 밖 나그네 몸 천하의 반을 가니
두 겨드랑이에 날개라도 돋혔나.
안장에 기대 진소유陳少游에게 주는 편지를 읊고
누각에 올라 몇 번이나 왕찬王粲을 슬퍼했는고.
요서에는 산이 적으니 어디에 올라가 바라볼까
관내關內에는 산이 많아 고향이 가리워지네.
고향 생각 참을 수 없으니 산이야 있으나 없으나
나그네 마음은 버드나무 둑길에 부쳐보네.
짙은 그늘은 십 무畝나 되어 매미소리 시원하고
오월에도 살갗에 식은땀이 돋네.
천 줄기 만 줄기 시름 가닥 어지럽더니
시원하다 바람이 불어와 문득 날려버리네.

---

1 薊州: 하북성 천진시 계현의 지명.
2 豐潤縣: 현재 중국의 하북 풍윤현.

누워 잠이 들어 해가 기우는 것도 모르니
길 가던 사람이 잠퉁이라고 부르는구나.
꿈속에서 멀리멀리 고향 동산에서 놀았는데
문앞에 다섯 그루 버드나무 꽃이 흐드러졌구나.
노래자는 색동옷 입고 병아리 가지고 놀았고
맹광孟光은 눈썹에 맞추어 밥상을 올렸네.
기쁜 빛 즐거운 마음 평소처럼 완연한데
문득 저놈의 꾀꼬리 소리에 깼구나.
일어나 앉으니 멍하니 절반도 기억나지 않고
버드나무 이내만이 고향 마을인가 하네.

萬里身行天下半　　　　兩腋却疑生羽翰
據鞍點誦少游書³　　　　登樓幾度傷王粲⁴
遼西山少那登望　　　　關內⁵山多苦遮斷
鄉愁不耐山有無　　　　旅懷只憑楊柳岸
濃陰十畝冷借啾　　　　五月肥膚坐失汗
千條萬縷鬧愁緒　　　　快哉風來忽吹散
臥眠不知日西頹　　　　道人呼作渴睡漢
夢中遙遙遊故園　　　　門前五株楊花亂
萊子⁶斑衣時弄雛　　　　孟光⁷齊肩且擧案

愉色歡情宛平生　　魂醒却被啼鶯喚
起坐茫然半不記　　烟柳渾疑舊里閈

어양漁陽에서 옛적을 생각하며 절구 3수

漁陽¹懷古, 三絶

1

필마로 천자께 조회하러 만리를 오다

구불텅구불텅 한밤에 녹산교祿山橋를 건넜네.

무단히 물에서 비린내 일어나니

남은 악취 지금토록 사그러들지 않았구나.

> 匹馬朝天萬里遙　　崎嶇夜度祿山橋
> 無端水面腥風起　　遺臭于今尙未消

2

왕연王衍은 일찍이 길게 소리지를 오랑캐 알아보고

장수규張守邽도 녹산의 흉악함을 알아챘네.

가련타 바보같은 사마司馬는

당시에 석계룡石季龍을 떠나지 않았네.

> 王衍²早知長嘯羯　　守邽³還識祿兒兒
> 可憐亦似癡司馬　　不去當時石季龍⁴

---

1 漁陽: 漁陽府. 중국 河北省 密雲縣에 있는 지명으로 당나라 때 安祿山의 난이
　 일어난 곳임.
2 王衍: 진 나라 때 재상. 자는 夷甫. 石勒에게 살해당했음
3 守邽: 張守邽. 당 현종 시기 幽州節度使.
4 石季龍: 後趙 太祖武皇帝로서 이름은 虎, 계룡은 그의 자임. 후조 石勒의 조카로,
　 늑이 죽자 늑의 아들을 죽이고 스스로 후조의 황제가 되었음.

3

사해에 풍진이라곤 한 점도 없어도
궁궐에서는 오히려 변방을 근심해야 하는데.
궁중에서 날마다 풍류진만 열병하다
무슨 일로 끝끝내 한 명 오랑캐가 난리를 냈는고.

四海風塵一點無　　九重猶自戒邊虞
宮中日閱風流陣　　何事終難一箇胡

제도帝都에 도착하여 일을 읊다 절구 5수
到帝都書事. 五絶

1

황하, 제수濟水와 거용관居庸關은 남과 북에 있고
태항산太行山과 창해滄海는 서와 동에 있네.
황궁은 자고로 규모가 크니
만국에서 사다리 배 타고 이곳으로 모이네.

> 河濟¹居庸²作南北　　大行³滄海⁴又西東
> 皇居故自規模太　　萬國梯航此會同

2

진시황의 복도複道는 아방궁에 닿았고
한무제의 금경金莖은 미앙궁未央宮에 우뚝섰네.
깊은 궁궐에 날은 길어 봄빛이 바다 같은데
남풍은 순임금의 옷 위에 불어오네.

> 秦皇複道抵阿房　　漢帝金莖⁵矗未央⁶
> 深殿日長春似海　　南風吹上舜衣裳

---

1 河濟. 황하와 濟水. 제수는 중국 河南省 서북부를 흐르는 黃河江의 지류. 고대의
　황허 강, 淮水江, 揚子江과 함께 四大河로 유명하다.
2 居庸: 居庸關. 중국 北京 북서쪽 60km 지점에 있는 關門.
3 大行: 大行山. 하남성 심양현 서북쪽에 위치.
4 滄海: 넓고 큰 바다를 의미하며 여기서는 西海를 지칭한다.
5 金莖: 承露盤을 받쳐 세우고 있는 구리 기둥을 말한다. 승로반은 甘露를 받는
　도구로 한무제가 신선술에 빠져 감로를 마시고 수명을 연장하기위해 만든 것이다.
6 未央: 未央宮. 중국 漢나라 때의 궁전. 고조 원년(B.C.202)에 승상인 蕭何가 長安
　의 龍首山에 지었다.

3

오경에 새벽별 아홉 대로에 흩뿌리고
백관은 등불 들고 황도를 달음질치네.
잠깐 사이에 해가 황금 궁궐에 떠오르니
숭산 화산처럼 높으시다 만세를 부르네.

五夜明星撒九衢　　百官籠燭走仙都
須臾日上黃金殿　　嵩華[7]雙高萬歲呼

4

화로에 향이 다하니 옥연玉輦이 움직이고
온 관원 발 맞추어 붉은 계단 나오네.
먼 나라 신하 누가 은혜를 무겁게 입었나
소매 가득 하늘 바람 넣고 천천히 전 아래 내려오네.

金篆香銷玉輦移　　千官齊武出丹墀
邇臣誰最承恩重　　滿袖天風下殿遲

5

배부르게 낭간琅玕을 먹고 황제의 궁문을 찾으니
하늘이 새벽에 봉천문奉天門을 열게 했네.
태평시대 천자께서 하늘 말씀을 펼치시며
첫째로 정녕히 술과 음식 내리셨네.

滿腹琅玕[8]叫帝閽　　天敎晨闢奉天門

---

7 嵩華: 嵩山과 華山은 모두 중국 五嶽에 속하는 산으로, 嵩山은 중국 河南省 洛陽
동쪽에 있고, 華山은 陝西省에 있다. 만세를 부른다는 의미.

太平天子宣天語　　　第一丁寧賜酒滄

몽고가 북쪽 국경을 범하니 태감太監 왕직王直에게 군대 칠만을
이끌고 가서 토벌하게 했다
靼子犯北邊, 遣太監¹王直, 領兵七萬往討

오랑캐 먼지 어젯밤에 국경의 성에 나타나니
칠만의 군대가 유월달에 원정한다 하네.
묻노라 장군은 누가 위청衛靑인가 곽거병霍去病인가
군사들 백골 걸고 공명을 내기하지 마시오.

胡塵昨夜出邊城　　七萬王師六月征
借問將軍誰衛霍²　　莫將白骨賭功名

---

1 太監: 중국 명나라, 청나라 때에, 환관의 우두머리.
2 衛霍: 서한시대의 이름난 장수 衛靑과 霍去病을 말한다.

듣자니 왕직이 북쪽 오랑캐와 싸워 겨우 소와 말 칠백 마리를
잡아 돌아왔다 하기에 느낀 바 있어 쓰다
聞王直與北虜戰, 僅獲牛馬七百而來, 有感作

백성들 편히 쉬게 하니 천자의 은택은 넉넉한데
몇 년을 가르쳐 용맹한 군대 만들었나.
왕직王直은 어떤 사람이기에
관군을 마소와 바꾸었는가.

休養元元帝澤優　　幾年敎閱作貔貅
不知王直何如者　　却把官軍換馬牛

고풍古風 여섯 수로 회포를 써서 서장관과 함께 보다
古風¹六首書懷, 與書狀共之

1
기름칠한 수레 멀리 달려
나 여기 만리나 왔네.
길가는 이 밝은 달이 좋고
마음 알아주기로는 재자才子가 좋네.
서로 한 동이 술을 나누며
몇 장의 종이에 까마귀 칠을 했나.
그대의 재주는 악와渥洼의 망아지라
천리를 달려도 멈추지 않네.
아아 나는 이 무슨 절름발이인고
문을 나서다 세 번이나 미끄러지네.
비록 부끄럽지만 재주야 있고 없고
기상과 맛은 다행히 서로 비슷하다네.
딱 들어맞는 것 어찌 사람이 도모하리
이번 길은 임금님이 보내신 거라오.
서로 한 조각 마음을 내보이며
처음과 끝을 길이 하길 바라네.

膏車聿云邁	我行一萬里
伴行喜明月	知心悅才子
相酬一尊酒	鳥却幾張紙
君才渥洼²駒	千里馳不止

---

1 古風: 한시 문체의 하나. 소고풍과 대고풍의 구별이 있다.

嗟我奈鶩蹇　　出門已三跪
雖懵才不才　　氣味幸相似
契合豈人謀　　玆遊天所使
相看一片心　　庶此永終始

2

병주并州의 긴 칼 들고

역산 남쪽 오동 잘라

삼척 금琴을 다듬으니

속에는 만고의 바람

한 번 퉁기니 삿된 것 없애고

두 번 퉁기니 마음과 정신 무르녹네.

세 번 퉁기니 우주가 화합하고

네 번 퉁기니 만물이 풍성하네.

세상의 도 날마다 더러워지니

큰 음악은 오래토록 적막해라.

천자에게 바치려 하니

대궐문에서 호랑이같이 쫓아내네.

手把幷州³刀　　言伐嶧陽桐⁴
斲作三尺琴　　中含萬古風
一鼓邪穢除　　再鼓心神融
三鼓宇宙和　　四鼓萬物豐
世道日以漓　　大音久寂寥

---

2 渥洼: 중국 서북방 甘肅省에 있는 강 이름인데, 예전에 거기서 神馬를 얻었다
한다.

3 幷州: 가위로 유명한 옛고을의 이름

4 嶧陽桐: 역산의 남쪽. 고대에 역산에서 나는 오동나무를 금의 좋은 재료로 여겼다.

我欲獻天子　　九門嚴虎拆

3

어려서부터 세속과 맞지 않아
노니는 곳 다만 임천林泉이라.
뽕과 삼은 동쪽 비탈에 우거지고
꽃과 버들 앞내에 가득찼네.
골짝 까마귀 소리 농사일 노랫소리
산과 물은 거문고 소리에 드네.
물성物性은 제각각 그대로라
내 다시 무엇을 하리오.
막걸리 알맞춰 먹고
취하면 쓰러지네.
이걸로 영원히 숨어서
또한 내 생애를 만족하게 하리.

少少不適俗　　遊嬉但林泉
桑麻翳東皐　　花柳滿前川
谷鳥和村唱　　山水咽琴絃
物性各自然　　我復何爲焉
濁酒聊自適　　就醉卽頹然
持此永肥遯　　亦足彌吾年

4

어찌 헛된 꿈을 따라
다시 이곳 만리 밖까지 왔나.
유월이라 더웠다 비왔다
잠잠히 담요 한 장에 누웠네.

고향 생각에 온밤을 시름하니
모자 가득 흰머리가 겁나네.
동쪽 울타리 예쁜 국화는
그전에 내손으로 심은 거라.
마파람에 온갖 풀 자라나
쓸쓸하게 푸른 이끼만 덮였겠지.
구월이라 맑은 서리 내리면
이에 홀로 봉오리지겠지.

胡爲役南柯	復此萬里天
六月暑雨交	沈沈臥客氈
思鄉一夜愁	滿帽怯華顚
東籬有佳菊	伊昔手所栽
南風百草長	寂歷隨蒼苔
淸霜九月隊	乃獨生胚胎

5
숨어사는 이 함부로 나오지 않는데
한 해가 저무는 때 같이 했네.
방긋방긋 황금꽃
찰랑찰랑 백주잔.
예전에 친하던 사람 생각하니
헤어지고 몇 가을을 보냈나.
이제는 꽃길도 황폐해지고
맑은 향기 풀 속에 묻혔겠지.
어찌 그깟 오두미五斗米 때문에
아직도 돌아가지 못하고 있나.

幽人不浪出　　歲暮與之偕
粲粲黃金花　　盈盈白酒盃
緬懷疇昔親　　別來秋幾回
只今徑已蕪　　清香草中埋
云何爲五斗[5]　　迄未歸去來

6

옛 동산에 외로운 소나무
천길 언덕에 뿌리를 두었지.
복사꽃 오얏꽃 얼굴을 짓지 않았지만
꿋꿋하게 겨울을 견디는 마음.
진나라에서 높은 관직을 받지 않고
정丁에게서 길몽을 빌리지도 않았네.
오직 천년토록 복령伏苓을 길러
사람에게 장수할 힘 빌려주네.
높고 높은 적송자赤松子는
공 이루자 이 나무에 관을 걸었지.
몸 지키고 오래도 살아
대낮에 구름 끝 너머 올라갔네.
나는 나이 들어 비틀거리고
말로末路에 발 딛을 곳도 마땅찮네.
마침 솔 아래 누웠으니
이 나무와 함께 추운 날을 견디리.

故山有孤松　　托根千丈岡
不作桃李顏　　凜凜氷雪腸

---

5 五斗: 五斗米. 다섯 말의 쌀이라는 뜻으로, 얼마 안 되는 봉급을 이르는 말.

高官不受秦[6]　　吉夢不借丁
唯將千歲苓[7]　　乞與人遐齡
高高赤松子[8]　　功成此掛冠
保身仍永年　　　白日升雲端
我衰轉僵側　　　末路脚未安
會當松下臥　　　聊與保歲寒

6　高官句: 秦末 난을 피하여 숨은 商山四皓(東園公, 綺里季, 夏黃公, 角里先生)를
　　뜻한다.
7　千歲苓: 천년된 伏苓. 솔뿌리에 생기는 균류. 修煉方에 도움이 되는 약재이다.
8　赤松子: 상고시대의 신선.

연경燕京에서 돌아오려 하면서, 서장관에게 드리다
在燕京將還, 贈書狀

내일 아침 해동 하늘로 떠나려니
요동벌 연산燕山에 흥이 아득해지네.
천리에 저녁 구름 내 말을 따라오고
온강 가득 가을빛은 배에다 싣고 가리.
비단 줌에 넣은 시구 그대가 더 많으니
옥당에 이름날 때 부끄러워 어찌할까.
다시 촉땅 종이 삼만 폭幅을 마련하여
그대에게 기행시 쓰길 부탁하오.

明朝擬向海東天　　鶴野燕山興杳然
千里暮雲隨去馬　　一江秋色載歸舡
錦囊貯句多君富　　玉署登名愧我光
更辦蜀牋¹三萬幅　　付君揮灑紀行篇

---

1 蜀牋: 당 나라 시대에 薛濤라는 기생이 좋은 종이를 새로 고안하였으므로, 그것을
薛濤牋이라 하고, 또 그가 살았던 곳의 이름을 따라 촉전이라고도 한다

동반同伴과 옥하관玉河館 뒷 정원을 이리저리 거닐며
與同伴[1]散步玉河館[2]後庭

나그네 시름 많고 기쁜 일 적으니
고향은 어드메오 하늘 저쪽이라네.
여관旅館은 가라앉아 대낮에도 문을 걸고
아흐레를 머무는데 아무일도 없었네.
황혼에 해 떨어지니 더욱 무료無聊하여
꿈이나 꿀까 하는데 달이 와서 부르네.
동반인 시선詩仙을 일으켜 지팡이과 신발을 주고
맑은 바람에 쏘이니 뼈까지 스미네.
서西로 갔다 북北으로 틀어 백여 걸음을 가니
넓은 정원에 손바닥만큼 하늘빛이 덮였네.
백옥 누각은 구름과 안개 속에 은은하고
푸른 용 뿔같은 누각에선 음악소리 요란하네.
옛일 지금일 이야기하는데 천둥소리 나니
하늘 신선이 같이 놀려고 오시는가.
먹장구름 산같이 서북에서 일어나니
얼음 수레 반조각 달은 하늘 길을 날아가는 듯.
밤 깊고 이슬 차니 북쪽 하늘 더욱 높고
맑고 찬 기운 뼈에 스며 털 담요 생각나네.
방으로 돌아오니 벽에 켠 등 까무룩한데
한 밤에 사람 없으니 달만 나와 함께 있네.

---

1 同伴: 일을 하거나 길을 가는 따위의 행동을 할 때 함께 짝을 함. 또는 그 짝.
2 玉河館: 중국 北京에 있었던, 조선 사신이 유숙하던 집.

遠客愁多鮮歡娛　　望鄉何在天一隅
旅館沈沈白日鎖　　九日留連一事無
黃昏日落益無聊　　我欲夢寐月來呼
起伴詩仙撰杖屨　　清風吹衣骨欲癯
西行北轉百餘步　　廣庭如掌天光鋪
白玉樓觀隱雲霧　　蒼龍闕角喧笙竽
坐談今古聲轉雷　　天仙彷彿來與俱
黑雲如山起西北　　氷輪半片飛天衢
夜深露冷鶴天高　　清寒入骨思毯毹
歸來房櫳壁燈暗　　半夜無人月與吾

봉천문奉天門에서 조회하고 동궁東宮에 가서 조회하다, 각 한 수씩
朝奉天門¹, 移朝東宮, 各一首

1
구중에 닭울기 전 옷 갖춰 입고서
달빛이 모든 관원 비추는데 새벽빛은 늦어지네.
딱딱이 한 소리에 물소와 코끼리도 엄숙한데
소소簫韶는 아홉 번 봉황의鳳凰儀를 연주하네.
구름이 해귀퉁이 떠나 황도黃道에 오르니
바람결에 산호山呼 소리 옥계단이 무너지는 듯.
붓 꽂은 신하는 누가 가지(賈至)가 되려나
재주 없는 나도 두소릉(杜少陵) 시를 되살렸네.

九重端冕未雞時　　月照千官曉色遲
警蹕²一聲犀象肅　　簫韶³九奏鳳凰儀
雲移日角登黃道⁴　　風遞山呼⁵落玉墀
珥筆詞臣誰賈至⁶　　不才還復少陵⁷詩

---

1 奉天門: 자금성의 문.
2 警蹕: 황제나 임금이 거둥할 때에 경호하기 위하여 통행을 금하던 일.
3 簫韶: 중국의 순임금이 지었다는 음악. 중국의 순임금이 만들었다는, 열 개의 대롱으로 된 악기.
4 黃道: 태양의 둘레를 도는 지구의 궤도가 天球에 투영된 궤도이다.
5 山呼: 나라에 큰 의식이 있을 때 임금의 祝壽를 표하기 위하여 萬壽無疆을 비는 뜻에서 신하들이 두 손을 치켜들고 萬歲 또는 千歲를 일제히 크게 외치던 일을 뜻한다.
6 賈至: 당나라의 문신 겸 시인. 安祿山의 난 때에는 玄宗을 따라 蜀나라에 갔으며, 京兆尹, 散騎常侍를 지냈다. 시문에도 능했으며 문집 30권을 남겼다.
7 少陵: 杜少陵. 중국 당 시대의 시인. 자는 子美. 杜少陵이라고 호를 썼다.

2

닭 울자 일어나 용루龍樓에서 내려오니
연경 대궐엔 아침마다 상서기운 떠있네.
작은 바다 물결일어도 산악과 큰강 요동치고
앞선 별 광채는 온 하늘을 비추네.
만방은 태평스런 노래로 아뢰는데
사호四皓는 무슨 낯으로 유씨를 도왔나.
가의賈誼가 책문策文 속에 훌륭한 약 남겼으니
원컨대 금거울과 함께 천추토록 올리세.

　　雞鳴問寢下龍樓　　　鶴禁朝朝瑞氣浮
　　少海波瀾搖嶽瀆　　　前星光欲暎寰區
　　萬邦已自謳歌啓　　　四皓[8]何容羽翼劉
　　賈誼[9]策中留藥石　　　願和金鏡進千秋

---

8 四皓: 秦 나라와 漢 나라가 교체될 무렵 商山에 은거해 살았던 네 명의 노인,
　즉 東園公·綺里季·夏黃公·角里先生이다.
9 賈誼: 중국 전한 문제 때의 문인 겸 학자. 진나라 때부터 내려온 율령·관제·예악
　등의 제도를 개정하고 전한의 관제를 정비하기 위한 많은 의견을 상주했다. 당시
　고관들의 시기로 좌천되자 자신의 불우한 운명을 屈原에 비유해 弔屈原賦를 지었다.

담규譚珪에게 주는 시. 서문과 함께

贈譚珪[1]詩. 幷序

[소서]

성화成化 신축년(1481) 여름 나는 조선에서 경사스런 천추절千秋節에 하례하러 왔다가 북경에 달포 남짓 머물렀는데 객관은 가라앉아 아무도 오고가는 이가 없었다. 이때에 사람의 발소리만 들려도 앞뒤없이 옷을 부여잡고 급히 뛰어나갔으니 하물며 시인 문사 등 기맥 통하는 이를 따지겠는가?

하루는 책상에 앉아서 책을 보다가 시들해서 하품을 하며 한숨 자려고 하는데 문득 보니 한 멋있는 선비가 휘적휘적 밖에서 들어오더니 남쪽 창문 쪽에 섰다. 그의 생김새를 보니 대개 유업儒業을 하는 사람이었다. 벽 위에 쓴 절구 몇 수를 읽더니 자못 되씹는 품이 과연 시인이었다. 나는 매우 기쁘고 다행이다 여겨 곧바로 맞아들여 맞대고 말을 하며 성명과 사는 곳과 하는 일을 물어보니 이에 남쪽 형초荊楚 땅의 수재秀才로 국학國學에 충원되어 온 사람이었다. 종이를 찾더니 절구를 써서 나에게 주길래 나도 또한 곧바로 화답하였다. 또 그 끝에다 써서 나에게 보여주기를 "저는 어버이의 경사로운 일이 남쪽에 있어 길을 나서 남쪽으로 돌아가야 합니다. 그대는 어찌 시를 주시지 않습니까? 제가 돌아가 아버님과 함께 보고 싶습니다" 하였다.

아아 그대는 남쪽 사람이요 나는 동쪽 사람이니 모두 나그네 길에 있는 신하이다. 그대는 경사가 있고 나도 또한 두 어버이가 계신데 슬하를 떠나 해지는 끝에서 노닐고 있으니 품은 마음이 같다. 화려한 것을 물리치고 유아儒雅하고 소박한 것을 달게 여기니 사업事業이 같다. 나는 그대에게 비록 청하지 않더라도 오히려 마땅히 한 마디를 주어 잊지 말자고 할 판인데 하물며 그렇게 간절하게 청함에 있어서랴! 이에 근체시 율시 한수로 그대가 어버이께 돌아가는 날 부자가 한 번 허허 웃을 꺼리로 드릴까 한다. 또 나도 동쪽으로 가지고 돌아가 부형과 자제들보고 이야기하여 이번 길에 천하의 선비와 사귀었으니 멀리 노니는 뜻을 저버리지 않았음을 알게 하고자 한다.

成化辛丑夏, 余自朝鮮來賀千秋慶節[2], 留京師且月餘, 客館沈沈絶無往還. 當是時, 聞人足音, 攬衣狂走之不暇矣, 況詩人文士氣類之相求者乎! 一日坐匡牀, 看書且倦, 欠伸而欲睡, 見有一佳士翩翩從外來, 當南窓而立, 目其貌, 盖儒者也. 讀壁上題詩數絶, 頗玩味之, 果詩人也. 余甚喜幸, 卽邀使前而與之語, 因問姓名居止作業, 乃荊楚[3]秀才[4]之來充國學[5]者, 索

---

1 譚珪: 明나라 때에 平南知縣에서 활동하였다고 하나 出身은 미상이다.
2 千秋慶節: 千秋節. 중국 황태자나 황후의 생일을 기념하던 날.

紙書絶句贈我云云. 余亦走和. 旣又書其尾示我云. "吾有具慶在南, 行且南歸矣, 子盍爲詩
贈之? 吾當歸與家君共之." 噫! 君南人也, 我東人也, 皆羈旅之臣也. 君有具慶, 我亦有雙
親, 去膝下遊日邊, 懷抱同也. 斥紛華甘儒素, 事業夷也. 吾於君, 雖不請, 猶當有一言以誌
不忘, 況其請之勤耶? 於是書近體一律, 以資吾君歸榮之日鯉庭一粲, 且携以東還, 說與父
兄子弟, 使知是行有以結知天下之士, 不孤遠遊之志云.

만나서 성을 물으니 담씨譚氏라고 하는데
자자籍籍한 시명은 예전부터 알았네.
형양衡陽의 기러기 봄에 날 때 처음 북으로 왔다가
장자의 붕새 물을 칠 때 남으로 돌아가려 하네.
오와 초땅 강과 봉우리는 푸른 하늘 저 멀리
참죽나무 원추리꽃은 대낮에 흐드러졌으리.
짐작컨대 다른 날 비단옷 입고 갈 때
고향의 꽃과 버들은 봄빛에 잠겼으리.

相逢問姓自云譚　　籍籍詩名舊所諳
衡鴈⁶春飛初向北　　莊鵬水擊又圖南
吳江楚岫靑天遠　　椿樹萱花白日酣
預想他年輝晝錦　　故園花柳正春涵

---

3 荊楚: 춘추시대 荊나라와 楚나라의 지역이다.
4 秀才: 學問과 才能이 뛰어난 사람으로 구체적으로 과거준비생을 이른다.
5 國學: 성균관을 달리 이르는 말이다.
6 衡鴈: 형산의 기러기. 중국 호남성 형산에는 回雁峯이 있음.

안남安南 사신 완안항阮安恒의 시에 차운하여
次安南[1]使阮安恒甫韻

성위에 뜬 구름 열흘이나 그늘지니
나그네 심사 어찌하나 가을비에 막혔네.
반년토록 꿈에서 천리 길 가느라 힘들었으니
집안 편지 한 장은 만금짜리나 되네.
시름 속을 비춰줄 달도 없는데
등불든 이 내 마음 알고 밤에 찾아오네.
그대 만나 말하고 싶지만 사투리가 서로 다르니
새로 쓴 시로 월나라 시에 맞출까 하네.

城上浮雲十日陰　　客懷無乃阻秋霖
半年魂夢勞千里　　一紙家書抵萬金
無月照他愁裏面　　有燈知此夜來心
逢君欲說方音異　　憑仗新詩當越吟

1　安南: 프랑스 지배하의 베트남, 더 정확히는 식민지가 되기 이전 츠엉키(중부 행정
　구)로 알려졌던 지금의 베트남 중부지방이다.

안남安南 사신 완문질阮文質 순부淳夫의 시에 차운하여

次安南使阮文質淳夫韻

이분은 시단의 제일 높은 분이라
시율詩律을 보니 음갱陰鏗과 하손何遜같네.
건곤은 넉넉하여 모두 다 감싸안고
산과 바다 너르디 넓어 밟아볼 곳 많구나.
풍류 일생은 북해에 우뚝하고
반평생 공명은 남가일몽이로세.
어찌하면 강남 가까이로 옮겨가
시선詩仙을 날마다 뵐 수 있을꼬.

知是詞林最大家   看來詩律似陰何[1]
乾坤納納包羅盡   山海茫茫跋涉多
風月一生尊北海   功名半世夢南柯
移家安得江南近   却見詩仙日日過

---

1 陰何: 陰鏗과 何遜. 南朝 梁나라와 陳나라에서 각각 시명을 떨쳤던 사람들이다.

공락역公樂驛의 벽 위에 새겨진 류충鎦忠의 시에 차운하여

次公樂驛壁上鎦忠[1]韻

1

계주薊州 길을 가고 또 가니
한조각 해 먼 봉우리에 떨어지네.
하늘과 땅은 쑥이엉집처럼 오래되었고
바람과 이내는 고개와 바다에 깊네.
한나라 관문엔 백골뿐인데
오랑캐 뱃속에 무슨 단심丹心이 있으랴.
옛 보루에 지금은 밭을 가니
쟁기질 호미질에 화살촉이 드러나네.

行行薊州[2]路　　殘日下遙岑
天地蘧廬古　　風烟嶺海深
漢關曾白骨　　胡腹豈丹心
故壘今耕種　　犁鋤露鏃金

2

말발굽이 요동땅 밟기도 전에
나비의 꿈은 이미 봉우리 너머 나네.
북쪽 하늘 멀어 기러기 내려앉고
가을 물은 깊어 나귀 다리 짧아 뵈네.
건곤은 나그네 귀밑머리처럼 시들고
비바람은 사람 마음처럼 어지럽네.

1　鎦忠: 鎦가 本字. 劉와 同字이다.
2　薊州: 하북성 천진시 계현의 지명.

한 끼 밥 먹고 우정郵亭에서 묵으니
주머니엔 계찰季札의 금도 없네.

馬蹄未鶴野　　蝶夢已鯷岑
落鴈塞天遠　　短驢秋水深
乾坤凋客鬢　　風雨亂人心
一飯郵亭宿　　囊無季子[3]金

---

3 季子: 季札. 『史記』, 「吳太伯世家」. 계찰은 吳나라 왕 壽夢의 아들이다. 季札掛劍
   이란 고사가 있으며 信義를 중히 여긴다는 것을 비유하는데 사용된다.

공낙역公樂驛에서 사은사謝恩使를 만나 고국 소식을 들었다. 이에 기뻐서 마시다 보니 크게 취했다. 저물녘에야 어양漁陽을 향하여 떠났는데 십리도 못가서 말에서 내려 언덕 사이에 누워 잠이 들었다. 날이 이미 어두워졌길래 길옆의 시골 마을에 들어가 묵었다. 뒤에 생각해보니 피식 웃음이 나기에 시로 지어두어 기억하고 잊지 않으려 한다

公樂驛, 逢謝恩使[1]問鄉信. 因劇飮大醉, 暮發向漁陽, 未十里, 下馬臥眠丘隴間, 日已昏黑, 轉投路傍村舍而宿. 追思不覺發笑, 詩而志不忘云.

나그네 길의 괴로움이야 말로 다 못하는데
뒷 수레는 오지 않고 앞길은 멀기만 하다.
공낙역公樂驛에서 이틀을 머물다가
문득 동쪽에서 오는 두 사신을 만났네.
가만히 쳐다 볼 뿐 감히 나라 소식을 묻지 못하고
소매에 무슨 소식 가져왔나 걱정만 하네.
기쁘게도 입으로 편지로 전해주는 말
두분 마마 모두 강녕康寧하시고 부모님도 무고하시다네.
웃음 지며 마주 보고 무릎 놀릴 새도 없이
손에는 이미 잔속의 물건 들려있네.
통쾌하게 마시니 몸과 혼이 서로 나뉘어
비틀비틀 어떻게 헤어졌는지도 모르겠네.
거꾸로 실려 가니 나는지 달리는지

---

1 謝恩使: 조선시대 명나라와 청나라가 조선에 대하여 은혜를 베풀었을 때 이를 보답하기 위해 보내던 사절 또는 그 사신.

몇 번이나 손뼉 치며 뱃가죽을 두드렸나.
저물녘에 무덤 사이에서 해골 베고 누웠다
밤들자 띠집에서 닭과 돼지와 함께 묵었네.
날 밝자 다들 일어났는데 나만 쓰러져 있는데
주인만이 문득 홀로 나를 찾아보네.
문을 나서 말에 오르자 황홀하기 전생前生 일인 듯
머리 돌려 그곳을 바라보니 나뭇잎만 푸르네.

客行辛苦不堪說　　後車不來前程闊
公樂驛中留二日　　忽逢東來雙使節
熟視不敢問京國　　只恐袖有何消息
欣然口傳復書傳　　雙闕康寧兩親愯
一笑相對未促膝　　手中已有杯中物
痛飮形骸兩相遺　　迷茫亦不記離別
倒載正如飛走肉　　幾多拍手還捧腹
嶓間暮枕髑髏眠　　茅店夜伴雞豚宿
天明客起我頹然　　主人忽獨與余目
出門上馬怳隔生　　回首舊處烟樹綠

난하역灤河驛에 제하여
題灤河驛[1]

난하역灤河驛에서 하룻밤 묵고
편안히 반나절을 있었네.
매미 소리는 높은 나무에 모이고
돛 그림자 찬 못에 떨어지네.
저물녘 흥에 싯구가 이루어지고
가을 시름에 술이 반쯤 무르녹았네.
노봉蘆峯의 오늘밤 달은
응당 나를 기다려 셋이 되어 주겠지.

一宿灤河驛　　居然半日淹
蟬聲集高樹　　帆影落寒潭
晚興詩初就　　秋愁酒半酣
蘆峯今夜月　　應待我成三

---

1 灤河驛: 중국 河北省에 있는 강.

유관楡關에서 수레꾼들을 기다리며 2수
留楡關¹待車徒, 二首

1

게으른 천성이 늙을수록 더욱 심해
객창에 붉은 해 떴는데 코 드르렁 골고 있네.
미적댐은 수레꾼들이 뒤쳐져서가 아니요
시 읊다가 문득 객관의 맑은 기운 사랑스러워 이네.
작은 상에 비스듬히 기대 넓적다리를 문지르고
한가로이 짧은 머리 빗으니 새치가 듬성듬성.
나를 아는 이 다만 처마 사이 새 뿐이라
시 읊는 내 소리 따라 쨱쨱 화답하네.

懶慢天生老尤甚	客窓紅日鼻雷鳴
留連不爲車徒後	嘯咏偏憐館宇淸
斜倚小床捫髀肉	閑梳短髮點霜莖
知音祇有簷間鳥	和我吟詩一兩聲

2

깊숙한 역원驛院이라 마주치는 여행자도 적은데
먼 마을에 낮닭 소리 들려오네.
바람서리 찬 옛 원림苑林에 가을이 먼저 왔는데
수레타고 중원 간 나그네 아직도 돌아오지 않았네.
기둥에 시 써서 감히 사마상여司馬相如처럼 총애받기 바라랴
누에 올라 왕찬王粲의 재주에 온전히 사양하네.

---

1 楡關: 북경에서 정동쪽으로 약 300km 떨어져 있는 산해관 근천의 관문으로, 산해관이 1381년에 지어지기 이전부터 있던 관문이다.

가져온 돈 다 썼고 초구貂裘도 헤졌는데
해 저물자 근심만이 아홉 구비 서리네.

深院過逢行路少　　遠村啼送午雞來
風霜故苑秋先到　　車馬中原客未廻
題柱敢希司馬²寵　　登樓全謝仲宣才³
黃金已盡貂⁴裘弊　　日暮愁腸自九回

2　司馬: 司馬相如. 중국 전한시대의 유명한 賦 작가. 자는 長卿. 「子虛賦」, 「上林賦」
　　등, 29편의 부와 4편의 산문이 남아 있다.
3　仲宣才: 중선의 재주. 중선은 王粲의 자. 중국 삼국 시대 위나라의 시인
　　(177~217). 건안 칠자의 한 사람으로, 조조를 섬겼다. 작품에 「七哀詩」, 「從軍
　　詩」 따위가 있다.
4　貂裘: 담비의 모피로 만든 갓옷.

사하沙河를 떠나 동관東關을 향하여 가며
發沙河1, 向東關2

장대한 여행에 건곤이 좁다 한탄하노니
반년만에 길이 끝남에 문득 놀라네.
멋대로 낭야琅琊에서 조무朝舞로 갈 마음을 가졌고
다른 날 운몽雲夢에서 동정호 바라볼 마음을 저버렸네.
지난 날 버드나무에 꾀꼬리 울더니
오늘은 갈대밭에 늦은 기러기 내려앉네.
하늘이 돌아갈 마음 급함을 알고는
하늬바람 불어주니 말머리는 동쪽으로.

壯遊始恨乾坤窄   半歲俄驚道路窮
謾有琅琊朝舞志   負他雲夢3洞庭胸
往時楊柳啼黃鳥   此日蒹葭落晚鴻
天意正知歸意急   西風吹送馬頭東

---

1 沙河: 중국 대련 沙河口 인근의 지명.
2 東關: 홍대용의 『담헌서』에 의하면 사행길에 위치해 있는 지명이다.
3 雲夢: 중국 호북지방에 있는 지명으로 사방 900리에 이른다는 큰 못이다.

십삼산역十三山驛에 묵으며
宿十三山驛

대릉하大凌河 위에서 늦게야 배를 부르니
바람신이 머물다 가라고 채찍을 가로막네.
백리 길을 중간에 그만 두고
십삼산역十三山驛에서 반 저녁에 잠이 드네.
침상 머리 희끄무레 별빛이 찾아오고
담장 머리 찌는 듯한 붉은 해가 떠오른다.
정화수 떠와라 얼굴을 씻게 하고
햇빛 밝은 창 아래 다시 기행편을 보네.

大凌河[1]上晚呼船　　風伯留人阻着鞭
一百里程中道廢　　十三山驛半宵眠
床頭生白星臨座　　墻角蒸紅日上天
呼取井華教洗眼　　明窓更看紀行篇

---

1 大凌河: 중국 遼寧省 서부의 강줄기를 합쳐 遼東灣으로 흘러드는 강.

여양閭陽 길에서 의무려산醫無閭山을 바라보며
閭陽途中, 望醫無閭山[1]

고향 가는 길은 늙어가는 나그네처럼
떠난 뒤 날 지나자 앞에 점점 다가오네.
여양閭陽 가는 큰 길은 평탄하기가 숫돌 같은데
바람이 말발굽을 몰아주니 우레치고 우박 오는 듯.
돌아보니 이미 십삼산十三山은 보이지 않고
말머리에 또 의무려산醫無閭山이 나타나네.
지난달엔 나 떠난다 보내주더니
오늘은 나 돌아온다 맞아주네.
보낸다 맞는다 저만 번거로운데
하물며 나는 홍진에 분주했으니.
청춘이 흰머리 되는 것 너무도 쉬운데
고향의 정원은 묻혀버리고 산 앞도 황폐했으리.
올해의 모습은 차라리 다행이 아니냐
내년은 지팡이에 나막신 신고 강호에서 노니리.
네가 보내고 맞는 것 보고 무엇을 얻을꼬
응당 맑은 꿈 따라 제일 높은 봉으로 날아가리라.

還鄉路如垂老客	去後日遠前漸迫
閭陽大道平如砥	風送馬蹄如電雹
回頭已失十三山	馬首又見巫閭顏
前月送我去,	今日迎我還.
迎我送我渠不閑	況我奔走紅塵間

---

1 醫無閭山: 滿洲에서 중국 본부로 가는 길. 遼河 서쪽 북방에 있는 산.

白頭容易換靑春　　故園蕪沒荒山前
今年面目寧非幸　　明年杖屨遊江天
看汝送迎何可得　　只應淸夢飛來最上巓

반산역盤山驛에 제題하여

題盤山驛

의무려산醫無閭山에서 푸른 빛은 끝나려 하는데
동쪽으로 광녕廣寧을 바라보니 길은 끝간데 없네.
삐쩍 마른 말이 진흙탕 길 어찌 견딜까
작은 역驛 외로운 침상에서 잠깐 쉬네.
한밤에 부는 날나리 소리에 나그네 일어나 보니
창 가득 달빛만 시름 따라 차갑네.
닭 울면 또 고평高平으로 떠나는데
구름 짙으니 길가기 어렵겠다 말들하네.

山到無閭靑欲了　　廣寧東望路漫漫
泥途瘦馬那堪苦　　小驛孤床蹔借安
半夜角聲吹客起　　一窓月色照愁寒
雞鳴又向高平去　　見說雲深路更難

백인伯仁에게 부치다 3수
寄伯仁[1], 三首

1

푸른 하늘의 뜻과 맞지 않음은
그대같은 이가 또한 그러하구려.
어찌 죄가 커야만 얽혀들겠소
재주가 완전해도 걸려드는 걸.
북쪽으로 삼천리나 떠났다
남으로 돌아간 지 또 몇 년이오.
어찌하리 하늘엔 해가 있어도
도리어 그대 위해 걸린 게 아닌 것을.

不會蒼天意　　如君亦復然
豈應緣罪大　　只是坐才全
北去三千里　　南還又幾年
如何天有日　　却不向君懸

2

들자니 그대는 강위에 살면서
만사를 흐르는 강물에 부친다지요.
작은 집 겨우 무릎이나 들여놓지만
넓은 하늘 머리를 맘대로 흔든다지요.
스스로 술 빚어 달빛 섞어 마시고
직접 농사지어 시름을 땅에 묻는다지요.

1　伯仁: 朴孝元. 자는 伯仁, 본관은 比安이며 조선 成宗 때의 문신이다. 掌令, 司諫
　 등을 지낸 뒤 柳子光·任士洪이 유배될 때 그 일파로 지목되어 杖流되었다.

기심機心이 끊어진지 오래된지라
푸른 물결에 백구만 떠있다지요.

    聞君江上住   萬事付東流
    屋小纔容膝   天多闊冒頭
    自斟聊飮月   躬稼便埋愁
    久矣機心斷   滄波泛白鷗

3
남북으로 손 나뉘고
건곤엔 일곱 번 봄이 왔네.
재주와 명성은 그대가 더욱 크니
높은 벼슬 나는 가짜라네.
코끝 깎아도 이제 질정해 줄 이 없으니
마음을 논할 이 다시 몇몇이리.
구름도 멈추고 해도 떨어지니
눈 다하는 곳 진정 정신도 상 한다오

    南北一分手   乾坤七換春
    才名君益大   軒冕我非眞
    斲鼻今無質   論心更幾人
    停雲兼落日   目極正傷神

이경원李景元 공이 전주부윤으로 나가는 것을 배웅하며
送李公景元出尹全州

호남은 고운 땅
첫째는 전주를 치네.
땅은 중부中賦가 없고
산천은 명승이라.
몸을 따르는 건 오직 학 한 마리
눈에 들어오는 건 온전한 소가 없네.
멀리 북쪽 어버이 계신 곳 바라보고
그때마다 저물녘 누에 오르리.

湖南號佳麗	第一說全州
土地無中賦	山川是上游
隨身惟一鶴	入目欠全牛[1]
北望君親遠	時登日暮樓

---

1 入目句: 눈에 들어오는 건 온전한 소가 없네. 이경원이 포정이 해우하듯 전주를
완벽하게 다스릴 것이라는 뜻.

하찮은 절구 세 수를 채 기지蔡耆之의 앞에 받들어 올리다
拙句三絶, 奉呈蔡耆之¹軒右

1

중랑장中郎將의 문아文雅함은 당대에 첫째라
술 마시면 거문고 퉁기고 시를 읊네.
푸른 은하수 아래 선학도 불러내리니
빼어난 그림자가 서로 알맞네.

中郎²文雅擅當時　　酒後鳴絃復詠詩
碧漢又招仙鶴下　　高標瘦影兩相宜

[원주]

이때 기지耆之가 물새를 키웠는데 학과 비슷했다.
時, 耆之蓄水鳥, 似鶴.

2

우리집은 땅이 말라 연못을 못 파는데
띠이은 정자 있어 유월에 시원하네.
해 저문 때 아침 올 때 산 그림자 서늘하고
솔바람에 머리 흩뜨리고 평상에 눕네.

吾家地燥未池塘　　尙有茅亭六月涼

---

1 蔡耆之: 蔡壽. 세종 31년(1449)~중종 10년(1515). 중종반정공신. 본관 仁川. 자는
  耆之. 호 懶齋. 남양부사 申保의 아들이다. 예조참판·형조참판·평안도관찰사 등
  에 임명되었으며, 중종반정에 가담하여, 仁川君에 봉군되었다. 金宗直에게 從遊
  하고, 특히 成俔과 교제가 깊었다.
2 中郎: 中郎將. 조선 초기 義興親軍衛에 속한 정5품의 무관직.

日晚朝回山影冷   松風散髮臥匡床

3
그대집 뜰안은 그윽하고 맑은데
따로 물을 담아 거울처럼 매끄럽네.
손이 가고 술병 기울어지고 사람도 따라 누우면
남산의 푸르른 나무들 주렴 가득 비춰드네.

君家庭院最幽淸   別貯漣漪鏡面平
客散甁傾人臥倒   南山蒼翠滿簾旌

한식寒食에 느낀 바 있어
寒食有感

집집마다 한식이라 연기가 안나는데
불은 나그네 마음에 들어 깊은 곳을 태우네.
옛 동산 두 봉분에 봄풀이 푸르지만
올해는 그 누가 종이를 잘라 연을 만드는고.

人家寒食了無烟　　火入客心深處燃
雙隴故山春草碧　　今年誰剪紙爲鳶

노희량盧希亮이 마니산摩尼山 삼성단參星壇에 초제醮祭 지내러 가다

往盧希亮¹往醮²摩尼³星壇⁴

바다 밖 뾰족한 산 만길이나 푸른데
우뚝 솟은 단壇 사방으로 큰 바다 굽어보네.
의관 입은 분 땅에 비춰 가을날 뛰는 천리마
패옥은 구름 너머 밤에 예 지내는 별.
신선은 이미 단정丹鼎의 비결을 전했는데
도인은 오히려 예주경蘂珠經을 외우고 있네.
유종원같은 이 문아하여 거문고 학이 한가한데
마주 보고 높은 이야기할 때 술이 몇 병이런가.

出海尖山萬丈靑　　危壇四面俯滄溟
衣冠照地秋飛駬　　環佩緣雲夜禮星
仙子已傳丹鼎⁵訣　　道人猶誦藥珠經⁶
柳州文雅閑琴鶴　　相對高談酒幾瓶

1　盧希亮: 盧公弼의 자. 세종 27년(1445)~중종 11년(1516). 본관 파주. 호 菊逸齋.
　영의정 思愼의 큰아들이다. 경기도 交河縣 출신이다. 1466년 춘시문과에 2등으로
　급제, 연산군 4년(1498) 의정부우참찬, 1503년 우찬성에 올랐으나, 이듬해 일어난
　갑자사화에 연좌되어 茂長으로 杖配되었다. 그뒤 중종반정으로 귀양에서 풀려나
　와 다시 우찬성이 되었다가 중종 2년(1507) 領敎寧府事로 승진하였다.
2　往醮: 醮祭를 지내러 가다. 초제는 도교 의례의 하나. 齋醮라고도 한다. 조선시대
　에는 고려시대 昭格殿을 이은 昭格署를 두어 도교의 초제를 지내도록 했다. 그러나
　중종 무렵 士林들의 반대로 소격서가 혁파되고부터 도교의 초제는 더 이상 국가적
　차원에서 시행되지 못했으며, 민간신앙으로 흡수되었다.
3　摩尼: 摩尼山. 인천광역시 강화군 화도면에 있는 산.
4　星壇: 參星壇 또는 塹星壇. 인천광역시 강화군 화도면 마니산 산정에 있는 단.
5　丹鼎: 藥鼎. 道家에서 丹藥을 반죽하는 器具.
6　蘂珠經: 道教의 經文.

낙생역樂生驛에 제하다

題樂生驛[1]

동 틀 무렵 현의 객사를 떠나
해 뜰 때 역에 내렸네
내다보던 역리가 길을 열라 외치고
잡무 보는 관리 뜰을 쓰네
맑은 서리는 오래된 기와를 덮었고
옅은 안개 찬 대청에 흩뿌린 듯
진중한 광릉廣陵 사또
옥병 두 개 어딨소 묻네

天明離縣舍　　日出下郵亭
候吏喧呼路　　涓人灑掃庭
淸霜封古瓦　　薄霧灑寒廳
珍重廣陵[2]守　　問之雙玉瓶

1　樂生驛: 고려, 조선시대에 지금의 성남시 분당지역에 설치되었던 驛站. 고려시대
　　에 설치된 安業驛이 조선 초기에 낙생역으로 개칭된 것으로 추정되는데 突馬驛으
　　로도 불린다.
2　廣陵: 경기도 광주의 옛 별호.

담장 아래 눈이 아직 녹지 않은 것을 보고 마음 속을 쓰다
見墻底氷雪未消, 因以述懷

이월 담장 그늘의 눈
온 숲에 생기가 도는 때.
하늘이 내린 명령이 너무 일렀나
땅에 봄기운 도는 게 늦었나.
베개 적시는 어버이 생각하는 눈물
창에 붙인 죽은 아들 곡하는 시.
아득한 세상사에
두 귀밑머리 이미 흰실이 되었네.

二月墻陰雪　　千林生意時
天應施令早　　地自得春遲
枕滴思親淚　　窓題哭子詩
悠悠世間事　　雙鬢已成絲

문소전文昭殿에서 어가를 따라 제사를 모시다
文昭殿¹, 扈駕陪祭

황금 대궐 모퉁이에 층계를 쌓고
버들가지 천 가닥 귤나무에 드리웠네.
패옥 소리 쟁그랑쟁그랑 종鍾소리인가 경磬소리인가
곤룡포 입고 한밤중에 문소전文昭殿에 예 올리네.

黃金闕角插層宵　　垂柳千絲蔭御橋
環佩縱錚鍾磬響　　袞龍星夜禮文昭

---

1 文昭殿: 조선 태조의 妃인 神懿王后(1337~1391)의 祠堂. 후에 태조와 태조의 4대
조의 위패를 모시는 사당이 되었다.

조 태허曺大虛에게 부치다

寄曹大虛¹

올해 날씨는 일찍이 찬 기운 엉겨
구월에 벼랑그늘에 이미 얼음이 보이네.
눈발이 주렴을 치니 꽃송이 펑펑 날리는 듯
문앞에 네 산엔 하얀구슬 층층이 쌓였네.
양원梁園에서 시 지으니 재주는 불러올만하고
섬수剡水에서 배돌리니 흥이나 배 탈만하네.
멀리서 생각자니 신선은 학창의鶴氅衣 입고
오색구름 깊은 곳에 푸른 능의綾衣 입으셨겠지.

今年天氣早嚴凝　　九月陰崖已見氷
六出拍簾花片片　　四山當戶玉層層
梁園²作賦才堪喚　　剡水³回舟興可乘
遙想神仙被鶴氅　　五雲深處直青綾⁴

1　曹大虛: 단종 2년(1454)~연산군 9년(1503). 본관 昌寧. 자 太虛. 호 梅溪. 울진현
　령 繼門의 아들이다. 호조참판·충청도관찰사·동지중추부사를 역임하였다. 연산
　군 4년(1498)에 聖節使로 명나라에 다녀오던 중 무오사화가 일어나 金宗直의 詩稿
　를 수찬한 장본인이라 하여 오랫동안 의주에 유배되었다가 순천으로 옮겨진 뒤,
　그곳에서 죽었다. 김종직과 친교가 두터웠고 초기 사림파의 대표적 인물이었다.
2　梁園: 漢 나라 梁孝王의 화려한 동산으로, 궁중의 정원을 가리키는 말이다.
3　剡水: 중국에 있는 剡溪를 이름. 晉 나라 때 王徽之가 일찍이 섬계에 사는 친구
　戴逵가 생각나서 갑자기 눈 내리던 밤에 배를 타고 섬계를 건너간 고사에서 온
　말이다.
4　青綾: 綾羅錦衣. 온갖 비단으로 지은 아름다운 옷들.

함창咸昌 집에 불이 났다는 말을 듣고 절구 네수를 써서 이안손
李安孫 사휴士休에게 부쳐 내 마음을 보내다
聞咸昌[1]家火, 賦四絶, 寄李安孫士休以遣懷

1
고향편지 한 조각 어제 왔는데
세칸 띠집이 재가 되었다 하네.
벽 가득 시서詩書는 남았다고 하니
내 작품 다른 날에 사라지진 않겠구나.

　　一紙鄕書昨日來　　三間茆屋火爲灾
　　詩書一壁聞猶左　　口業它年幸未灰

2
반평생 내몸에 집 하나도 없더니
지난 해 가시나무 치고 조그만 집 얽었네.
달팽이 집 열리니 내 무릎이나 들여놓겠더니
어찌 알았으리 혹독한 빌미 따라 불이 날 줄을.

　　半世身無宅一區　　前年剪棘卜菟裘
　　蝸開尙足容吾膝　　酷祟那知有鬱攸

3
내 평생 밭을 살 밑천도 쌓아두지 않고서
몇 년 동안 몸소 써레질하여 주림이나 면했네.

---

1 咸昌: 경상북도 상주지역의 옛 지명.

조금 살만하니 다행히 남는 곡식이 있었는데
이제 연기에 다 탔다니 그마저 없구나.

　　平生不畜買田資　　　數歲躬犁只救飢
　　梢食幸然餘斗斛　　　今隨烟燼亦無之

4
가래나무 함께 구렁 속에 부러졌다니
명당明堂에 대들보 삼을 계획이 어그러졌구나.
돌아가도 붙여살 곳 없다 말하지 말라
강에 도롱이가 곧 나의 집이라.

　　樗材合在溝中斷　　　擬棟明堂計太踈
　　莫道歸來無着處　　　江天蓑笠卽吾廬

부윤府尹 이세필李世弼이 경주로 부임하는 것을 배웅하며
送李府尹世弼赴任慶州

이씨 집안 훌륭하게 심고 북돋았더니
뿌리가 깊어 가지와 줄기가 뻗어나왔다.
움직이자 가문이 커지고
시詩와 예禮를 가르쳐 자손들은 어질다.
아름다운 세상엔 충성과 정절이 두터웠고
넘어가는 시대엔 흐느껴 울었다.
계림의 새 부윤은
봉황지鳳凰池 옛 유선儒仙이라.
검은 머리에 황금 인둥이 비치고
붉은 마음은 흰 해처럼 걸렸다.
하루 동안 단비 단이슬 뿌리려고
다섯 마리 말이 산천을 밟아나간다.
옛 나라 천년된 땅
봄바람 이월의 하늘.
맞는 이 죽마타고 오고
너그럽게 용서해준다 부들채찍 보여주네.
좋은 정치에 그 땅 사람들 기뻐하고
성주께서 우리를 사랑 하신다 칭찬 하네.
얼마 안 있어 서울로 부를텐데
도적 핑계 대봤자 어찌 몇 년을 머무르리.
걱정 되는구나 공이 돌아간 뒤에
남은 백성들 다시 아득해지겠지.

有李嘉封植　根深枝幹聯
勳庸門戶大　詩禮子孫賢
奕世忠貞篤　傾時眷泣偏
雞林新府尹　鳳沼舊儒仙
黑髮黃金暎　丹心白日懸
一天行雨露　五馬[1]踏山川
故國千年地　春風二月天
逢迎騎竹馬　寬貸示蒲鞭
善政邦人悅　休聲聖主憐
徵黃應不日　借寇豈多年
預恐公歸後　遺民復惘然

---

1 五馬: 태수를 지칭함.

휘광攟光에 부치다 2수
寄攟光軒右, 二首

1
야생성질이라 평생 물고기 물새와 무리 되더니
중년에 내분 아닌 풍운에 참여했네.
이렇게 늙어서 쇠약하고 병들어 파리하니
새벽 북소리 저녁 종소리 이제 감당 못하겠네.

野性平生魚鳥群　　中年非分際風雲
如今老大羸衰病　　曉鼓昏鍾不耐聞

2
늦은 눈 분분이 내려 귀밑머리 희고
옛 동산은 밤마다 꿈속에 푸르네.
이월 봄바람에 온갖 꽃 떨어지니
취해 잠든 늙은이 술에서 못 깨어나네.

殘雪紛紛鬢邊白　　故山夜夜夢中靑
春風二月百花下　　醉睡翁應醉不醒

늦은 봄에 친구에게 부치다
暮春, 寄友生

한 바탕 봄 시름에 앉아서 추위를 겁내고
쇠약하고 병듦을 감당치 못한데 다시 유산儒酸해지네.
시가 다 되면 꽃소식을 부치려 했더니
오얏 늙은이 복사 바보가 게으르게 난간에 기대고 있네.

一半春愁坐怯寒   不堪衰病更儒酸[1]
詩成欲寄花消息   李瘦桃癡倦倚闌

---

1 儒酸: 酸은 본디 五味의 한 가지인 신맛을 말하는데, 흔히 儒者의 빈궁한 상태를
  儒酸이라 표현한다.

한언韓堰 공이 대구로 태실胎室을 봉안하러 가는 것을 배웅하며
送韓公堰¹奉安胎室²大丘

국가에 경사 있으니 메뚜기떼 웅웅대듯
금지옥엽같은 자손들 푸른 봄 따라 많아지네.
뿌리를 깊이하려면 흙을 두텁게 북돋아주는 법
심는 것도 반드시 길한 사람이어야 하네.
하늘의 아지랑이 봄에 붉은 실이 되어
인간세상에 떨어져 윤음綸音이 되었네.
한 창려韓昌黎는 푸른 옷 입고
손에 받들고 머리에 이고 공경하기 신처럼 하네.
훌쩍 말에 오르니 기세가 구름같고
똑바로 봄바람에 남쪽 길로 곧장 가네.
성남쪽 조석祖席에 벼슬아치 모두 모였는데
한강물 푸르기는 잘 익은 포도 빛이네.
취하여 채질하니 히힝 자줏빛이 달려 나가니
자줏빛 보고 멀리서 관윤關尹이 알아보리.
새재는 하늘이 가까워 구름이 발을 두르고
낙동강 물결은 길어 흰달이 빠지네.
영남의 절기는 삼사월이라
눈 들면 마을마다 꽃과 대나무 가득 찼으리.
태실奉安은 대구의 언덕에 받들어 안치하고

---

1 韓公堰: 韓堰. 세종 30년(1448)~성종 23년(1492). 본관 淸州. 자 沃卿. 蔭補로
  벼슬에 나가 예종 1년(1469) 부사과로서 進士試에 장원하였다. 1491년 대사헌·
  이조참판 등을 지내고, 이듬해 謝恩使로 明나라에 갔다가 北京에서 죽었다.
2 胎室: 왕실에서 자손을 출산하면 그 태를 봉안하는 곳.

술 들어 땅에 부으면 신이 복을 내리시리라.

밀양 응천凝川의 땅은 번화하다 이름났네

겨를 내어 술상 차리면 향유鄕儒들 모여들리.

술 마시다 넘어져 황학루에 누우면

꿈에 뭇 신선들 끌고 제멋대로 놀리라.

제비 꾀꼬리 소리에 문득 깨어나

일어나 장안 바라보면 서북쪽에 있네.

돌아오는 말위에서 남훈가南薰歌를 불면

대궐 정원에선 분명 사슴이 '유유'하고 울리라.

높은 관작 분명코 따를테니

옛 뜰엔 지금 남으로 둥지지은 까치 있다네.

國家毓慶螽兟兟	金枝玉葉繁靑春
深根要得厚地培	封植亦應須吉人
天上遊絲春縷紅	墮向人間作絲綸
昌黎仙子淵蒼色	手捧頭戴敬如神
翩然上馬氣如雲	一路春風南去直
城南祖席傾冠盖	漢江水碧葡萄熟
醉鞭亂嘶紫叱撥	紫氣遙應關尹³識
草嶺天近雲繞脚	洛水波長月拖白
嶺南天氣三四月	擧目村村滿花竹
奉安胎室大丘丘	擧酒酹地神錫福
凝川⁴風土號繁華	暇日杯盤聚鄕曲
酒中倒臥黃鶴樓⁵	夢携列仙恣懽謔

---

3 關尹: 국경의 주요한 교통로이자 요충지에 설치한 關에 근무하는 벼슬아치. 노자
  가 관외로 나가려고 할 때 관윤이 알아보았다는 고사.

4 凝川: '밀양'의 옛 이름.

5 黃鶴樓: 中國 湖北省 武昌城 안 黃鵠山에 있는 높은 누각. 揚子江을 眺望하는
  경치가 아름답고 李白·崔顥 등의 시로 유명함.

燕語鶯啼忽喚醒　　起望長安在西北
歸來馬上吹南薰[6]　　御苑正有呦呦鹿
知應剩得高官爵　　故園今有南巢鵲

[원주]

상말에 "까치가 정남쪽에 둥지를 틀면 주인이 관직을 얻는다" 하였다. 한공이 사는 곳에도 또한 그런 일이 있었다. 내가 일찍이 찾아갔더니 공이 웃음의 말을 하다가 이 일까지 이야기해주었다.

諺云: '鵲巢午地, 主人得官.' 韓公居止, 亦有之. 余嘗往訪, 公戲談及此故云.

---

6 吹南薰: 南薰歌를 불다. 순 임금이 지었다고 전하는 노래. "南風之薰兮 可以解吾民之慍兮 南風之時兮 可以阜吾民之財兮."《孔子家語 辨樂解》

술을 마시고 늦게 일어났기에 이미 관아로 부임했다는 것을
알지 못했다. 시를 지어 동자에게 부쳐 가서 그대에게 드리라
고 했더니 돌아와 이미 출발하셨다고 알려주었다. 이에 게으르
고 한가한 것을 스스로 웃으며 대답을 하지 못하고 드디어 시를
지어 스스로 풀어썼다

因酒晚起, 不知不騫已赴衙, 題詩付童子投呈左右, 還報云已出矣. 於
是自笑懶閑無對, 遂作詩自敍云.

병든 사람은 병든 마소나 똑같아서
여물 먹고 물마시고 일은 하지 않네.
누워서 안 일어난다고 누가 뭐라 할것인가
해 높이 뜨자 밥 찾아 그제야 머리 드네.
흰 구름 어젯밤에 우리 집에서 자더니
아침에 이미 서산의 비로 내렸네.
시 짓는 늙은이도 밤에 술동이 함께 들더니
말타고 새벽 북소리 따라갔다 하네.
인간 세상 장부帳簿는 형석衡石을 따라가는데
벽 가득 시서詩書는 읽지도 못 하네.
집안사람 나를 속여 때 끼어도 씻지 않고
부엌데기 어려워하기에 때늦으면 먹지도 않네.
사람들 내가 병들어 관직 그만뒀다 비웃지만
나는 다행히 요 몇 년 병으로 한가함 얻었네.
비로소 좋고 나쁨이 항상 어근버근함을 알겠네
인생살이 나같이 병을 좋아할 이 그 누구랴.
나에게 병은 세상과 서로 다르니
사람들이 달아나지만 나에겐 돌아갈 곳.

두 눈으로 평생동안 기쁜 일 혼자 보고
입도 또한 곧은 것 좋아해 세상 기미 건드렸네.
하늘이 나를 위해 크게 어그러지라 계획하여
입이 돌아가고 눈도 비뚤어지게 했네.
그 뒤로 오 개월 문을 닫고 누웠으니
추켜세움도 없지만 꾸짖는 이 그 누구냐.
이제 입과 눈이 평소대로 돌아오면
몸은 바쁘고 근심 많아질까 걱정되네.

病人一如病馬牛　　齕草飮水身役無
雖臥不起亦誰尤　　日高見食方擧頭
白雲昨夜宿我宇　　朝來已作西山雨
詩翁亦與夜同尊　　已聞騎馬隨曉鼓
人間簿書趁衡石[1]　　滿壁詩書我不讀
家人欺我垢不洗　　饌婦苦我晚不食
人皆笑我病不官　　我幸年來病得閑
始知好惡常參差　　人生好病如我誰
我病與世亘殊調　　人所背馳我所歸
兩眼平生喜獨見　　口亦好直多觸機
皇天□[2]我計大訛　　乃令口喎眼復斜
邇來五月閑門臥　　無有譽名誰詆訶
如今口眼向平善　　只恐身忙憂患多

---

1 衡石: 저울. 人材를 뽑는 직위. 銓衡. 二公十數年 當居衡石 『舊唐』
2 판독 불가자

김해부사가 아들을 잃은 것을 조문하며
弔金海府使喪子

그대는 자하子夏처럼 눈이 멀려 한다 하던데
나도 또한 왕연王衍의 마음을 두었다오.
끝내 두 늙은이 사라질텐데
애들 때문에 마음아파 울음 삼킬 일 있겠습니까.

　　君今欲喪卜商[1]明　　我亦曾鍾王衍情
　　畢竟兩翁隨滅沒　　傷兒不必哭呑聲

1　卜商: 子夏. 중국 춘추 시대의 유학자(B.C.507~?B.C.420). 본명은 卜商. 공자의
　　제자로서 十哲의 한 사람이다. 위나라 文侯의 스승으로 시와 禮에 능통하였는데,
　　특히 예의 객관적 형식을 존중하였다.

양산梁山 징심헌澄心軒의 시에 차운하여 2수
次梁山澄心軒[1]韻 二首

1

백성들 거문고와 노랫소리 이것이 태수의 풍류
온 땅 가득 누른 물결 풍년의 가을걷이.
앉아서 강산을 보면서 시 읊고 술 마시니
내 신세 꽉 막힌 시름을 알지 못 하겠네.

絃歌太守此風流　　滿地黃雲歲有秋
坐對江山詩又酒　　不知身世有窮愁

2

누 아래 빙 둘러 푸른 물결 흘러가고
술동이 하나 손과 주인 바로 맑은 가을빛.
난간에 헛되이 기대고 달은 돋으려 하는데
어부의 피리 소리 나그네 시름을 돋우네.

樓下彎彎碧玉流　　一尊賓主正澄秋
闌干徒倚欲明月　　漁笛一聲吹客愁

1　澄心軒: 특히 박제상이 양산 태수로 있을 당시 직접 건립한 것으로 알려진 澄心軒
을 복원해 그의 충절을 기리는 상징적인 건물로 자리매김 할 계획이다. 징심헌은
1800년대 초반까지 존재하고 있었던 것으로 각종 문헌에서 확인되지만 그 뒤 유실
되면서 역사연구가 안종석씨가 지난 60년 징심헌 자리에 효충사를 건립, 현재까지
전해지고 있다.

영천永川 청심당清心堂에 제題하여
題永川清心堂

1

꿈에 날으는 신선이 되어 푸른 바닷가에 갔다가
꿈 깨니 강가의 객관客館에서 술이 깨는 때라네.
따라 노는 물고기 물새는 내 기심機心이 적기 때문이고
건곤을 웃으며 오시傲視하니 세월은 느리네.
서왕모의 노을빛 술잔은 봄빛에 흠뻑 취하고
요희瑤姬의 옥피리는 밤 깊어 부네.
말없이 난간에 기댔는데 하늘 바람이 들어오니
이 맛을 자세히 알 이 없으리.

夢挾飛仙璧海湄	覺來江館酒醒時
游從魚鳥機關少	笑傲乾坤日月遲
金母霞觴春盡醉	瑤姬¹玉笛夜深吹
倚闌無語天風入	此味無人子細知

2

번쩍번쩍 붉은 진흙 강기슭에 잠겼고
들판풍경 푸르디푸르러 해가 저무는 때로세.
손과 주인 청심당清心堂 위에서 술 가져오라 소리치고
강산이 눈에 가득하여 누를 내려오려 하지 않네.

---

1 瑤姬: 중국 신화 속의 여신. 일설에는 炎帝의 딸이 어려서 죽자, 天帝가 그 죽음을 가엾게 여겨 그녀를 巫山의 비·구름을 관장하는 신으로 봉했다고 한다. 楚나라 懷王이 가오탕[高唐]에서 유람을 즐길 때 꿈속에서 여신을 만난 후 그곳에 朝雲廟를 세웠다는 전설도 있다. 또 다른 설에 의하면 요희는 西王母의 딸로 이름이 雲華夫人이라고 한다.

오유吳歈가 월越을 치니 바람맞아 소리 나고
날나리 처량하게 물 건너에서 분다.
다시 벽에다 취한 먹자국 남기니
내 풍류를 여기다 부쳐 뒷사람 알게 하리라.

暉暉丹腱蘸江湄　　雲物蒼蒼日暮時
賓主軒眉呼酒急　　江山滿目下樓遲
吳歈激越臨風響　　羌管凄涼隔水吹
更向壁間棲醉墨　　風流寄與後人知

간보艮甫의 시에 차운하여

次艮甫¹韻

하루 만에 서리 맞은 기러기들 형양衡陽으로 떠났고
하늬바람에 잎 떨군 나무엔 늦은 햇빛이 황량하네.
때마침 바람 맞으며 대에 올라 마시리
하늘이 들국화를 보내 그대 위해 향기 뿜어주네.

一天霜鴈已衡陽²　　落木西風晚色荒
正好臨風臺上飲　　天敎野菊爲君香

1　艮甫:『虛白亭文集』「諸朴艮甫詩軸」에 아래와 같은 기록이 보인다.
　　"兼善은 咸昌사람이다. 부모가 죽으니 모두 읍의 동쪽 錢村里에 장사지내고, 묘소 곁에다 喪廬를 두고 각각 3년을 나고, 이어 그 곁에 집을 정하고 사는데 …… 우리 선친이 소년 시절에 일찍이 간보 백부 禮安縣監 朴長生의 문하에서 배웠는데, 간보가 사는 데는 바로 그 마을이라, 지금 간보와 더불어 서로 오고 감에 있어, 선친이 摳衣하여 從遊하던 자취를 스쳐보면, 依稀하고 방불하여 감개무량함을 견디지 못해 슬픈 눈물을 흘리게 되니, 이 때문에 더욱 간보에게는 정을 잊을 수 없다."
2　衡陽: 중국 湖南省 중남부에 있는 도시. 589년 형양 군이 형주로 바뀌면서 임증현에서 형양 현으로 이름이 바뀌었다. 明代(1368~1644)에 형주府로 승격했다.

간보良甫의 추석 보름달을 읊은 시에 차운하여
次良甫中秋月韻

1

기나긴 바람 달을 보내 서늘한 저녁에 드니
하늘에 구름도 없어 진정 고요하구려.
홀로 빈집에 누워 하늘을 쳐다보니
인간세상 찌꺼기를 이번에 없애는구려.

長風送月入涼宵　　天面無雲正沈寥
獨臥虛堂看玉宇　　人間査滓此時消

2

푸른 등燈 한 점으로 가을 저녁을 밝히니
찍찍 찬 벌레들 고요 속에 울리네.
흰 머리털 천 가닥 빗질하면 또 적어지리니
한가한 수많은 시름 녹일 수 있었으면.

青燈一點照秋宵　　咽咽寒虫響寂寥
白髮千絲梳更短　　閑愁萬斛若爲消

간보良甫의 구월구일을 읊은 시에 차운하여
次良甫九日韻

구월구일 좋은 기약 또 일년만이니
서산에 푸른 빛이 술동이 앞에 떨어지네.
훌륭한 경치 끝내 묻히게 하지 마오
새로 시를 지어 자세히 봅시다 그려.

九日佳期又一年　　西山蒼翠落尊前
未教勝迹終埋沒　　憑仗新詩仔細看

간보良甫의 시에 차운하여 2수

次良甫韻, 二首

1

시끌시끌 수레들 속세 거리 달리는데
명아주 짚고 수풀 사이에서 마치리라.
집이 맑고 가난하기로 무슨 대단한 병이리
마음에 생각 없으니 진정 한가함이라.
구름 낀 산이 집을 두르니 이내몸 숨었다 할 만하고
강위에 뜬 달은 처마 너머라 손으로 만질 것 같네.
남보다 나은 영화는 근심 속에 있는 것
뱀을 만지고 범을 타고도 위험하다 생각지 못하네.

紛紛車馬走人寰　　杖藜終窮草樹間
家或淸貧非甚病　　心無思慮是眞閑
雲山繞屋身堪隱　　江月低簷手可攀
殊勝榮華憂患裏　　握蛇騎虎不知艱

2

맑은 골짝물에 날마다 속세 옷깃을 씻고
인간세상 만금을 부러워하지 않으리.
일생에 날 알아주는 이 적다 말하지 말라
푸른 하늘에 달이 올라 붉은 마음 비춰주니.

淸溪日日濯塵襟　　不向人間羨萬金
莫謂一生知己少　　靑天有月照丹心

마라지麻羅只 여울을 지나며

過麻羅只灘[1]

강 가운데 돌머리 개이빨처럼 삐죽한데
성난 물결 부딪쳐 천둥소리 일어나네.
배가 가니 새도 날고 말도 미쳐 날뛰고
사람마다 시퍼래져 엎드리고 자빠지네.
사공이 힘을 다해 왼쪽으로 오른쪽으로
급한 여울에서 손을 쓰는 게 어찌 그리 신통한고.
머리 돌려 지나온 곳 바라보니
들끓는 게 만기萬騎가 적군을 쫓아가듯.
장부 평생에 충忠과 신信에 의지했으니
꼿꼿이 앉아 허허 웃고 이야기하네.
잠깐만에 험한 곳 지나 편안한 물결을 타니
아까 겁내던 사람들 정精과 혼魂이 돌아오네.
사공아 사공아 네 덕을 보았다
마시라며 술을 세 잔 연속 부어주네.
인간세상은 평지라도 이와 같으니
아아
어찌하면 급한 여울에서 손 쓰는 너의 재주같이 할 수 있으랴.

江心石角犬牙互	怒浪觸激喧萬雷
舟行鳥飛馬走狂	人人面靑相顚頹
蒿師極力左右之	急灘用手何神哉
回頭却顧過去處	洶若萬馬追寇來

---

1 麻羅只灘: 미상

丈夫平生仗忠信　　兀坐笑談方諧諧
須臾出險乘安流　　向來怯夫精魂回
篙師篙師爾力多　　飮之以酒連三盃
人間平地或如此
嗚呼! 安得急灘用手如汝才

배 안에서, 삼각산을 바라보며
舟中, 望見三角山

육년 동안 남쪽에서 먼 곳 신하 되니
꿈속에도 두 대궐은 우뚝 솟아있더라.
하늘가 삼각산이 그대로 나타나니
머리 들고 뱃속에서 임금께 예를 올리네.

六載天南作遠臣　　夢中雙闕對嶙峋
天邊三角依然露　　稽首舟中禮北辰

음성陰城의 시골집
陰城¹村舍

반평생 어느 때나 쉬어봤나
금년 오늘은 한가하네.
술잔 당기다 기침 터져 시름겹고
거울 보다 삭은 얼굴 웃음난다.
홀로 앉아 뜰에 비오는 것 보고
사방 산들과 친근해 졌네.
내일 아침이면 역로로 돌아가
허덕허덕 속세 속을 달리겠지.

半世何曾歇　　今年此日閑
引杯愁病肺　　看鏡笑衰顔
獨坐一庭雨　　相親四面山
明朝還驛路　　汨汨走塵寰

---

1 陰城: 음성은 일찍이 진국의 땅이었고, 三韓時代에는 마한에 속하였다. 恭愍王代
양광도 충주부 음성현으로 되었다가 朝鮮時代 宣祖대에 청안현으로 폐현되었다.
光海君代 음성현으로 복현되었다.

일찍 길을 나서며
早行

아침 해 떴으나 아직 높지 않아서
햇빛이 먼 봉우리에 비치네.
맑은 서리 오히려 혹독하게 엉겨서
평지에도 말발굽이 미끄러지네.
길가는 사람들 젊은이들인데
입김에 귀밑머리 흰 눈이 덮인 듯.
그대여 나보고 의아해하지 마시오
나는 본래 머리가 희다오.

朝日出未高　　光輝在嶄嵲
淸霜猶嚴凝　　平地馬蹄脫
行人多少年　　噓氣鬢成雪
請君勿訝我　　我本白毛髮

사국史局의 여러 동료들에게 부쳐 보여주다
寄示史局¹諸僚

늘그막에 병이 많아 조회 참례도 잘 안하고
저녁에 자러 집에 갔다가 헌침憲緘을 받았네.
큰눈 내려 집에 누운 원안袁安 그 누가 날찾나
조각배로 대규戴逵찾아오면 어찌 감당하려나.
새벽불에 차 끓이니 용단龍團은 따뜻하고
교서관校書館 아침 관아에 아침술 달콤하네.
쓸쓸하게 태현경太玄經 초초草하는 양웅揚雄의 댁에서
처마 끝에 눈이 고드름 달린 걸 보고 있네.

老年多病懶朝參　　宿夕還家受憲緘
大雪臥袁²誰問我　　扁舟訪戴³正何堪
茶甌晨火龍團⁴煖　　芸閣⁵朝衙卯酒甛

1　史局: 고려·조선 시대에 史官이 史草를 꾸미던 곳. 대개 春秋館의 記事官(정6품~
　　정9품)이 집무하던 곳을 말하나, 때로는 기록을 꾸미던 實錄廳·日記廳을 통틀어
　　가리킬 때도 있다. 춘추관은 고려와 조선시대에 時政 기록을 관장하던 관청으로
　　이곳 관원의 주 임무는 史草 작성이었다.
2　臥袁: 누워있는 袁安. 後漢 때 사람이다. 그는 눈이 내리면 쓸지 않고 문을 닫은
　　채 누워 있었다는 고사가 있다. 《後漢書 卷45 袁安列傳》
3　訪戴: 戴逵를 방문함. 晉의 王徽之가 山陰에 살 때, 큰 눈이 내리는 밤에 잠이
　　깨어 문을 열어젖히고 술을 마시고 나니 문득 벗인 剡溪의 戴逵 생각이 나서 배를
　　타고 그 집 문 앞에까지 이르렀는데, 술이 깨자 흥이 사그러져 그냥 되돌아왔다는
　　옛일에서 온 말이다. 訪戴는 벗을 찾음의 뜻으로 쓰였다.
4　龍團: 龍鳳團의 略語. 龍鳳茶.
5　芸閣: 校書館. 태조 1년(1392) 經籍의 인쇄와 제사 때 쓰이는 향과 축문·印信(도
　　장) 등을 관장하기 위하여 설치되었던 관서. 일명 校書監 또는 芸閣이라고도 한다.
　　태조 1년(1392)에 설치되었다. 관원은 모두 문관을 쓰며, 篆字에 익숙한 자 3인은
　　그 품계에 따라 겸임시켰다.

寂寞草玄⁶揚子⁷宅　　連簷六出看㲚㲚

---

6 草玄: 太玄經을 초하다. 태는 미칭이고 현은 눈에 보이지 않는 宇宙의 본체를 말한다. 中國 漢나라의 양웅이 지은 책이다. 현이 萬物로 展開되어 가는 모양을 象徵的인 符號와 난해한 文句로 나타내려고 한 것으로, 역을 본 뜬 것이다. 역의 構成의 不規則性에 불만을 느껴 보다 規則的인 도식을 求하려는 것을 목적으로 저술하였다.

7 揚子: 揚雄을 가리킴. 중국 전한의 학자, 문인(B.C.53~A.D.18). 자는 子雲. 成帝 때에 궁정 문인이 되어 성제의 사치를 풍자한 문장을 남겼다. 후에 王莽 정권을 찬미하는 글을 써 비난을 받기도 하였다. 작품에 「甘泉賦」, 「河東賦」, 저서에 『法言』, 『太玄』 등이 있다.

망원정望遠亭에 어가를 따라가

扈駕望遠亭[1]

늦은 바람 물에 부니 짙은 무늬 생기고
맑게 갠 하늘 해 비치니 들빛이 밝구나.
하늘 밖 산들은 모두 북으로 조아리고
밭 가운데 작물들은 서쪽 향해 익어가네.
물고기 용들 일어나 춤추니 긴 강이 솟구쳐오르고
백성과 사물들 기뻐 만세 부르니 골짝에 메아리친다.
생황불고 노래하며 경사스럽다 할 것 있나
집집마다 연기 오르면 이것이 태평일세.

晩風吹水濃紋生　　晴日暉空野色明
天外象山皆北拱　　田中多稼屬西成
魚龍起舞長江湧　　民物歡呼象壑鳴
不用笙歌紛慶頌　　家家烟火是昇平

1　望遠亭: 조선 세종 6년(1424)에 세종의 형인 효령대군의 별장으로 지어진 건물이
　다. 세종 7년(1425) 가뭄이 계속되자 세종이 서울 서쪽의 형편을 살피기 위해 효령
　대군이 살고 있는 이곳에 들렀는데, 때마침 단비가 내려 '기쁜 비를 만난 정자다'라
　는 의미의 喜雨亭이라 이름 지었다. 그 후 성종 15년(1484) 월산대군이 정자를
　크게 고치고 아름다운 산과 강을 잇는 경치를 멀리 바라본다는 뜻으로 이름도
　望遠亭으로 바꾸었다.

추석에 양가행楊可行을 맞이하며

中秋日, 邀楊可行[1]

세상사 뜨락 잠기락 평할거나 되나
늘그막에 모이고 흩어짐은 단지 정에 매임이라.
사람의 기운은 한가위에 평탄해지니
달빛은 오늘 밤에 가장 밝도다.
인생 백년 마음 알아줄 이 많지 못하고
일년 중 좋은 시절은 다시 얻기 어려워라.
모정茅亭을 쓸어놓으니 하늘빛은 물과 같고
그대 위한 한말 술은 십분 맑다오.

浮沈世事不堪評　　聚散殘年只縮情
人氣中秋方坦易　　月光今夜最分明
知心百歲不多得　　佳節一年難再更
灑掃茅亭天似水　　爲君斗酒十分淸

---

1 楊可行: 楊熙止. 세종 21년(1439)~연산군 10년(1504). 본관 中和. 자 可行. 호
   大峰. 한때 稀枝라는 이름을 사용하기도 하였다. 군수 孟淳의 아들. 성종 5년
   (1474)에 식년문과에 병과로 급제, 성종의 부름으로 편전에서 알현하였을 때 왕으
   로부터 희지라는 이름과 楨父라는 자를 하사받았다. 홍문관전한·좌부승지·대사
   간 등을 역임하였다.

홍산鴻山 사또 이의석李宜碩의 만 내가 경주 부윤을 할 때 판관이었다.
挽李鴻山[1]宜碩[2] 余之尹慶州時判官也

그때에 나는 늙었고 그대는 젊었는데
내가 그대 곡을 할 줄 누가 짐작 했겠는가.
화석정花石亭 봄바람은 모두가 예전같은데
석양에 풀피리 소리 차마 듣지 못 하겠네.

當時我老君年少　　誰料如今我哭君
花石春風渾似舊　　夕陽吹笛豈堪聞

[원주]
화석정花石亭은 임진나루 머리에 있는 이의 농막이다.
花石亭[3], 在臨津渡頭, 李之別墅.

---

1 鴻山: 충청남도 부여지역의 옛 지명.
2 李鴻山宜碩: 李宜碩. 생몰년 미상. 조선시대의 문신으로 파평면 율곡리에 묘가
　있다. 본관은 德水이며 지돈녕부사를 지낸 明晨의 손자이다. 관직에 나아가 鴻山
　縣監을 지냈다. 할아버지가 세운 화석정을 수리하고 보전하는 데 힘썼다. 이이의
　증조부.
3 花石亭: 경기도 파주시 坡平面 율곡리 임진강변에 위치한 조선시대의 정자. 원래
　吉再의 遺址였던 자리라고 전해지나 자세한 문헌 기록은 없다. 그후 세종 25년
　(1443) 율곡 李珥의 5대 조부인 康平公 李明晨이 세운 것을 성종 9년(1478) 율곡의
　증조부 李宜碩이 보수하고 夢庵 이숙함이 화석정이라 이름지었다고 한다.

우연히 읊다

偶吟

한가한 창 아래 날마다 누워 시만 지으니
문앞 거리는 쓸쓸하여 손들이 흩어져 간다.
취하는 것 빼고 마음 둘 곳 없으니
이제부터 편안하니 위험하니 관계치 않으리라.

閑窓日日臥題詩　　門巷蕭條客散時
除却醉鄕無着處　　從今身不管安危

오언율시 네 수, 감사 김종직金宗直이 호남을 안찰하러 가는 데 받들어 배웅하다
五言律, 四首, 奉送金使相宗直按湖南

1

옥좌에서 다스림의 도를 생각하실 때
금마문金馬門에서 일찍부터 재주를 쌓아두었네.
깃털은 봉황지鳳凰池에 적당하고
패옥은 은대銀臺 것일세.
왕명의 출납은 용여龍子의 짝이 되니
왕명을 폄에 '네가 적당하다' 부르셨네.
좌할左轄 자리가 비었다 놀라지 마라
호남은 이로부터 아름다워지리.

玉座方思道　　金閨凤貯才
羽毛宜鳳沼　　環佩故銀臺[1]
出納龍予弼　　句宣召汝諧
休驚虛左轄[2]　　海右轉休哉

---

1 銀臺: 조선왕조 承政院의 別稱이다.
2 左轄: 杜工部는 工部員外郎을 지낸 杜甫를 가리키는데, 두보의 贈韋左丞濟 시에 "좌승의 적임자가 자주 비었더니, 금년에야 옛 유자를 얻었네그려. 재상 가문으론 위씨가 있거니와, 경술로는 한신을 필요로 했었지. 세상 평판은 형제들의 전공으로 돌아가건만, 천륜으로는 사별한 것이 한이로세. 형제들은 이미 세상을 하직했지만, 조상들은 진작 고관대작에 올랐었네. 이 나그네는 비록 천명에 편안하지만, 쇠한 용모가 어찌 장대한 남아이랴.[左轄頻虛位 今年得舊儒 相門韋氏在 經術漢臣須 時議歸前烈 天倫恨莫俱 鶺原荒宿草 鳳沼接亨衢 有客雖安命 衰容豈壯夫]"라고 한 데서 온 말이다.

2

군읍들은 평지에 펼쳐졌고
별자리는 허공에 찍혀있네.
누대樓臺는 구름기운 속
성곽은 나무 그늘 속.
곳곳마다 천 그루 대나무
해마다 피는 백일홍.
일없는 술에 흠뻑 취하리니
취하여 대명궁大明宮 꿈을 꾸겠지.

　　郡邑鋪平地　　星辰點太空
　　樓臺雲氣裏　　城郭樹陰中
　　處處千竿竹　　年年百日紅
　　應酬無事酒　　醉夢大明宮³

3

책상 앞에 문서들을 다 쓸어버리고
한가로이 벽 위의 시나 보겠지.
수정렴水晶簾은 이내를 가려주고
돌비늘 장막은 낮게 드리웠네.
채색 붓으로 떨어진 꽃을 그리고
맑은 바람은 긴대나무 서쪽에서 불어오네.
다만 남해에서는
규벽圭璧이 산의 계곡물에 비치겠지.

----

3 大明宮: 중국 당나라 때에, 長安의 龍首山에 있던 궁전이다.

掃盡案頭牒　　閑看壁上題
水晶簾掩靄　　雲母帳低迷
彩筆落花外　　淸風脩竹西
只應南海上　　圭璧⁴照山溪

4

서호가에서 같이 말고삐 잡았고
큰고개 동쪽에서 함께 민풍을 살폈지.
지난 해 경치 구경하던 곳을
오늘은 꿈에서나 보네.
헤어지고도 내 몸은 못 박힌 듯
머뭇머뭇 마음이 남아 있네.
남쪽에는 오고가는 역사도 많으니
달마다 몇 통의 시나 부쳐 주실는지.

攬轡西湖上　　觀風大嶺東
昔年遊賞處　　今日夢魂中
送別身還滯　　留連意不窮
天南多驛使　　月寄幾詩筒

---

4 圭璧: 옛날, 제후가 천자를 알현할 때 표지로 지니던, 玉製·笏. 圭璧幣帛『墨子』.
혹은 인품이 뛰어남의 비유한다. 如圭璧如璧『詩經』.

음성陰城에서 감사 조위曹偉, 도사都事 김일손金馹孫에게 받들어 부치다 2수

陰城, 奉寄曹使相偉[1] · 金都事馹孫[2], 二首

1

손과 주인이 만난 호서의 길
맑은 서리 내리는 구월의 하늘.
말은 붉은 단풍 밖으로 떠나고
기러기는 흰 구름 가로 떨어지네.
화답한 시는 모두 좋고
논의한 일들은 모두 편하게 풀렸다.
노래가 온 땅에 가득하니
신선이 취하는 게 해될 게 있겠나.

賓主西湖路	淸霜九月天
馬行紅樹外	鴈落白雲邊
唱和詩皆好	商論事盡便
歌謠應滿地	不害醉神仙

2

---

1 曹使相偉: 曹偉. 단종 2년(1454)~연산군 9년(1503). 본관 昌寧. 자 太虛. 호 梅溪. 敬修의 증손으로, 아버지는 울진현령 繼門이다. 성종 5년(1474) 식년문과에 병과로 급제하였고, 성종 때 실시한 賜暇讀書에 첫 번으로 뽑혔다. 홍문관교리 · 의정부검상 · 사헌부장령 · 도승지 등을 역임하였다. 무오사화가 일어나 오랫동안 의주에 유배되었다가 순천으로 옮겨진 뒤, 그곳에서 죽었다. 저서로『매계집』이 있다.
2 金都事馹孫: 金馹孫. 세조 10년(1464)~연산군 4년(1498). 본관 金海. 자 季雲. 호 濯纓 또는 少微山人. 아버지는 執義 孟이다. 성종 17년(1486) 식년 문과 갑과 제2인으로 급제하였다. 言官에 재직하면서 문종의 비인 顯德王后 昭陵을 복위하라는 과감한 주장을 하였다. 저서로는『濯纓集』이 있다.

눈 가득 가을 풍경
쓸쓸한 말위의 사람.
어쩌랴 흰머리로 떠돌다
이제 홍진 속으로 달려가는데.
고갯길은 돌아가는 말을 가로막고
시골 마을에 병든 몸을 들였네.
내일 아침 또 북으로 떠나가면
세상일 다시 시끌시끌하겠지.

滿眼秋容色　　蕭騷馬上人
如何飄白髮　　却此走紅塵
嶺路遮歸騎　　村墟駐病身
明朝又北去　　世事更紛綸

이경원李景元 공이 안동에 부임하는 것을 배웅하며
送李公景元赴任安東

1

오월 따뜻한 바람 사물과 함께 봄을 맞는데
대궐에서 밤들도록 우리백성 걱정 하시네.
앞 임금 조정의 재상이 거문고와 학을 데리고
오늘 남주南州에서 봉과 기린을 맞는다네.
세상맛이 신지 단지 찍어 맛보았고
백성살림 이롭고 해로움 아침부터 정신을 들이네.
알겠네 같이 모의할 이 많이도 모았네
통판通判맡은 낭군은 자가 가신可臣이라네.

五月薰風與物春　　九重宵旰軫吾民
先朝內相携琴鶴　　此日南州慶鳳獜
世味辛甘曾染指　　民生利病夙留神
懸知謀議多相濟　　通判¹郎君字可臣

2

영남의 산천은 경치도 좋은데
그래서 문물이 여러 주에서 제일이라네.
주씨朱氏 진씨陳氏는 친족 성이라 친애함을 알겠고
당唐과 위魏 민풍民風은 그저 놀기 좋아함이 애석하네.
사가四佳의 시를 읊노라 일찍이 벽의 먼지를 털었고

---

1 通判: 고려시대 지방관부에 두었던 관직. 문종때 대도호부제가 성립되었는데, 이 때, 사 1인(3품), 부사 1인(7품 이상), 법조 1인(8품 이상)을 두었다. 예종 11년에 대도호로 고쳤는데, 이때에 목, 판관을 통판이라 하였다.

큰 글자 셋을 보러 또한 누에 올랐지.
십년 지난 그 일에 머리 돌려보니
그대 돌아가는 길 배웅함은 인연이 있었네.

> 嶺外山川是上游　　故應文物冠諸州
> 朱陳族姓知親愛　　唐魏民風²惜浪遊
> 詠四佳³詩誉拂壁　　看三大字亦登樓⁴
> 十年往事長回首　　送別君歸可自由

3

땅에 떨어졌다 누가 비난하는가, 그는 내 친구
평생토록 그대와 나 가장 잘 알았지.
성균관의 동재東齋에서 추위에 떨며 함께 잤고
승문원承文院의 남쪽 침상에서 취하여 함께 기대잤네.
그대의 천리마 같은 덕으로도 오히려 절고 미끄러졌고
노둔한 재목 부끄러운 나는 오히려 오르고 또 올랐네.
정이 많은 것은 정이 없는 것과 비슷하게 보이는 법
술이 연못만큼 있어도 병으로 일어나지 못 했네.

> 落地誰非是友朋　　平生君我最相能
> 芹宮東序⁵寒同睡　　槐院⁶南床醉共凭

2 民風: 民俗. 民間의 風俗.
3 四佳: 徐居正. 세종 2년(1420)~성종 19년(1488). 자 강중. 호 사가정·정정정.
4 看三句: 고려 공민왕이 홍건적의 난을 피해 안동에 왔다가 썼다는 '映湖樓' 편액의
　글씨를 말한다.
5 芹宮東序: 조선시대 교육기관에 설치한 기숙사. 성균관의 동재. 講堂을 중심으로
　동쪽과 서쪽에 마주보는 건물을 짓고 각각 동재·서재라고 불렸다. 講學을 하는
　明倫堂의 좌우에 동재·서재를 두고, 동재에는 생원, 서재에는 진사를 수용했다.
6 槐院: 承文院의 별칭. 조선시대 事大交隣에 관한 문서를 관장하기 위해 설치했던

驥德如君猶蹇滯　　駑材愧我亦升登
多情還似無情者　　有酒如澠病未興

4

풍산豐山 한쪽으로 큰강이 흐르는데
궁궁 흐르는 물결 한가운데 잣나무 배 있네.
태수님 따라 우로雨露에 배불렀으니
원컨대 은택을 나누어 깊디깊은 시름을 물어주시라.

豐山⁷一面大江流　　汎汎中流有栢舟⁸
賴有二天⁹饒雨露　　願分膏澤問幽憂

[원주]

죽은 아들의 처가 풍산豐山에 있기 때문에 이렇게 말한 것이다.
死¹⁰子妻在豐山故云

5

현縣의 이름은 임하臨河라 신선사는 골짝
흰머리 늙은이 하나 내 과거 동년일세.
술 마시자 불러서 한가한 때 마셔 보시오

관서. 아울러 吏文의 교육도 담당하였다. 槐院이라고도 하였다. 조선 개국 초에
文書應奉司가 설치되어 사대교린에 관한 문서를 관장했는데, 이를 應奉司라고도
하였다.
7 豐山: 경상북도 安東郡 豐山邑 지역이다.
8 栢舟: 며느리를 가리킴. 시경』 鄘風의 편명. 그 서문에 위나라 세자 共伯이 일찍
죽자 그 부인을 개가시키려 했으나 뜻을 꺾지 않았다는 내용이 나온다. 전하여
남편을 잃은 아내를 지칭하는 말이 된다.《詩·鄘風·柏舟序》, "柏舟, 共姜自誓也.
衛世子共伯蚤死, 其妻守義, 父母欲奪而嫁之, 誓而弗許, 故作是詩以絶之."
9 二天: 원문은 二天. 현명한 관리를 가리킴.
10 死: 판독 불가

긴 고래가 온갖 냇물 삼키는 걸 볼게요.

縣號臨河¹¹小洞天　　皤皤一老是同年
應須喚酒閑相飮　　看取長鯨吸百川

---

11 臨河: 경상북도 안동지역의 옛 지명이다.

5월 어느 날 언방彦邦의 집으로 옮겨가 살다가 문득 생각나는 대로 이루어 심극효沈克孝에게 드리다 2수

五月日, 移寓彦邦家, 謾成贈沈克孝[1], 二首

1

푸른 학이 집가에 날아와 살고
절벽에 잇대 서까래 몇 이었네.
땅이 높으니 해와 달이 가깝고
하늘이 머니 바람과 안개 많다.
벼슬아치는 지나가는 이 적고
창 아래 누우니 편하다.
평상시 아무 일도 없어
내 혼자 잔질하다 곧바로 쓰러지네.

青鶴飛邊住　　緣崖屋數椽
地高偏日月　　天遠足風烟
冠盖經過少　　軒窓偃臥便
居常無一事　　自酌卽頹然

2

돈 없으니 저자가 멀어지고
흥이 있으니 그윽한 집이 사랑스럽다.

---

1 沈克孝: 『朝鮮王朝實錄』 중종 1년(1506, 병인)10월 13일(무오) 충의위 심극효의 치도에 대한 상소
"…… 극효는 호방하여 남에게 구속되지 않았으며, 자호를 栗亭主人이라 하였다. 그 집이 南山기슭에 있어 밤나무가 울창하여 자못 그윽한 명승으로 알려졌는데, 한 재상이 이를 사들이고자 했으나, 극효는 '천하의 땅 반을 베어내고 거기에 岳陽樓를 덧붙여 주어도, 나는 바꾸기를 원치 않는다.' 하였다."는 기사가 보인다.

울타리 너머 변공자邊公子야
담장 서쪽 심沈사또야.
산 무너뜨려라 보기 싫은 손 온다
지름길 열어라 예쁜 신선 놀러온다.
늦을 녘에 발 돋음하면
동남쪽이 길게 펼쳐져 있네.

無錢從市遠　　有興愛居幽
籬外邊公子　　墙西沈隱侯[2]
塹山嫌客至　　開徑倩仙遊
日晚偏登眺　　東南一望悠

---

2 沈隱侯: 沈克孝를 가리킴.

강원감사 이 수초李邃初께 드리다. 이름은 복선復善이다

贈江原監司李邃初[1] 名復善

관동의 경치는 우리 동방 첫손이라
바다 위 삼신산을 가리켜 볼 수도 있네.
하늘이 신선더러 절월을 가지고 가라 하니
말발굽 닿는 곳마다 해당화 붉으리.

關東形勝甲吾東　　海上三山指顧中
天遣神仙持節鉞[2]　　馬蹄隨處海棠紅

---

1 李邃初: 李復善. 세조 4년(1458) 식년시에 高台鼎 등 33인과 생원에 柳洵, 진사에
　李復善 등을 뽑았다.
2 節鉞: 조선시대 지방관이 부임할 때 왕이 내려주던 절부월의 하나. 절부월.

상서로운 일을 맞이하여 3수

迎祥, 三首

1

요임금 계단의 명협蓂莢이 처음 나는 날

순임금 정치 선기옥형璇璣玉衡이 처음 돌아가던 날.

만물이 생겨남은 모두 뜻이 있어서인데

구중에서 단정히 계신 분 하는 일 없으시네.

좋은 기운은 황금 전각을 둘러 떴고

기쁜 소리 백옥 계단에 떠들썩하네.

성스러운 밝은 임금 바깥없는 교화를 알려면

밝은 조정에서 머리 들어 오랑캐 섞여있는 것 보시라.

> 堯階蓂莢[1]初生日　舜政璣衡[2]始轉時
> 萬物發生皆有意　九重端拱自無爲
> 浮浮佳氣黃金殿　籍籍歡聲白玉墀
> 欲識聖明無外化　明庭稽首雜戎夷

2

한 기운 너른 풀무가 돌고

삼원三元이 하례를 받는 때.

왕실에 상서가 와서 머물고

중궁전中宮殿에 복이 와서 넉넉하다.

---

1 蓂莢: 中國 堯 임금 때에 났었다는 祥瑞로운 풀의 이름. 초하루부터 보름까지 每日 한 잎씩 났다가, 열엿새부터 그믐날까지 每日 한 잎 씩 떨어졌으므로 이것에 依하여 달력을 만들었다고 함. 작은 달에는 마지막 한 잎이 시들기만 하고 떨어지지 않았다하여 달력 풀 또는 책력풀이라고 하였다.

2 璣衡: 璇璣玉衡. 渾天儀를 말한다.

천하에 푸른 봄빛 가득하고
궁중에 흰 해가 느리다.
낳고 이루어지는 바로 이 시절
어떤 사물인들 마땅하지 않으랴.

一氣洪鈞轉　　三元³受賀時
天家祥至止　　坤極福來綏
宇內靑春滿　　宮中白日遲
生成正時節　　何物不相宜

3
황하가 한번 맑아지는 것 또 보고
다시 높다랗게 하례하는 소리 들리네.
백관이 각각 천천세千千歲를 올리니
억년토록 남산은 기울어지지 않으리라.

又見黃河一度淸⁴　　更聞嵩華再呼聲
百官各上千千歲　　億載南山永不傾

3　三元: 上元과 中元과 下元 등 여러 가지 뜻이 있음. 여기서는 임금, 대비, 중궁으로
　　풀이됨.
4　淸: 판독이 불가한데 濟처럼도 보임.

자계子啓의 시에 차운하여 절구 2수
次子啓¹韻, 二絶

1

문 앞 버들가지 만 갈래나 누런데
길 위에 흔들리는 가지 백 척이나 긴 듯.
이월이 무르녹고 삼월이 가까우니
하루라도 잔을 놓지 마시오.

門前細柳萬條黃　　陌上遊絲百尺長
二月將闌三月近　　莫敎一日不臨觴

2

세태가 누랬다 파랬다 어지러운데
오리 다리가 어찌 학처럼 길게 되려 하겠는가.
한번 누우니 솔바람에 봄잠이 곤한데
꿈속에도 오히려 자주놀빛 술잔에 취했네.

慣看世態眩蒼黃　　鳧脛何願羨鶴長²
一枕松風春睡熟　　夢中猶醉紫霞觴.

---

1 子啓: 朴楗. 세종 16년(1434)~중종 4년(1509). 본관 密陽. 자 子啓. 시호 恭簡.
　조선 전기 중종 반정에 참여한 문신. 단종 1년(1453) 식년문과에 급제. 좌찬성
　·領經筵事 등을 역임하였다. 1504년 폐비 윤씨의 追諡를 반대하여 함경도관찰사
　로 좌천되었다. 1506년 密山君에 봉하여졌다. 이듬해 府院君으로 진봉되었다.
2 鳧脛句: 『장자』 「山木」에, "오리의 다리는 비록 짧지만 이어 주면 걱정을 하고,
　학의 다리는 비록 길지만 잘라 주면 슬퍼한다.[鳧脛雖短 續之則憂 鶴脛雖長 斷之
　則悲]"고 한 데서 온 말로, 전하여 모든 사물이 각각 제 나름의 특징이 있음을
　의미한다.

국좌國佐에게 부치다
寄國佐[1]

봄추위 매서워 빈 대청에 들어가니
솔방울이 바람 따라 작은 뜰에 떨어지네.
손은 또 오지 않고 날은 또 저무는데
홀로 깨어 말없이 성근 난간에 기대네.

春寒料峭入虛廳　　松子隨風落小庭
客又不來天又暮　　獨醒無語倚疏櫺

1　國佐: 張忠輔의 자. 생몰년 미상. 본관 德水, 아버지는 張孟禧, 성종 17년(1486),
　式年試 丙科 22위. 院正을 역임하였다.《국조문과방목》

간보艮甫의 시에 차운하여 절구 2수
次艮甫韻二絶

1
띠집은 엉성하여 밤에 하늘이 보이고
또 낮에 하늘 가려줄 갓도 없네.
푸른 하늘이 가는 곳마다 길이 친구가 되어주니
그대가 모든 일에 하늘 부끄럽지 않다는 것을 알겠네.

　　茅屋蕭疏夜見天　　又無冠蓋晝遮天
　　靑天到處長親炙　　萬事知君不愧天

2
한말들이 맑은 술동이에 시가 백편이나 되니
푸른 산 남쪽에 백구 옆에서 노네.
인간세상 누가 그대 알아주는 자인가 헤어보니
밝은 달 하늘에 걸려 만만년이로세.

　　一斗淸尊詩百篇　　靑山南畔白鷗邊
　　人間屈指誰知己　　明月懸天萬萬年

간보艮甫의 시축에 제하여
題艮甫¹詩軸

어려서부터 시서詩書를 배워 성현聖賢으로 업을 삼고
비록 그러하나 불우不遇하여 하늘로 오르지 못했네.
산림에 약속 두고 몸은 늙어가니
천지간 알 이 없어 집에는 경磬쇠를 걸었네.
백주白酒를 스스로 따라 스스로 만족하니
맑은 시 우연히 얻어 다른 사람에게 전할까 두렵네.
이 늙은이 아무 하는 일 없다 말하지 말라
하는 일은 창파에 하얀 새 곁에 있다네.

早事詩書業聖賢　　雖然不遇登非天
山林有約身蠶老　　天地無知室磬懸²
白酒³自斟聊自適　　清詩偶得畏人傳
此翁莫道都無事　　事在滄波白鳥邊

1　艮甫: 『虛白亭文集』〈諸朴艮甫詩軸〉에 아래와 같은 기록이 보인다.
　　"兼善은 咸昌사람이다. 부모가 죽으니 모두 읍의 동쪽 錢村里에 장사지내고, 묘소
　　곁에다 喪廬를 두고 각각 3년을 나고, 이어 그 곁에 집을 정하고 사는데 …… 우리
　　선친이 소년 시절에 일찍이 간보 백부 禮安縣監 朴長生의 문하에서 배웠는데,
　　간보가 사는 데는 바로 그 마을이라, 지금 간보와 더불어 서로 오고 감에 있어,
　　선친이 摳衣하여 從遊하던 자취를 스쳐 보면, 依稀하고 방불하여 감개무량함을
　　견디지 못해 슬픈 눈물을 흘리게 되니, 이 때문에 더욱 간보에게는 정을 잊을 수
　　없다."
2　磬懸: 경쇠를 걸었네. 경쇠는 옥이나 돌, 또는 놋쇠로 만든 타악기의 일종.
3　白酒: 막걸리의 별칭.

강릉 동헌

江陵東軒

대관령 밖 일년 만에 봄이 돌아오니
이글이글 바다의 해는 긴 하늘에 걸렸네.
성안 가득 도화 이화는 바람 따라 흔들리고
들 가득 뽕과 삼은 곡우穀雨 오는 때라네.
푸른풀 연못엔 오리 새끼 들어가고
오색구름 누각엔 안개가 따뜻하네.
성남쪽엔 날마다 놀러 나온 사람들
푸른 머리 붉은 얼굴 하나하나 신선일세.

嶺外春廻又一年　　融融海日掛長天
滿城桃李條風後　　遍野桑麻穀雨1邊
靑草池塘初受鴨　　彩雲樓閣更和烟
城南日日多遊治　　綠鬢朱顔箇箇仙

---

1 穀雨: 24절기의 하나. 청명과 입하 사이에 들어 있으며 음력 3월, 양력 4월 20일경
이 되며, 그때부터 본격적인 농경이 시작된다.

고성高城 삼일포三日浦의 시에 차운하여

次高城¹三日浦²韻

예전 삼일포三日浦를 들었더니
오늘 사선정四仙亭에 오르다.
물은 흰 은쟁반을 때리고
산은 푸른 병풍을 에워쌌네.
하늘은 비어 오색구름 습기 머금고
돌은 오래되고 가을빛은 맑네.
신선은 떠난지 이미 오래고
옛 정자엔 이제 대들보도 없네.
당시에 놀던 곳이라
구름 너머 생황 소리 들리는 듯.
천년 뒤 또 내가 와서
여섯 글자 보노라니 더욱 밝아져
바람은 영랑호에 높고
달은 안상安商의 물가에 떠오르네.
외로운 술동이에 배를 댄 곳
이곳이 진정 봉래영주산일세.

昔聞三日浦　　今上四仙亭³

---

1 高城: 강원도 최북동부에 위치한 군. 동해, 인제군, 속초시, 통천군과 접하고 있다.
2 三日浦: 강원도 고성군 외금강면에 있는 호수. 삼일포라는 이름은 신라의 사선이
   3일간 이곳에서 놀았다는데서 비롯되었으며, 수면이 맑고 기괴한 암석과 36봉이
   호수에 비치어 절경을 이룬다. 예로부터 우리나라 호수 중 제일 경색이 아름다운
   호수로 꼽고 있다.
3 四仙亭: 신라시대 四仙인 永郎·述郎·南郎·安詳을 추모하기 위해 강원도 고성

水拍白銀盤　　山圍蒼玉屛
天空彩雲濕　　石老秋光清
仙人去已遠　　古亭今無楹
當時遊戲處　　雲外笙簫聲
千載復吾人　　六字看猶明
風高永郎湖　　月上安商汀
孤尊泊舟處　　此固云蓬瀛

三日浦 앞의 小島에 세워진 조선시대의 정자. 성만 알려져 있는 存撫使 朴某가
세웠다고 『동국여지승람』에 쓰여져 있다.

예천醴泉 동헌

醴泉東軒

앞마을 안개 어두워지니 까마귀도 숨어
객사는 가라앉아 밤에 조용하네.
깊은 나무에 달이 밝으니 사당 위에서 울고
텅 빈 뜰에 봄이 다하니 배꽃이 떨어지네.
쇠한 얼굴 거울에 비춰보니 해마다 달라지고
병든 눈으로 책을 보자니 글자마다 삐뚜로 뵈네.
꿈속에 계곡과 산에 밝은 달 따라 가보니
문앞에 물 흐르는 곳 바로 우리 집일세.

前村烟暝已藏鴉　客舍沈沈夜不譁
深樹月明啼社宇　曠庭春盡落梨花
衰容對鏡年年換　病眼看書字字斜
夢裏溪山明月去　門前流水是吾家

설성雪城에서 박 자치朴子治와 만났다 헤어지며
雪城¹, 與朴子治²逢別

중원 땅 목사와는 예부터 친한 사이라
눈 쌓인 나무 보니 해 바뀌누나 가슴 아프네.
갑자기 이곳 황엽촌黃葉村에서 만나니
그대로인 모습에 왠지 답답해지네.
무너진 담 사립문 시골마을 집에서
차가운 산 잎 떨군 나무에 가을빛 쓸쓸하네.
인생살이 모든 일에 뜻대로 되는 것 적고
백년 세월에 반은 이별이라.
술동이 하나 못 비워 정情도 따라 다하지 못했는데
푸른 산엔 이미 지는 해 걸려있네.
다시 한잔 올리니 그대는 사양마시라
내일아침 손 나누고 떠나면 연(燕)과 월(越)처럼 멀어지리.

中原³牧伯久膠漆	雪樹傷懷換歲月
忽此邂逅黃葉村	依然面目敍人鬱
壞垣柴戶野人家	寒山落木秋蕭瑟
人生萬事少如意	百歲光陰半離別
一尊未盡情未了	靑山已掛西斜日
更進一杯君莫辭	明朝分手便燕越

---

1 雪城: 陰城의 별칭.
2 朴子治: 朴穭의 자. 세종 22년(1440)~연산군 5년(1499). 본관 羅州. 아버지는 錦川君 朴薑. 蔭職으로 벼슬에 나아가 工曹正郞·漢城府庶尹·司憲府掌令·執義, 등을 역임하였다. 외직으로 榮川郡守, 晉州·忠州牧使를 지냈다.
3 中原: 충주 지방의 별칭.

밤에 앉아있다가 드는 생각이 있어
夜坐有懷

두 다리 평생 동안 무어 그리 바빴나
거북과 뱀도 해밑이라 깊이깊이 숨었는데.
문에는 손님도 없으니 관 쓰는 것 잊어버리고
뱃속에는 밥 대신에 시서가 들었네.
늙은 여종 옷 잡혀 때때로 술 사오고
어린 손자 밥 달라고 상에 기어오를 줄 아네.
항상 낮잠자니 밤에는 꿈도 없어
푸른 등잔 두자二尺 빛을 너무 사랑하노라.

兩脚平生有底忙　　龜蛇歲暮自深藏
門無賓客忘冠□[1]　　腹有詩書當稻梁
老婢典衣時喚酒　　小孫求飯解登床
每□[2]晝枕宵無夢　　酷愛靑燈二尺光

---

1 판독불가자
2 판독불가자

김해부사 홍한충洪漢忠 공에게 부쳐

寄金海¹府使洪公漢忠

그대처럼 나를 알아주는 이 적으니
내 그대 늦게 안 것 한스러워라.
젊어서 당시를 구할 대책을 썼지만
해마다 과거에 떨어지는 시만 썼네.
어려운 일 분석하여 조금 시험해 봤고
송아지 남겨두니 끝내 백성들이 생각하네.
월과月課를 아뢰니 당시에 제일이었고
빼어난 이름은 중국 황제도 알아주었네.

如君知我少　　恨我識君遲
早歲匡時策　　頻年落第詩
割難聊小試　　留犢²竟遺思
奏課當時最　　脩名漢帝知

---

1 金海: 경상남도 남동부의 낙동강 하구에 있다.
2 留犢: 후한 때 壽春令 時苗가 젊어서부터 매우 청백했었던바, 그가 수춘 영으로
   부임할 때는 허름한 수레에 누런 암소를 멍에를 하여 타고 갔다. 1년 남짓 벼슬살이
   하는 동안에 그 암소가 송아지 한 마리를 낳자 이임할 때 그 송아지를 그곳에
   남겨 두면서 主簿에게 이르기를 "내가 올 때는 본래 이 송아지가 없었으니, 이
   송아지는 淮南에서 낳은 것이다."라고 했던 데서 온 말로, 전하여 벼슬아치의 청렴
   함을 비유한다.

정부인貞夫人 허씨許氏의 만사挽詞
貞夫人[1]許氏挽詞

허씨許氏 댁 가풍은 필적할 곳 없어
창녕昌寧의 가문을 누가 더위잡고 올라서리.
봉과 황이 우는 곳에 쌍쌍이 깃들고
금슬은 화기 품어 두 내외 함께 늙네.
자식 가르쳐 명유名儒 만든 추鄒나라 맹자 어머니요
남편을 장사지내 풍속을 변화시킨 기량杞梁의 여옥麗玉이라.
슬픔과 영화 팔십년 사이의 일은
반이 노래이고 반이 울음이라.

許氏家風無匹敵　昌寧[2]門戶孰攀躋
鳳凰鳴處雙栖□[3]　琴瑟和時兩養齊
敎子爲儒鄒孟母　哭夫化俗杞梁麗[4]
哀榮八十年間事　半是歌呼半是啼

1　貞夫人: 정·종 2품 문·무관(文武官)의 처에게 남편의 품계에 따라 주던 것으로,
　　왕세자의 적출녀(嫡出女)인 군주(郡主), 종친의 처인 현부인(縣夫人)과 동격의 대
　　우를 받았다.
2　昌寧: 경상남도 창녕군에 있는 읍.
3　판독불가자
4　麗: 판독불가자이나 麗자로 추정됨.
　　哭夫句: 춘추 시대 齊 나라 대부 기양이 제 나라 임금을 따라 莒 나라를 공격하다
　　죽었는데, 일가친척 하나 없는 기양의 처가 남편의 시체 옆에 엎드려 곡을 하자
　　10일 만에 그 성이 무너졌다. 기양의 처는 남편을 장사지낸 다음 淄水에 몸을
　　던져 죽었다.《列女傳》
　　치수는 지금의 山東省에 있는 강인데, 그 강기슭의 흙이 검어서 물빛깔도 검다고
　　한다.《括地志》

자계子啓가 삼가 방문해 주신 것을 사례 드리며 2수
謝子啓¹枉訪, 二首

1

우리집은 종남산 그늘에 있어
겨울 지나도록 병으로 문을 닫고 살았네.
필상筆床엔 먼지로 덮여있고
차를 달이는 아궁이에 불이 아직 따뜻하네.
산에 눈은 수염에 비춰 희고
솔바람이 귀에 들어와 시끄럽네.
찾아와 자리에 앉는 사람이 없어
술이 있어도 술동이 따지 않네.
시름 속에 푸른 봄이 오니
한가한 중에 흰 햇빛 야단스럽네.
문득 문 두드리는 소리에 놀라
높은 그대 찾아오심에 깊이 감사드리네.
마주 보고 그저 오래 앉아서
서로 보면서 아무 말도 하지 않네.

家住終南影　　經冬病閉門
筆床塵久掩　　茶竈火常溫
山雪暎鬚白　　松風入耳喧
無人來鎭席　　有酒不開尊

---

1 子啓: 朴楗의 자. 세종 16년(1434)~중종 4년(1509). 본관 密陽. 시호 恭簡. 조선
　전기 중종 반정에 참여한 문신. 단종 1년(1453) 식년문과에 급제. 좌찬성·領經筵
　事 등을 역임하였다. 1504년 폐비 윤씨의 追諡를 반대하여 함경도관찰사로 좌천되
　었다. 1506년 密山君에 봉하여졌다. 이듬해 府院君으로 진봉되었다.

愁裏靑春到　　閑中白日暄
忽驚敲外戶　　深謝枉高軒
坐對忘形久　　相看不語言

2

젊어서 조정에서 같이 임금님 알아주심을 받았고
늘그막엔 마음으로 깊은 기약 두었네.
나그네 길에서 서로 만나니 머리가 온통 희니
망해봉望海峯 머리에서 술이나 한잔 듭시다.

早歲同朝受聖知　　晚年心事有深期
相逢客路頭渾白　　望海峯頭酒一巵

느낀 생각을 태허大虛에게 부치다 2수
感懷寄大虛 二首

1

새북塞北에서 주리고 추운 궁한 소무蘇武요

강남에 쫓겨 난 늙은 굴원屈原이라.

비 왔다 바람 불었다 변화도 많고

하늘로 올랐다 땅에 드니 은혜와 원한도 많아라.

푸른 봄빛 들에 가득해도 오히려 눈이 침노하고

흰 해 공중에 떠있어도 홀로 화분 밑에 있네.

그대는 낫다오 같은 때 귀양 갔던 분들은

명정銘旌만이 홀로 옛 마을에 돌아왔다오.

飢寒塞北¹窮蘇武²　　放逐江南老屈原

覆雨飜雲多變化　　登天入地雜恩冤

靑春遍野猶侵雪　　白日當空獨戴盆

猶勝同時遷謫客　　銘旌³空返舊山村

---

1 塞北: 북쪽의 변방.

2 蘇武: ?~B.C.60. 중국 한나라의 충신. 자 子卿. 杜陵사람이다. 武帝 때인
B.C.100년에 中郞將으로서 匈奴에 사신으로 갔다가 체포되어 항복을 강요받았다.
그러나 절의를 굽히지 않고 이를 거부하자 19년에 걸친 억류생활을 했다. 昭帝가
즉위한 후 흉노와의 화해가 성립되어 B.C.81년 長安으로 돌아왔다. 소제는 그의
충절을 높이 사 典屬國에 봉했고, 소제의 뒤를 이은 宣帝도 그의 노고를 중시하여
關內侯에 봉했다.

3 銘旌: 장사지낼 때 죽은 사람의 신분을 밝히기 위해 품계·관직·성씨 등을 기재하
여 상여 앞에서 길을 인도하고 下棺이 끝난 뒤에는 관 위에 씌워서 묻는 旗. 銘旗라
고도 한다.

2

금닭이 새벽을 우니 일어나 신음하는데
서릿발이 흘린 땀을 거둬가네.
한스럽고 시름겨우니 하늘도 또한 흐느끼지만
크게 폈다 오래 굽혔으니 이치가 평등하다오.
유종원柳宗元의 글은 막힐수록 더욱 옛스러웠고
한유韓愈의 명성은 비방 받을수록 새로워졌다오.
일찍부터 조후曹侯의 재주가 여덟 말인줄 알았으니
이미 돌을 가득 채워 붉은 깃발 진영에 해당하리.

金雞唱曉起嚬呻　　霜氣旋收渙汗身
新恨舊愁天亦泣　　大伸久屈理宜均
柳州文字窮尤古　　韓子聲名謗又新
早識曹侯才八斗　　已應盈石正紅陳

태허大虛에게 답하다
答大虛

하늘과 땅 나를 낳아 덮어주고 떠받쳐주니
이 몸이 어느 곳인들 편안한 곳 아니랴.
강남에 집을 지으니 어찌 그리 늦었는고
반드시 고향마을만이 내가 살 곳이겠는가.

天地生吾覆載吾　　有身何處不安軀
江南築室嗟何晚　　未必戶鄕是我區

사간원司諫院의 계축契軸에 제題하여
題司諫院契軸

조정이 오래 다스려짐을 알겠네
한 때의 명사가 모두 언관言官에 있네.
임금이 말을 다 하면 감히 올리는 말이 적으니
자고로 마음을 비우고 간언을 받는 것 어려워라.
조회에서 물러나니 백일홍나무 전각을 가리고
봄 깊은 붉은 작약에 잣나무 난간이라네.
태평세월 날마다 모름지기 마시기를
소매에 줄줄 흐른들 말릴 필요 있나.

要識朝家久治安　　一時名士盡言官
如君極口敢言少　　自古虛懷納諫難
朝退紫薇迷院宇　　春深紅藥柏闌干
昇平日日惟須飮　　衫袖淋漓不用乾

안자진安子珍이 합포合浦로 진수鎭守하러 나가는 것을 배웅하며

送安子珍[1]出鎭合浦[2]

경술經術로 유자儒者의 명성이 크고
무략의 자질도 겸하여 웅대하네.
위태롭지 않은 때 먼저 계책을 두어야 하고
싸우지 않고 공을 거두어야 하네.
남루南樓의 달에서 싯구를 얻고
세류영細柳營의 풍류에 가슴을 열리리라.
조용히 재상으로 돌아오리니
모든 사람 아득히 날아가는 기러기를 배웅하네.

경술儒名大　　兼資武略雄
未危先有計　　不戰自收功
得句南樓月　　披襟細柳[3]風
從容還入相　　萬目送冥鴻

---

1 安子珍: 安琛의 자. 세종 26년(1444)~중종 10년(1515). 본관 順興. 호 竹窓·竹溪.
　세조 12년(1466) 高城別試文科에 급제. 부제학·중추부지사·한성부우윤·관찰사
　·공조판서 등을 지냈다. 1500년 경상도병마절도사, 1506년 평안도관찰사, 1514
　년 공조판서 등을 지냈다.
2 合浦: 경상남도 마산시 합포 지역의 옛 지명.
3 細柳: 細柳營. 군율이 엄정한 軍營. 중국 漢나라 周亞夫가 장군이 되어 細柳(현재
　중국의 섬서성)에 陣을 쳤을 때 다른 진영보다 군율이 매우 엄했으므로 巡視했던
　文帝가 크게 감동하여 붙인 이름.

전라감사 이손李蓀을 보내며

送全羅監司李蓀[1]

1

그대여 대궐에서 염려하심을 깊이 체득하시라
늦은 밤까지 시월 달에 번개친 것 근심하시네.
붉은 마음으로 실제 은혜를 베푸시라
장부帳簿 처리같은 것은 재주가 아니라오.

憑君深體九重念　　宵旰今憂十月雷
好把丹心施實惠　　簿書游刃未爲才

2

저자거리 황금은 모두 요遼로 실어보내고
호남의 늙은 재상 은대銀帶를 띠었네.
남쪽사람들아 그저 보아 넘기지 말라
몸 위에는 아직도 예전 봉황의 깃털이 남아있다네.

市上黃金盡赴遼　　湖南老相尙銀腰
南人莫作尋常看　　身上猶餘舊鳳毛

1　李蓀: 세종 21(1439)~중종 15(1520). 본관 廣州. 자 子芳. 시호 胡簡. 조선 전기
성종, 중종 때의 문신. 성종 1년(1470) 별시문과에 급제. 충청도·함경도 병마절도
사, 충청·황해·전라도 관찰사, 형조판서 등을 지냈다. 정국공신의 호를 받고 한산
군에 봉해졌다.

무제
無題

쇠약하고 병들고도 귀거래사歸去來辭 짓지 못하니
봄바람에 옛 동산 고사리 홀로 시들겠구나.
순채蓴羹국에 문득 아가위 소금 더 치려 하다가
강 동쪽을 찢어지게 바라보니 흥이 일어나 날아갈 듯하네.

衰病年多未賦歸   春風空老故山薇
蓴羹忽憶加鹽豉[1]   目極江東興欲飛

---

1 蓴羹句: 서진의 장한이 가을바람이 불자 고향땅의 순채국과 농어회가 생각나 吳中
  으로 돌아갔다는 고사. 고향생각.

사렴士廉이 아들을 잃은 것을 조문하고 위로하며
弔慰士廉¹喪子

듣자니 그대가 아들을 잃었다는데
나도 예전에 심장이 쥐어짜는 듯 했다오.
일찍 죽은 아이를 묻은 반악潘岳이 있었고
눈이 먼 자하子夏도 있었지.
예나 지금이나 모두 이 슬픔이 있으니
바보나 지혜로운 이나 똑같이 가슴 아프다오.
다만 동문東門에 계시던 분만이
어질게도 홀로 상서로움을 맞아들였다오.

聞君今哭子	伊我昔摧腸
瘞夭曾潘岳²	傷明又卜商³
古今皆此患	愚智一般傷
只有東門子⁴	賢哉燭理詳

---

1 金克儉: 세종 21년(1439)~연산군 5년(1499). 자는 士廉, 호는 淡軒·乖崖. 金係熙
  의 손자다. 세조 12년(1466)에 文科重試에 壯元, 拔英試에 3등에 올랐다. 慶尙都
  事, 梁山, 咸安郡守로서 치적이 있고, 도승지, 홍문관 副提學, 황해·전라 觀察使,
  안동 대도호부사 名宦이 되었고 사헌부 대사헌이다. 史臣의 평론에 "극검은 性行
  이 淸簡하여 사림이 복종한다." 하였다.
2 潘岳: 자 安仁. 河南省 榮陽 출생. 司空太尉 賈充의 서기관을 거쳐 여러 관직을
  역임하였으나, 趙王 司馬倫이 정권을 장악하였을 때 아버지의 옛 부하 孫秀에게
  모함당하여 일족과 함께 주살되었다. 陸機(261~303)와 함께 서진문학의 대표적
  작가로 병칭되었다.
3 卜商: 子夏. 성명은 卜商. 공자의 제자로 孔門十哲의 한 사람이다. 자하는 자신보
  다 먼저 세상을 여읜 아들의 죽음을 비통해하다 失明하였다고 전해진다.
4 東門子: 東門에 계시던 분. 공자를 이르는 말.『공자가어』에 나오는 말이다. 공자
  가 鄭나라에 갔다가 제자들과 길이 서로 어긋나 혼자 東門 밖에 서 있었는데,
  정 나라 사람 하나가 子貢을 만나서 '동문 밖에 한 사람이 있는데, 머리는 堯와

같고 목은 皐陶와 같고 어깨는 子産과 같으나 허리 이하로는 禹보다 세 치가 부족하더라.' 하였다. 자공이 공자를 만나 그대로 고하자 공자가 웃으며 '나는 그만한 相을 가지고 있지 않노라.' 했다 한다.

금오랑金吾郎의 계축契軸에 제題하여
題金吾郎¹契軸

짐짓 알지라 금오金吾는 땅도 준엄하더니
이제 보니 막료들도 재주가 넉넉하구나.
표범꼬리 깃발 사이에서 거둥행차 모시고
범머리 전각 아래에서 죄수를 논한다.
어질고 능력있다 조정의 의론에서 나올테니
이익과 녹봉을 어찌 애써 다른 데서 구하랴.
그저 평소에 마음과 힘을 다하고
쉬는 날엔 놀러나가는 것도 무방하리.

故識金吾地峻　　見今僚佐才優
豹尾旗²間扈駕　　虎頭閣³下論囚
賢能自有朝議　　利祿何勞外求
尋常第盡心力　　暇日不妨遨遊

---

1 金吾郎: 義禁府 도사
2 豹尾旗: 朝鮮時代 軍旗의 하나. 高招旗처럼 외폭으로 하되 길이 일곱 자, 깃대길이
　아홉자, 표범의 꼬리를 두곱에 꺽어 그렸음. 纓頭·珠絡·장목이 있으며, 이 기를
　세워 놓은 곳에는 함부로 드나들지 못하도록 하였으며 이를 어긴 사람은 軍法으로
　罰을 주었다.
3 虎頭閣: 호두각. 의금부에서 죄인을 심문하던 곳. 正堂 앞의 쑥 내민 집채. 이
　말을 본 따 虎頭閣大廳이란 속담이 생겨났는데, 이는 분위기가 살벌하고 마음이
　음흉함을 일컫는 것이다.

진사 김수홍金粹洪이 순천부順天府로 어버이를 뵈러 가는 것을 배웅하며

送金進士粹洪[1], 覲親于順天府

재주 있는 선비 바람 타고 바닷가로 돌아가니
아버님께서 '소강남小江南'에 사또로 계신다네.
푸른 산 그림자 속에 아침밥을 짓고
푸르른 나무 그늘 속에 한낮에 말을 매겠지.
대나무는 집집마다 서있어 푸른 옥을 빽빽이 세운 듯
꽃은 백일동안 피니 정녕 붉은 빛 무르녹겠지.
북당北堂은 유월에도 서늘하기 물과 같으니
만수 비는 보배잔을 올리는 이 셋이리.

才子馭風歸海上　　嚴君作宰小江南[2]
靑山影裏朝炊飯　　綠樹陰中午繫驂
竹立千家森碧玉　　花開百日正紅酣
北堂六月涼如水　　萬壽瑤杯獻者三

1　金進士粹洪: 金粹洪. 중종대에 知中樞府事와 都摠管을 지낸 金舜皐의 부친이다.
2　小江南: 조계산.(전라남도 순천시 송광면·주암면 일대에 걸쳐 있는 산) 예로부터 '小江南'이라 불렸으며, '松廣山'이라고도 한다.

중복中伏에 우연히 읊다
中伏日偶吟

일 년 중 유월
삼복 중 두 번째.
비가 오려다 구름은 다시 흩어지고
타는 듯 해가 또 나타나네.
찌는 듯 시詩가 나오려 하고
더위 먹고야 부賦가 이루어지네.
진정 벌거벗은 벌레가 자라나니
몇 십일 동안 발가벗고 지내네.

一年又六月　　三伏此重庚
欲雨雲還散　　如焚日又生
若炎詩欲就　　病暑賦初成
眞箇贏虫[1]長　　數句身裸裎

---

1 贏虫: 나충이란 짐승은 큰 소리를 내는 것인데 벌거벗은 모양을 하고 있다.

허백정虛白亭에서 한 때

虛白亭卽事

맑은 바람 속에 누우니 낮닭이 울고
쓰러진 채 곧바로 해가 서쪽으로 떨어지네.
늦을 녘 서늘한 때 한가로운 싯구 하나 얻어
기록하여 종을 불러 나무 깎아 걸게 하네.

一枕淸風過午鷄　　頹然直到日沈西
晚涼吟得閑詩句　　起喚尖奴削木題

강 진산姜晉山 선생의 시에 차운하여
次姜晉山¹先生韻

1

본래 던 것이 없는데 무엇을 더하리
감히 망설이지도 또 넘어서지도 못한다.
반평생 공명에 두 귀밑머리 희어지고
옛 동산에 수없이 돌아갈 꿈만 많아라.

本來無損又何加　　不敢次且亦不過
半世功名雙鬢白　　故山無數夢魂多

2

온갖 꽃핀 헌軒 위에서 봄옷을 입어보고
얼굴 스치는 바람결에 버들개지 나네.
눈 가득 호사한 경치 모두가 예전 같은데
술동이 앞 태반은 옛사람이 아니라.

百花軒上試春衣　　拂面風光柳絮飛
滿目繁華渾似舊　　尊前太半故人非

1　姜晉山: 姜希孟. 세종 6년(1424)~성종 14년(1483). 본관 晉州. 자 景醇. 호는
　私淑齋·雲松居士·菊塢·萬松岡. 세종의 姨姪이고, 화가 希顏의 동생이다. 세종
　29년(1447) 별시문과에 장원급제. 예조판서·형조판서·좌찬성 등을 역임하였다.
　문집으로 『衿陽雜錄』, 『村談解頤』 등이 있다.

죽산현竹山縣¹의 시에 차운하여
次竹山韻

1

서하西河의 문자는 우뚝 새로움을 더하는데
서徐정승의 시 명성은 저 멀리 다른 사람보다 뛰어났네.
앞사람 그를 아껴 뛰어난 법도를 남겼고
뒷사람 나 부끄럽게도 훌륭한 자리 손님으로 왔네.
바람 맑은 손님 자리에 술상이 어지럽고
풍년든 관청 창고엔 벼와 수수가 쌓여있네.
취해서 서로 베고 누우니
주인과 나는 예전부터 정신이 통한 사이라네.

西河文字兀尖新　　徐相²詩名逈出人
前輩愛他留逸軌　　後生愧我作嘉賓
風淸客席杯盤鬧　　歲稔官倉穀粟陳
也合醉中相枕藉　　主人與我舊通神

2

올해도 또 영남으로 나가니
한 번 가서 어찌 십일이나 있을까.
북궐北闕은 높고 높아 먼데 꿈이 힘들고
서호西湖는 넘실넘실 맑은 시름 비추네.
하늘가 세월 따라 길이 말을 달리고
해 저무는 산천에 홀로 누에 기댔네.

---

1 竹山: 경기도 안성시의 옛 지명.
2 徐相: 서거정인 듯함.

달팽이 뿔위 공명 따르다 머리위엔 흰눈 내리고
고향생각 한 조각에 돌아갈까 하네.

今年又作嶺南遊　　一去何曾十日留
北闕嵬峨勞遠夢　　西湖³瀲灩照淸愁
天涯歲月長騎馬　　日暮山川獨倚樓
角上⁴功名頭上雪　　鄕心一片大刀頭

---

3 西湖: 서울 마포에서 서강에 이르는 15리 지역에 대한 조선시대의 옛 지명. 이
　지역은 조선시대에 번창했던 어항이며 물자를 육지로 실어내리는 포구였다.
4 角上: 蝸牛角上을 가리킴. 세상이 좁다는 것을 비유할 때는 '蝸牛角上'이라고 한
　다. 또한, 작은 나라들이 하찮은 일로 다투는 것을 '蝸角之爭'이라 하고, 작은 집을
　'蝸廬' 또는 '蝸舍'라고 한다.

연풍현延豐縣의 시에 차운하여

次延豐[1]韻

한 곳을 산이 감싸고 골짝물도 돌아흐르고
사방이 모두 한쪽도 트인 곳 없네.
태수는 주렴을 걷고 맑은 대낮에 앉아 있으니
고요한 산새만이 날아갔다 날아오네.

　　一區山擁更溪回　　四面都無一面開
　　太守捲簾淸晝坐　　幽禽飛去又飛來

---

1 延豐: 延豐縣: 충청북도 괴산군 연풍면 일대의 옛 행정 구역. 古號는 上芼·長延.

지경支卿이 영남을 안찰하러 나가는 것을 배웅하며 2수
送支卿[1]出按嶺南, 二首

1

남쪽 한 길 백성들은 평화롭고
섬나라 바람과 안개는 제어하기 어려워라.
첫째가는 정승께서 이제 안찰하시니
대궐에서 시름하시는 분 이제 마음 놓겠네.

天南一路人民象　　海島風烟控御難
第一相臣今按節　　九重宵旰此時寬

2

찌든 집 거친 밭 영남의 마을
무덤가 나무들만이 언덕에 덮여있네.
반평생 수레타고 속세를 달렸지만
강가에 달 밝으면 꿈 또한 길었지.
저승으로 돌아간 재주 없는 아들
이승에 남아있는 그의 미망인.
그대 따라 다시 죽고 사는 생각이 이니
흰머리에 갈림길에서 정신이 상하려 하네.

---

1 支卿: 權柱의 자. 세조 3년(1457)~연산군 11년(1505). 본관 안동. 호 花山. 성종
11년(1480) 親試文科의 갑과로 급제하였다. 중국어에 능하여 1489년 공조정랑으
로 있으면서 遼東에 質正官으로 다녀왔다. 도승지·충청도관찰사·中樞府同知事
등을 역임하였다. 甲子士禍 때, 平海로 유배되었으며, 이듬해 교살되었다. 문집에
『花山遺稿』가 있다.

破屋荒田嶺外村　　松楸桑梓遍丘原
半生車馬走塵土　　江上月明長夢魂
泉下曾歸不才子　　人間唯有未亡人
因君更起存亡念　　白髮臨歧欲損神

귀양가는 사람에 부쳐

寄謫人

벼슬길엔 얕고 깊음을 알 수 있는 이 없으니
많은 사람들 모두 떴다 잠겼다 한다오.
나는 일찍이 병이 있어도 없다고 했고
그대는 마음이 없는데 마음 있는 자에게 걸린 것.
하늘의 도가 차고 기울고 보름달이 또 초하루가 되니
인생살이 화와 복은 옛날이나 지금이나.
그대여 촌 막걸리에 취해나 보오
백악白岳에 구름이 짙으니 장마가 들려나 보오.

宦海無人測淺深　　林林¹皆向此浮沈²
我曾有病云無病　　君亦無心坐有心
天道盈虛弦又朔　　人生禍福古猶今
憑君且醉村醪濁　　白岳³雲濃已欲霖

1　林林: 빽빽하고 총총하다.
2　浮沈: 時勢나 勢力 등의 現象이 盛하였다 쇠하였다 하는 것.
3　白岳: 서울의 白岳山을 말한다.

숙도叔度가 맞아주신 것에 부쳐
寄叔度¹邀枉

집 위에 정자가 아스라하고
성안은 사방으로 툭 트였네.
땅에는 삼복의 열기가 가시고
하늘이 구월의 바람을 보내주시네.
나무 그림자 빽빽이 푸르고
유자꽃은 낱낱이 붉네.
이 사이에 그윽한 마음을 두니
어찌하면 그대와 함께 할 수 있을까.

屋上亭逈　　城中四望通
地無三伏熱　　天送九秋²風
樹影重重綠　　榴花箇箇紅
此間有幽抱　　安得與君同

---

1 叔度: 李則의 자. 세종 20년(1438)~연산군 2년(1496). 본관 固城. 한성부 소윤
　이질(李?)의 아들이며 조선 전기의 문신이다. 세조 8년(1462) 식년문과에 병과로
　급제. 승정원·동부승지·좌부승지 등을 역임하였다.
2 九秋: 가을철의 약 90일 동안을 이르는 말. 음력 9월을 '가을'이란 뜻으로 이르는
　말이다.

무제
無題

1

샛바람에 눈 날려 서울이 어둡더니
이 밤에 그대가 한관漢關을 넘어갔다 하네.
짐말에 허둥지둥 가는 길 급하니
산과 내 첩첩하여 가는 길 어려우리.
신창新昌 땅 쓸쓸해지고 친한 벗 멀어지니
고향은 자주자주 자나 깨나 돌아갈까.
봄날이 점점 길어지니 할 일도 없어
활짝갠 창 시정詩情에 물드니 귀양살이나 읊으리라.

朔風吹雪暗長安　　此夕聞君出漢關
僕馬蒼皇行邁急　　山川重疊道途艱
新昌¹寂寂親朋遠　　故國頻頻夢寐還
春日漸長無箇事　　晴窓染翰賦囚山²

2

썩은 나무는 명당明堂 기둥 삼을 수 없으며
절뚝발이 자라로 어찌 먼 길을 달리랴.
병 많은 데엔 한가롭게 노는 것이 진정 명약이요
꽉 막힌 시름엔 술을 마시면 이것이 그대로 시라.

---

1 新昌: 新昌은 충청남도 아산군에 위치하는 지명이다. 태종때 온수현(온양)과 합쳐
　져 온창이라 하였다
2 囚山: 귀양지를 지칭하는 말이다. 이는 중국 당나라 柳宗元이 지은 永州에 귀양살
　이할 때 지은 賦의 이름에서 유래한 것이다.

붉은 마음 한 조각은 괴로운 등잔만 대하고
세상일 온갖 가지는 희어진 귀밑머리 보면 알리라.
고향의 산 원숭이와 학에게 말이나 부쳐보자
내년 이월이 돌아갈 날짜라고.

朽材不擬明堂³柱　　跛鼈⁴何曾遠道馳
多病置閑眞箇藥　　窮愁得酒是渾詩
丹心一片孤燈在　　世事千般兩鬢知
寄與故山猿鶴語　　明年二月是歸期

---

3 明堂: 임금이 조회를 받던 政展.
4 跛鼈: 절뚝발이 자라.

최한원崔漢源이 호남관찰사로 가는 것을 배웅하며

送崔漢源¹觀察湖南

천하 인물 중 제일 추앙을 받으시고
홀로 은대銀臺의 가장 높은 자리에 앉으셨네.
북쪽 끝 하늘은 낮아서 총애를 혼자 받고
남쪽은 땅이 커서 어질고 능력 있는 이 필요하네.
당시에 부로들 마음이 남아 있고
옛날 읍 산천은 면목이 그대로라.
'소강남小江南'을 지나거든 일부러 물어봐주오
한 해가 다가는 데 귀양객은 아직도 꿋꿋한지.

斗南²人物盛推稱　　獨坐銀臺最上層
北極天低偏寵渥　　南方地大要賢能
當時父老心腸在　　舊邑山川面目曾
過小江南煩問訊　　歲寒遷客想凌兢

[원주]

공이 일찍이 고부古阜 사또였을 때 당시 여러 군郡 중에서 다스림이 제일이라는
말을 들었다. 떠난 뒤에도 백성들이 생각하였다. 그뒤 7년이 지나 도승지에서 호남
을 안찰하러 나가게 되었으니 이제 군의 백성들 마음을 알 수 있으리라. 순천은
옛날 '소강남小江南'이라는 말을 들었다. 지금은 조曺와 김金이 귀양살이하는 곳이
기에 언급했다. 조위曺偉와 김굉필金宏弼이다.

公嘗倅古阜, 當時列郡之治, 獨以最聞, 去而有遺思. 爾後七年, 而由都承旨出按湖南, 郡民
之心可知. 順天 舊號小江南, 今有曺與金謫居故及之. 曺偉‧金宏弼也.

---

1 崔漢源: 본관 和順. 府尹 善復의 아들이다. 성종 11년(1480) 庚子에 登科. 관찰사
  ‧대사헌‧대제학‧松都留守를 역임하였다.
2 斗南: 北斗七星 以南의 天地. 곧, 온 天下를 이르는 말이다.

이천利川에서 자며 느낀 바가 있어

宿利川¹有感

거둥을 따라 능에 가서 뵙던 지난 일 생각하니
행궁行宮에 가을비 와서 남천南川에서 묵었지.
오늘날 어찌 차마 남천에서 자리오
북으로 선릉宣陵을 바라보니 저녁 안개 가로막았네.

扈駕²朝陵記昔年　　行宮³秋雨宿南川⁴
如今何忍南川宿　　北望宣陵⁵鎖暮烟

---

1 利川: 본래 고구려의 남천현인데 신라가 병합해서 진흥왕이 주로 승격시켜 군주를
　두고 경덕왕이 황무로 고쳐서 한주의 영현을 삼았다.
2 扈駕: 임금이 탄 수레를 호위하며 뒤따르던 일을 말한다.
3 行宮: 유사시 왕이 정무를 집행하기 위해 건립된 시설로 王都와 인접한 경기 지역
　에만 남아 있는 특별한 형식. 북한산성과 남한산성, 화성의 세 행궁이 대표적인데,
　현재 건물들은 없어졌으나 內殿과 外殿의 건물터에 석축과 초석이 남아 당시의
　장대했던 규모를 짐작할 수 있다.
4 南川: 경기도 이천군의 옛 행정 구역이며 고호는 南川·南買·黃武·永昌이다.
5 宣陵: 朝鮮 성종과 그의 繼妃 王后의 능. 京畿道 廣州郡에 있다.

감사 정숭조鄭崇祖 공에게 부쳐

寄監司鄭公崇祖[1]

1

영남 산천 육십주

감사공은 문아하고 풍류롭다네.

팥배나무 그늘 길에 가득하니 서늘하기 씻은 듯하고

밤에 주렴 걷으면 곳곳마다 누각이라.

嶺外山川六十州　　使華[2]文雅更風流
棠陰[3]滿路涼如洗　　夜捲珠簾處處樓

2

어쩌랴 만년에 흰 눈이 머리 가득하니

파리하고 병들어 가을이 와도 누워있네.

상산商山에 약속 두고도 돌아가지 못하니

오늘 밤 달 밝으니 한없는 시름이라.

不耐殘年雪滿頭　　可堪羸病臥新秋
商山[4]有約不歸去　　一夜月明無限愁

1　鄭公崇祖: 鄭崇祖. 세종 24년(1442)~연산군 9년(1503). 본관 河東. 자 孝叔. 호
　三省齋. 시호 莊靖. 蔭補로 벼슬을 얻어 성종 2년(1471) 河南君에 봉해졌다. 1474
　년 형조참판에 이어 한성부판윤에 재임, 경상도관찰사·경상좌도병마절도사를 거
　쳐 1492년 호조판서가 되었다.

2　使華: 임금이 보낸 사신.

3　棠陰: 정사를 행하는 官所를 뜻한다. 周나라 召公이 감당나무 아래에서 결옥(決獄)
　하며 정사를 행했던 고사에서 유래한 것이다.《詩經 召南 甘棠》·《史記 燕召公世家》

4　商山: 경상북도 상주의 옛 이름. 조선 시대 경상도 상주에 있던 熊耳山의 다른
　명칭이다.

합포병사合浦兵使 안 자진安子珍에게 드리다

贈合浦兵使安子珍[1]

허리춤엔 황금빛 인둥이 비치고 귀밑머리 아직 검은데
세류영細柳營 원문轅門에 마침 봄빛이 흔들리네.
넘실대는 파도를 말발굽으로 박차 남해를 뛰어넘고
대궐에 종종걸음으로 달려가 임금님께 예 올리리.
깃발 든 이들 새로 오신 장군을 기뻐 맞이하고
영주산에선 옛날 신선을 기뻐하며 보리라.
서울사람 이별 술상 차마 거두지 못하고
그대는 시름에 외로운 장막 안의 사람이라.

腰暎黃金鬌未銀　　轅門細柳正搖春
鯨波[2]馬蹴騰南海　　鳳闕鳧趨禮北辰
羽衛[3]歡迎新上將　　瀛洲喜見舊仙眞[4]
杯盤京國留連久　　愁殺孤眠帳裏人

1　安子珍: 安琛의 자. 세종 26년(1444)~중종 10년(1515). 본관 順興. 호 竹窓·竹溪.
　　세조 12년(1466) 高城別試文科에 급제. 부제학·중추부지사·한성부우윤·관찰사
　　·공조판서 등을 지냈다. 1500년 경상도병마절도사, 1506년 평안도관찰사, 1514
　　년 공조판서 등을 지냈다.
2　鯨波: 고래 같은 파도라는 뜻으로, 바다의 큰 물결(파도)을 比喩하는 말이다.
3　羽衛: 깃발의 호위.
4　仙眞: 신선과 眞人. 즉 신선.

단오날 국이國耳가 나를 초대했지만 병이 나서 갈 수 없기에 절구 세 수를 지어 사례하였다

端午日, 國耳[1]邀我, 病不能赴, 作三絶句以謝復

1

노년에 병까지 들어 조회 참여도 잘 안하고
남산에 깊이 누운 지 어언 석달째라.
훌륭한 손이 오시라 불러도 일어나지도 못하고
솔바람에 머리 날리니 이 저물녘 쓸쓸하여라.

衰年又病懶朝參　　深臥南山月已三
客有可人招不起　　松風吹髮晚㲯㲯

2

늘그막에 그대와 다정히 지내
흰머리에 초정草亭으로 찾아가네.
이경二頃쯤 되는 호수가 밭으로 돌아가려 하니
남쪽 작은 현 함녕咸寧이라오.

與君老境獨多情　　白髮相尋一草亭
二頃湖田吾欲去　　天南小縣是咸寧[2]

---

1 國耳: 李昌臣의 자. 세종 31년(1449)~?. 본관은 全義. 호는 克庵. 亮의 아들이다.
　성종 5년(1474) 식년문과에 을과로 급제하여, 홍문관수찬·교리·경연시독관을 역
　임하고, 성종 17년(1486) 홍문관응교로 경기도 여주·파주지역 수령의 치적을 조
　사, 보고하였다. 그는 중국어·이문에 있어서 당대의 일인자였다.
2 咸寧: 함창의 고려 때 이름.

3

오동잎 하나 떨어질락 말락

남산 갠 날에 비가 오락가락

서늘한 늦은 날에 홀로 앉아 슬퍼지니

시짓는 늙은이와 같이 마시지 못하기 때문

一葉梧桐欲落時　　南山晴好雨能奇
晚涼獨坐還惆悵　　不與詩翁共酒巵

태평관大平館의 시에 차운하여

次大平館¹韻

성대聖代에 같은 인仁으로 단비 단이슬 새로운데
도장都將은 바닷가에서 가슴을 여네.
기자를 봉한 이래 예로 사양함이 옛 부터 전해오니
황제가 번방蕃邦으로 삼음은 지금과 비슷하네.
북궐에 잠시 조회 반열 하직하니
동쪽 사람들 다투어 봉황이 왔음을 알아보네.
풍토가 다르다고 싫어하지 마시라
서로 대하면 아름다운 한조각 마음뿐일지니.

聖代同仁雨露新　　都將²海宇作胸襟
箕封禮讓傳從古　　帝賚便蕃少似今
北闕暫辭鵷鷺序　　東人爭識鳳凰來
休將風土嫌同異　　相對休休一片心

---

1 大平館: 조선 시대에, 중국 사신이 와서 머무르던 숙소. 지금의 서울 태평로에
  있었다.
2 都將: 고려시대의 무관 보직. 대략 指諭보다 한 단계 낮은 직책이었던 것으로 보인
  다. 실전에 대비한 군 편제로서의 五軍과 무신집권기 이후의 각종 禁軍 부대에서
  그 존재가 확인된다. 오군의 경우는 中軍에만 있었는데, 중군을 통솔하는 兵陣都
  指諭와 나란히 기술된 점으로 보아 이의 참모 내지 부관이었던 듯하다.

김 근인金近仁이 진원珍原 사또로 가는 것을 배웅하여 3수
送金近仁¹宰珍原², 三首

1
오래도록 소매 속에 봉황 잡는 손감추더니
이번에 허리춤에 닭 잡는 칼을 띠었네.
육년 토록 거문고와 학에 아무 일도 없으리니
현縣에 가거든 푸른 산이 높다할 것 없으리.

袖裏久韜條鳳手   腰間新帶割雞刀
六年琴鶴應無事   當縣青山不語高

2
소금수레에 기묘한 꾀 실을 것 있겠나
큰 재주 모두 펼칠 필요 없겠지만.
백리 작은 땅에도 백성과 사직이 있으니
조금은 만족하시고 마음의 기약을 펼치시라.

鹽車容或駕權奇   不必長才盡設施
百里區區亦民社   懷綏粗足展心期

3
늙고 병들어 어찌 벼슬길을 감당하랴
오래토록 꿈속에서 강호를 보았네.

---

1 金近仁: 金甲訥. 본관은 선산. 吉城의 태수를 지냈다. 그가 珍原 수령으로 나갈 때 홍귀달이 지은 「送金近仁甲訥 宰珍原」이 『虛白亭集』 속집 권2에 수록되어 있어 두 사람 사이의 교분이 있었음을 확인케 해 준다.
2 珍原: 전라남도 장성지역의 옛 지명.

그대 따라 다시 강호생각 떠오르니
문밖 봄 강엔 그림같은 경치 넘실대겠지.

老病那堪走宦途   長時魂夢落江湖
因君更起江湖想   門外春江漾畫圖

유진경柳震卿이 상산商山에서 돌아왔기에 부치다

柳震卿回自商山, 寄之

병으로 무료하게 누워 학 그림자 하나 외로우니
한 봄 심사를 옛 강호에 부치네.
그대 돌아가는 길에 함녕현咸寧縣으로 둘러가
우리 집이 예전 그대론지 물어봐 주오.

臥病無聊鶴影孤　　一春心事舊江湖
君歸路繞咸寧縣　　爲問家山似舊無

참판參判 송영宋瑛의 만挽

挽宋參判¹瑛²

가을 물같은 정신 옥같은 몸
바람 메어 천리마 타고 구름 속을 달리고
남궁南宮의 예악에서 보인 큰 재주
북극 별님의 우악한 총애
어제 대궐에서 이불 들고 숙직하더니
오늘 집 위에서 옷을 말아 초혼招魂하네.
아내 뿐 아들도 없고 늙은 어머님
조물주 어인 마음인지 그저 한숨 뿐.

秋水爲神玉作軀　　駕風騎驥騁雲衢
南宮³禮樂觀瞻偉　　北極星辰寵渥紆
昨見禁中持被宿⁴　　今聞屋上卷衣呼
寡妻無子慈親老　　眞宰茫茫正可吁

1　參判: 조선 시대 六曹에 소속되었던 종2품의 관직. 정원은 각 1인씩이며 判書
　　다음가는 벼슬이다. 육조의 장관인 판서를 正卿이라한 데 대하여 차관으로서 亞卿
　　이라 하였다.
2　宋參判瑛: 宋瑛. 성종 16년(1485) 別試 1. 자는 仁寶. 본관은 朔寧. 父는 宋玎壽.
　　祖父는 宋復元. 小科는 1472(임진) 진사시 特別試 前歷은 府使. 官職은 判書.
3　南宮: 예조.
4　禁中持被宿: 숙직하는 것을 가리킴.

우상右相 정괄鄭佸의 만장挽章

鄭右相佸[1]挽章

산하의 원기가 모인 동량재棟樑材
낭묘廊廟 깊은 곳에 우뚝한 지세地勢.
하늘의 은혜를 재상 한분께 특별했으니
인간 세상에서 쳐다보는 삼정승이었네.
일찍이 수레타고 중국에 사신 가더니
누가 알았으랴 명정銘旌 앞세우고 들어올 줄을
평생의 의기는 누구에게 허락했나
하늬바람에 내 늙은 눈물 그저 넘쳐 흐르네.

山河元氣棟樑材　　廊廟[2]深深地勢巍
天上殊恩傾一相　　人間僉望屬三台
曾看車馬朝天去　　誰料銘旌入境來
意氣平生蒙許與　　西風老淚有餘哀

1　鄭右相佸: 鄭佸. 자는 君會 혹은 景會이며, 본관은 東萊요, 영의정 昌孫의 아들이
　　다. 1465년에 문과에 오르고, 1495년에 정승이 되어 좌의정에 올랐는데 1년이
　　못 되어 죽었다. 시호는 恭肅公이다. 좌의정이 되어 북경에 사신 갔다가 돌아오는
　　길에 죽었다.
2　廊廟: 조정의 정사를 논의하는 건물을 뜻하는 말로, 조선 시대에는 議政府를 가
　　리킴.

참판參判 신 차소申次韶의 만장挽章

申參判次韶[1]挽章

과거장에서 세 번 이겨 명성이 높은데
우뚝 산머리에 푸르디푸르네.
예전의 사마천 반고를 좇아 이기려 하고
수창酬唱으로 당시에 동董과 왕王을 눌렀네.
중국의 빛남 향해 수레자국 멀다잖고
어머님 꿈에 뵈니 말발굽이 바쁘다.
개성 한밤에 봄꿈 무상하니
몸 바친 시가詩歌에 온 나라 마음 아팠네.

三捷名高戰藝場[2]　　屹然山斗倚蒼蒼
頡頏前古追班馬　　酬唱當時壓董王[3]
上國光華車轍遠　　北堂魂夢馬蹄忙
開城一夜春無相[4]　　殄瘁詩歌擧國傷

1　申參判次韶: 申從濩의 자. 세조 2년(1456)~연산군 3년(1497). 본관은 高靈. 호는
　　三魁堂. 奉禮郎 澍의 아들이다. 성종 11년(1480) 식년문과에 장원을 하였다. 그해
　　감찰에 임명되고 賜暇讀書하였으며, 이듬해 千秋使 洪貴達의 書狀官이 되어 명나
　　라에 갔다. 홍문관직제학·예조참의·좌승지·우승지·도승지 등을 역임하였다. 저
　　서로는 『삼괴당집』이 있다.
2　三捷句: 進士試와 식년문과에 장원, 1486년에 다시 문과중시에 장원, 과거가 생긴
　　이래 세 번의 장원은 처음이라 하여 칭송을 받았다.
3　酬唱句: 1488년에 중국 사신으로 翰林侍講 董越과 給事中 王敞이 왔는데 이때
　　허종이 접반사로 가면서 신종호를 종사로 데려갔다. 이때 동과 왕은 시 짓기를
　　좋아했는데 응답하는 시가 신종호의 손에서 많이 나왔다고 한다. 조위의「嘉善大
　　夫司憲府大司憲申公墓誌銘 幷序」
4　開城句: 신종호는 중국에서 돌아오다 개성에서 죽었다.

좌랑佐郎 최연손崔連孫이 호남으로 왕명을 받들어 나가는 것을 배웅하며
送崔佐郎¹連孫奉命湖南

호남 가는 안장말에 한림학사
한수 북쪽 인물들 현량하다 밀어주네.
땅은 아홉 등급 부세는 상하로
오늘은 하늘 높은 팔월 한가위.
푸른 산 곳곳에 흰 이슬 내리고
붉은 기러기 나는 곳에 누런 잎사귀 떨어지네.
남원은 옛날 대방군帶方郡이라 불렀으니
고향땅 이곳이 농어[鱸魚]나는 곳이라.

湖南鞍馬仙曹郎　　漢北人物推賢良
地分九等²賦上下　　天高八月秋中央
青山多處露下白　　赤雁飛邊葉飄黃
南原古稱帶方郡³　　桑梓卽是鱸魚鄉⁴

1　佐郎: 조선시대 동반의 정6품직. 고려의 좌랑을 이어받아 六曹에 설치하여 실무를 관장했다.
2　地分九等: 논밭을 9등급으로 나누어 세금을 매기던 방법.
3　帶方郡: 全羅北道 남원의 옛 이름.
4　鱸魚鄉: 서진의 장한이 고향 吳中의 농어 맛이 생각나 벼슬을 버리고 돌아갔다는 고사.

동지同知 최응현崔應賢이 파직당하여 강릉의 그전 숨어살던 곳
으로 돌아가는 것을 배웅하며
送崔同知¹應賢²罷歸江陵舊隱

반평생 바쁘게 귀밑머리 흰데
이번 길 현명하다 위로하네.
가을에 잎떨군 나무 뭇산들은 떨고 있고
바다와 하늘 따라 대관령은 높아
서리 따라 이슬 따라 세 길의 국화는 무성하고
포도는 올해 처음 온 집마다 즙을 짜리.
임천林泉에선 시일이 지체될까 걱정하는데
임금님 동료들 명예를 내려주셨네.

半世栖遑已二毛　　　此歸應只慰賢勞
抄秋落木群山瘦　　　積海長天大嶺高
霜露正蕃三徑菊³　　葡萄初上萬家槽
林泉恐未淹時日　　　聖主同寅急譽髦

---

1 同知: 동지사. 조선시대 知事의 보좌역을 맡았던 종2품 관직이다. 돈녕부 이외의
　　제아문의 동지사는 모두 他官이 겸직하였다.
2 崔同知應賢: 崔應賢. 세종 10년(1428)~중종 2년(1507). 본관 江陵. 자 寶臣. 호는
　　睡齋. 아버지는 이조참판 致雲이다. 세종 30년(1448)에 사마시에 합격하고, 단종
　　2년(1454) 별시문과에 병과로 급제하여 승문원부정자로 보직이 되었는데, 노모의
　　봉양을 위하여 강릉훈도를 자원하여갔다. 그 뒤 저작·박사·전적 등에 임명되었으
　　나 모두 사퇴하였고 대사헌·경주부윤등을 역임하였다.
3 三徑菊: 晉陶潛 「歸去來辭」에 "三徑就荒, 松竹猶存"이라는 구절이 있음. 은자의
　　집안 뜰을 가리킴.

금오랑청金吾郎廳의 계축契軸에 제題하여
題金吾郎廳¹契軸²

쳐다보니 호두각虎頭閣
여러 낭관 그 아래서 달리네.
하나하나 어질고도 능력 있으니
누가 진짜이고 누가 가짜인가.
손아래엔 장부帳簿가 남아나질 않고
뜨락은 씻은 듯 깨끗하네.
남은 일이 없어 술 가져오라 하여
들이켜고 내뿜네.
자리에 가득 찬 사람들
모두가 한마음을 맺었네.

峨峨虎頭閣³ 諸郎走其下
一一賢與能 誰眞復誰假
手下簿書空 庭宇絶瀟灑
却喚無事酒 傾來向身瀉
盈盈座上人 盡是同心者

---

1 金吾郎廳: 금오랑은 의금부 도사.
2 契軸: 조선 시대 특별한 일을 기념하여 계를 만들거나 同榜·동갑, 또는 같은 관사
  의 관원 등이 계를 만들고, 모임을 가진 후 이를 기념하여 그 사실과 詩文을 적고
  이를 卷軸으로 만들어 나누어 가지는 것.
3 虎頭閣: 조선 시대에, 의금부에서 죄인을 訊問하던 곳. 義禁府 남쪽에 있었음.

정 하남공鄭河南公과 함께 밤에 모정茅亭에서 술을 마시다 조금 취하여 헤어졌다. 아침이 오도록 혼자 앉아 있다가 느낌이 있어 시를 지어 하남공河南公에게 부치다

與鄭河南公¹, 夜飮茅亭, 少醉而散. 朝來獨坐有感, 詩以寄河南公

남산의 푸르름 우리 집을 누르고
새로 지은 모정茅亭은 저자 거리 굽어보네.
멋진 친구 만나니 난초 향기처럼 그대로이고
좋은 계절은 또 첫 국화 피는 때로다.
인생살이 시끌시끌 모였다 흩어졌다
세상사 와글와글 깎았다 추었다.
뒷 밤에도 다시 만나 술을 마십시다
푸른 하늘에 달 뜰제 나를 버려두지 마시오.

南山蒼翠壓吾廬　　新作茅亭俯市閭
勝友正逢蘭臭舊　　佳辰又屬菊花初
人生擾擾聚還散　　世事紛紛毁復譽
後夜更須相對飮　　靑天有月不孤余

1　鄭河南公: 정숭조. 세종 24년(1442)~연산군 9년(1503). 본관 河東. 자 孝叔, 호 三省齋. 시호 莊靖. 집현전 학사로 유명한 鄭麟趾의 아들이며, 어머니는 판한성부사 李攜의 딸이다. 세조 4년(1458) 음보로 通禮門奉禮郎이 되었다. 1489년 하남부원군에 진봉되었다. 연산군 1년(1495) 正朝使로 명나라에 다녀왔다. 1500년 崇政大夫에 올라 奉朝賀가 되었다.

김정련金正鍊 어른이 대마도로 사신을 받들어 떠나는 것을 배웅하며
送金正鍊叟奉使對馬島

상국上國에서 덕에 힘을 쓰니
해뜨는 곳에서 멀리 정성을 보내왔네.
옥백玉帛을 두 대궐에 올리고
성과 해자 아래 오위군병五衛軍兵이 읍하네.
하늘에는 비바람 일지 않고
바다에는 물결도 일어나지 않네.
배들이 한가로이 오가고
물고기와 용도 그저 오가는가 하네.
백년토록 좋은 맺음 닦으니
사방 국경 태평스럽다 아뢰네.
대마도엔 푸른 구름 따라 시름 일고
긴 봉우리엔 은혜로운 햇빛이 밝네.
사신은 가려 뽑아야 하는 법
그 사람은 진실로 영웅호걸이어야 하리.
충성과 신의를 날 때 그대로 잡고
구슬 꿴 듯한 시는 뱉는 대로 올리네.
의관으로 한나라 부절을 가지고
은혜로운 예우로 오랑캐 마음을 감동시키리.
심장心腸이 있으면
입으로 다투는 것 멈추시라.
그대의 명성이 커질 것을 아노니
그 실마리는 올해 행차에 있으리.

天家專務德　日域遠輸誠[1]
玉帛迻雙闕[2]　城池戢五兵[3]
天無風雨起　海不浪波生[4]
舟揖閑來往　魚龍慣送迎
百年修契好　四境報昇平
馬島愁雲碧　鯤岑惠日明
使乎須簡擢　人也實豪英
忠信生來仗　璣珠唾處呈
衣冠持漢節　恩禮感夷情
有箇心腸在　休將口舌爭
知君譽名大　端在是年行

1　日域句: 해 뜨는 곳은 일본을 가리킴.
2　玉帛句: 일본 사신이 대궐에서 예물을 올리는 모습.
3　五兵: 五衛軍兵. 5위군. 조선 세조 3년에 개편을 시작하여 문종 때에 완성한 중앙
　　군사 조직. 다섯 衛로 개편하였는데, 中衛로 義興, 左衛로 龍陽, 右衛로 虎賁,
　　前衛로 忠佐, 後衛로 忠武를 두고, 한 위를 다섯部, 한 부를 네 統으로 나누어,
　　전국의 군사를 모두 여기에 속하게 하였다.
4　海不句: 태평시대라서 사방의 국경이 편안하고 오랑캐들도 침범하지 않는 모습을
　　말함.

상장上將 심견沈肩의 만사挽詞
沈上將¹肩²挽詞

그대 집 문은 우리집문 건너편인데
지팡이에 신발 끌고 항상 웃음소리 났지.
푸른 나무 그늘에 댓자리를 까니
푸른 산 그림자가 술동이로 들어가네.
두몸이 질탕하기 술잔 속의 달이더니
세상사 슬프구나 땅속의 혼 되었네.
문앞에 손 흩어지고 까마귀만 우짖는데
원림園林엔 옛 같이 봄빛만 야단스럽네.

君家門對我家門³   杖屨尋常笑語喧
碧樹唾陰鋪簟席   靑山倒影入罍尊
形骸跌宕杯中月   世事悲涼地下魂
客散門前鴉噪晩   園林依舊帶春暄

---

1 上將: 상장군. 조선시대 초기 무관직의 하나. 義興三軍府에 소속된 十衞의 최고
　무관직으로 각 위에 1명씩 두었으며, 품계는 정3품이었다.
2 沈上將肩: 沈肩. 홍귀달이 쓴 「瓦署別坐沈侯墓誌銘」이 따로 있음.
3 君家句: 홍귀달이 남산에 살 때 심견이 바로 이웃집에 살고 있었음.

6언 장구六言長句로 사고士高가 길 떠나는 것을 거듭 배웅하다
六言長句, 重送士高¹之行

상서로운 시대 짝없는 인물

풍류 제일인 신선.

감공鑑空 형평衡平의 도량度量

햇빛 비친 옥 같은 정신.

일대 영웅이 눈 가득하지만

임금의 은혜 한 몸에 받았네.

영남의 오랜 주군들

말 타고 이제 조사하러 가네.

깎고 올리고 성적을 매기고

일으키고 없애고 백성을 편하게 하리.

절월節鉞이 가는 산천의 흰 해

누대의 꽃과 나무 푸르른 봄빛.

내년 오늘 돌아오거든

의정부에서 큰띠 드리우시리.

瑞世無雙人物	風流第一仙眞
鑑空衡平²度量	日光玉絜精神
一代英雄滿目	九天恩澤獨身
嶺南古來州郡	馬上今去咨詢
黜陟幽明考績	興除利告便民

---

1 士高: 李克墩. 세종 17년(1435)~연산군 9년(1503). 본관 廣州. 자 士高. 우의정 仁孫의 아들이다. 성종 2년(1471) 佐理功臣으로 廣原君에 봉해졌고 벼슬이 좌찬성에 이르렀다. 연산군 때 유자광을 시켜 김일손 등을 탄핵하여 무오사화를 일으켰다.
2 衡平: 밝게 살펴 형평을 유지함.

節鉞山川白日　　樓臺花木靑春
明年此日歸去　　佇看黃閣垂紳

강원도사 정수강丁壽崗 공이 서울에 조회하러 왔다가 돌아가는 것을 배웅하며 4수

送江原都事丁公壽崗¹朝京且歸, 四首

1

도화동桃花洞 안으로 그대 집을 방문하여
꽃피는 정원에서 노을빛 술을 마시네.
크게 취해 돌아오니 느지막한 봄날
남산 그림자가 사창紗窓 가득 비쳐드네.

桃花洞裏訪君家　　對酒芳園餌縫霞
大醉歸來春日暮　　終南山影滿窓紗

2

운금루雲錦樓 하늘빛 비쳐드는 백 척의 누각
죽서루竹西樓 물고기와 용 거울 속에 노니네.
내 일찍이 더위 피하려 여남은 날 머무는데
유월에도 서늘해서 댓자리 깔고 잤다오.

雲錦²交輝百尺樓　　竹西³魚鳥鏡中遊
我曾避暑淹旬日　　六月涼生枕簟秋

1　丁公壽崗: 丁壽崗. 단종 2년(1454)~중종 22년(1527). 본관 羅州. 자 不崩. 호 月軒. 아버지는 昭格署令 伋이다. 성종 8년(1477) 식년문과에 을과로 급제하였다. 대사성·대사헌·병조참판·동지중추부사 등을 역임하였다. 저서로는 『월헌집』이 있다.
2　雲錦: 雲錦樓. 강릉 객관 남쪽에 있던 누각.
3　竹西: 竹西樓 關東八景의 하나이다. 江原道 삼척 城內里에 있는 누각 누 밑에 五十川의 맑은 물이 흐르고 樓臺는 절벽으로 십여 길이나 되어 景致가 자못 아름답다. 고려 충렬왕 1년(1275)에 이 승휴가 지었다.

3

경포대鏡浦臺 앞 물결은 하늘을 치고
아득한 죽도竹島는 그림같은 다리 가에 있네.
배에다 붉은 치마 기생 싣고 취하리니
그대는 풍류 제일의 신선이리.

鏡浦臺前水拍天　　微茫竹島[4]畫橋邊
蘭舟載得紅裙醉　　却憶風流第一仙

4

금란굴金蘭窟 저택 수정궁水晶宮
조개는 층루層樓를 만들어 반공중에 일으키네.
구름과 안개로 항상 사는 곳 가렸으니
인간의 눈으로는 찾을 이 드무네.

金蘭窟[5]宅水晶宮　　蜃作層樓起半空[6]
雲霧尋常迷處所　　人間面目少遭逢

---

4 竹島: 경포도립공원내의 장소이다. 푸른 바다 위에 송림과 山竹이 무성한 江門竹
島, 그리고 安木竹島는 동해에 솟는 달이 하늘과 바다와 호수에서 조화를 이루는
명소이다.
5 金蘭窟: 강원도(북한) 통천군 금란리에 있는 해식동굴이다.
6 蜃作句: 바다에 뜬 신기루는 바다 밑의 조개가 기운을 내뿜어 생긴 것이라는 신화
에서 나온 말이다.

신말주申末舟 공의 귀래정歸來亭 시축詩軸에 제題하여
題申公末舟¹歸來亭²詩軸

도연명陶淵明이 시상촌柴桑村으로 돌아가니
다섯 버드나무 푸른 봄에 솔과 국화만 남았었지.
산림 높은 의기에 맑은 바람이 부니
완악한 이 청렴하게 박한 이 돈독하게.
자양봉紫陽筆 아래 처사가 죽은 이래
얼마나 많은 벼슬아치들 전원을 황폐하게 놓아두었나.
청구靑丘 땅 풍아風雅는 강좌江左가 제일이요
숭악嵩嶽에서 신씨申氏가 나오니 옛 군자시라.
일문一門의 높은 벼슬아치 열이나 되는데
매화 대나무 풍류는 도화 이화들보다 빼어나네.
공명과 부귀가 몸에 다가왔지만
반평생 초연히 헌 신짝 버리듯.
웅대한 말로 귀거래편歸來篇을 읊었네
호남의 산수는 어디가 좋을까.

---

1 申公末舟: 申末舟. 세종 21년(1439)~연산군 9년(1503). 본관 高靈. 자 子楫. 호
歸來亭. 아버지는 공조참판 橍이다. 단종 2년(1454) 식년문과에 정과로 급제. 벼
슬이 대사간에 이르렀다. 벼슬을 즐기지 않아 순창에 살면서, 귀래정을 지어 산수
를 즐겼다. 『朝鮮王朝實錄』에 의하면 그가 성종 1년(1470) 봄에 순창에 내려가
오래 귀경하지 않아 한때 파직된 것은 사실이지만, 그 뒤 1476년 전주부윤, 1483년
창원도호부사, 1487년 경상우도병마절도사와 대사간, 이듬해 첨지중추부사·전라
수군절도사를 지낸 기록이 있다.
2 歸來亭: 세조 2년(1456) 신숙주의 아우인 신말주가 지은 정자로, 지금 있는 건물은
1974년에 고쳐 지은 것이다. 신말주는 수양대군(세조)이 조카 단종을 내몰고 왕위
에 오르자 두 임금을 섬길 수 없다는 不事二君의 충절을 지켜 벼슬에서 물러나
순창으로 낙향하였다. 안쪽에는 서거정이 지은 귀래정기와 강희맹의 시문을 보존
하고 있다.

바람 맞고 달 보며 강가 정자에 누우니
세상사 시끄러움이야 호리병 속에는 오지 않네.
밭에는 수수가 가득 대나무는 하늘에 닿아
옹기엔 술이 있고 거문고엔 현이 없네.
수고롭게 아들 책망하는 시 지을 필요 있나
손자가 이미 유림儒林의 신선이 되었으니.
인생살이 뜻 이룬 일 지금 짝할 이 없으니
멀리 도정절陶靖節에 비해도 오히려 남음이 있네.
나도 또한 옛집이 영남에 있어
십년이나 꿈속에서 나무하고 고기 잡았네.
그대 위해 시 지으며 한편 부끄러워
흰머리에 돌아가지 않고 또 무엇을 하고있나.

淵明歸去柴桑村3	五柳青春松菊存4
山林高義吹清風	伺限頑廉與薄敦5
紫陽筆下處士卒	幾多軒冕荒田園
青丘風雅壓江左	嵩嶽生申6古君子
一門冠蓋十朱輪	梅竹風標出桃李
功名富貴已逼身	半歲超然脫弊屣
雄辭却賦歸來篇	湖南山水何佳哉
臨風向月臥江亭	世紛不向壺中來

---

3 柴桑村: 도연명의 고향 마을.
4 五柳句: 도연명이 고향의 자기 집 앞에 버드나무 다섯 그루를 심고 스스로를 오류
  선생이라 부름.
5 伺限句: 『孟子』의 「萬章章句 下」에 나온다. 백이의 풍도를 들은 사람들은 완악한
  이는 청렴하게 나약한 이는 뜻을 세운다는 뜻이다. "聞伯夷之風者, 頑夫廉, 懦夫有
  立志."
6 嵩嶽生申: 신씨들 시조인 신숭겸을 가리킴. 신숭겸이 송악산 아래 고려 태조에게
  귀의한 일.

盈疇黍秫參天竹　　瓮則有酒琴無絃
不用辛苦責子詩[7]　　有孫已作儒林仙
人生得意今無如　　遠比靖節蓋有餘
我亦舊隱嶺之外　　十年魂夢長樵漁
因君作詩更懷愧　　白頭不歸云何歟

7 辛苦責子詩: 도연명의 시 중에 아들을 책망하는 책자시가 있음. "雖有五男兒 總不
　　好紙筆 阿舒已二八 懶惰故無匹 阿宣行志學 而不愛文術 雍端年十三 不識六與七
　　通子垂九齡 但覓梨與栗"

조 태허曹大虛의 만挽

挽曹大虛

규벽圭璧 같은 정신에 난봉鸞鳳의 자태
재명才名과 기개는 당시에 제일이었네.
회오리 타고 구만리 오르니 하늘은 높고도 멀고
귀양살이 몇 년 만에 땅은 습하고 낮아
대충 지은 문장 영세토록 전하건만
뒤이을 아들 없으니 남은 터만 얽어있네.
쓰라린 이 마음 어찌 눈물로만 나올소냐
관중의 가슴속을 포숙만이 알리라.

圭璧1精神鸞鳳姿   才名氣槪冠當時
扶搖九萬天高遠   遷謫多年地濕卑
謾有文章傳永世   了無嗣續搆遺基
傷心豈是無從淚   仲父襟期鮑叔知

---

1 圭璧: 보배로운 玉器.

달밤에 거문고 소리를 듣다
月夜聽琴

허백정虛白亭 앞 가을달이 밝은데
푸른 하늘 물과 같아 밤에도 서늘해지네.
고요한 마음에 잠도 없고 또 말도 없이
앉아서 높은 산의 흐르는 물소리를 듣노라.

虛白亭前秋月明　　碧天如水夜涼生
幽人不寐又無語　　坐聽高山流水聲

우연히 읊다
偶吟

올해는 다행히도 칠월이 둘 들었다
그렇지 않았으면 이번 달이 한가위라.
만고에 달 밝기야 오늘만한 날이 없어
술동이 하나에 뉘와 함께 한가한 시름을 씻을꼬.

今歲幸逢雙七月　　不然今月是中秋
萬古月明無此夜　　一尊誰與洗閑愁

광원廣原을 애도하며 기록하여 우상右相께 받들어 올리다
悼廣原[1] 錄奉右相

병든 자는 보통 괴롭지 기쁜 일 적어
늙은이 마음 쉬이 슬프고 탄식하게 되네.
어찌하면 눈과 귀가 모두 멀어서
만사를 듣도 보도 않게 될까.

病客尋常苦鮮歡　　老懷隨感易悲嘆
如何耳目渾聾瞽　　萬事無聞亦不看

---

1 廣原: 廣原君. 이극돈이다. 자 士高. 성종 2년(1471) 佐理功臣으로 廣原君에 봉해
　졌고 벼슬이 좌찬성에 이르렀다. 연산군 때 유자광을 시켜 김일손 등을 탄핵하여
　무오사화를 일으켰다.

사렴士廉에게 부쳐
寄士廉[1]

산재山齋에 짝할 이 없어
외론 그림자 앉아있는 중이라.
약찌는 솥에 새벽에 불때고
화려한 감실龕室에 밤에 등불켜라 소리치네.
귀밑머리 보고 세월에 마음 상하고
두 줄기 눈물은 친척 친구 생각함이라.
떠가는 기러기 너머 눈을 꽂은 채
구름이 많으니 나무는 또 몇층인가.

山齋無伴侶　　隻影坐髠僧
藥鼎晨吹火　　書龕[2]夜喚燈
二毛傷歲月　　雙淚戀親朋
目極征鴻外　　雲多樹幾層

1　士廉: 金克儉의 자. 세종 21년(1439)~연산군 5년(1499). 호 淡軒·乖崖. 金係熙의
　손자다. 세조 12년(1466)에 文科重試에 壯元, 拔英試에 3등에 올랐다. 慶尙都事,
　梁山, 咸安郡守로서 치적이 있고, 도승지, 홍문관 副提學, 황해·전라 觀察使, 안
　동 대도호부사 名宦이 되었고 사헌부 대사헌이다. 史臣의 평론에 "극검은 性行이
　淸簡하여 사림이 복종한다." 하였다.
2　書龕: 龕室. 사당 안에 신주를 모셔 두는 欌.

사간원司諫院의 계축契軸에 제題하여
題司諫院契軸

단청 화려한 당堂엔 백일홍 심은 담을 두르고
그 가운데 열 지어 앉은 뭇 신선들 높구나.
한분은 북쪽에 앉아 수염이 푸르시고
한분은 동쪽에 앉아 헌걸찬 어른이시라.
서쪽에 세 분은 세 호걸이시라
하나하나 우뚝하여 우열을 가릴 길 없구나.
충간忠肝과 의담義膽이 서로 비추어
바른 논의와 높은 이야기가 기쁜 웃음 속에 섞여드네.
동틀 때 훌륭한 말 타고 조정으로 가니
푸른 머리 붉은 옷들이 앞뒤로 에워싸네.
길옆에 구경꾼 다투어 모여들어
지사志士는 격려되고 간사한 놈 떠네.
지존至尊 옆에 저녁 옷 그대로 앉아있기 오래니
자리 옆에 앉으라 하시니 거짓으로라도 이미 받네.
마음이 있으면 반드시 상달하고 말하면 들어주어
백관百官과 사방四方이 바르게 되지 않음이 없네.
물러나 조용히 밥 먹으니 한낮이 늦어가는데
웃으며 술동이 앞에서 거위알같은 술잔을 부르네.
그대는 보지 못 했는가
옛사람 시구가 지금도 전해지는 걸
큰 언관들 취해서 봄바람 앞에 쓰러지네.

畫堂周以紫薇垣　　其中列坐群仙尊
一人位北鬚眉蒼　　一人位東頎而長

西偏三箇是三傑　　一一孤高莫優劣
忠肝義膽相照耀　　正論高談雜歡笑
平明珂馬去朝天　　青頭朱衣擁後先
道傍觀者競坌集　　志士激勵姦回懾
至尊宵衣坐待久　　側席賜坐虛已受
有懷必達言則聽　　百官四方無不正
退食從容白日晚　　一笑樽前喚鵝卵
君不見
古人詩句今猶傳　　大諫醉倒春風前

이광양 부인李廣陽夫人의 만사挽詞

李廣陽夫人挽詞

울창한 한 그루 오얏나무
줄기 높아 층층이 그늘졌네.
가지 무성한 원추리
울창한 아름다운 수풀
봉과 황 날아들며 우니
들어보니 거문고 소리같네.
이로부터 화기가 모여들어
낳아 기르면 모두 훌륭한 새라.
음과 양으로 구주를 나누고
날개로 온갖 봉우리 넘었네.
황凰은 갑자기 어느 곳으로 날아갔나
봉鳳아 슬픔을 가누지 못 하네.
여러 새끼들 하늘 보고 울부짖고
뭇 새들도 도와서 읊조리네.
나는 진실로 새 중의 잡새지만
외람되이 봉鳳의 지음知音이 되었네.
줄줄 눈물이 가슴까지 흘러내리니
후벼 파는 속마음 때문이라.

有鬱一株李　　高幹飜層陰
縷絡宜男草　　蔥籠佳樹林
飛鳴雙鳳凰　　聽之如鼓琴
自有和氣鍾　　卵育皆珍禽
陰陽叶九疇　　羽翮凌千岑

凰飛忽何處　　鳳兮悲不任
衆雛仰天呼　　百鳥助之吟
我實鳥中凡　　猥與鳳知音
潛潛淚垂臆　　慘慘中傷心

한평군漢平君 조이원趙而元이 경상우도절도사慶尙右道節度使에 배수된 것을 경하드리며

賀漢平君趙而元¹拜慶尙右道節度使

우리 동쪽 인물들이 성한 당시에도
문과 무 온전한 재주 누가 또 있는가.
먹을 뿜고 붉은 점찍는 거야 진정 작은 기술이니
높다란 독纛 깃발 이것이 바로 남아男兒이지.

大東人物盛當時　　文武全才復有誰
吮墨調朱眞小技　　高牙大纛²是男兒

1　趙益貞: 세종 18(1436)~연산군 4(1498). 본관 豊壤. 자 而元. 漢山君 溫之의 아들이다. 세조 11년(1465) 식년문과에 정과로 급제하였다. 1466년『동국통감』의 편찬에 수찬낭관으로서 참여하였다. 성종 20년(1489) 대사헌·강원도관찰사를 역임하였다. 이어 다시 대사헌·예조참판·경상우도병마절도사 등을 지냈다.
2　大纛: 임금이 타고 가던 가마 또는 군대의 대장 앞에 세우던 큰 의장기. 큰 세 가닥 창 밑에 붉은 털 술을 많이 달았던 기로, 행진할 때에 말을 탄 장교가 대를 받들고 군사 두 사람이나 세 사람이 벌이줄을 잡아당기며 간다.

희량希亮이 먹을 달라기에 먹 세 자루와 함께 시를 부치다

希亮乞墨, 寄與三丁, 幷與詩

세 개의 용연향龍涎香은 만 자루 연기
갈아보니 문염文焰이 푸른 하늘에 쏘아간다.
이 홍애자洪崖子 늙은이 쇠약하여 쓸모없는데
맑게 갠 창에 부쳐 태현경太玄經 초草하는 데 쓰시오.

三箇龍香¹萬杵烟　　磨來文焰²射靑天
洪崖老子衰無用　　寄與晴窓備草玄³

---

1 龍香: 龍涎香. 향유고래에서 채취하는 송진 비슷한 향료. 사향과 같은 향기가 있
　다. 龍涎이라고도 한다.
2 文焰: 문학의 기염.
3 草玄: 太玄經을 초하다. 태는 미칭이고 현은 눈에 보이지 않는 宇宙의 본체를
　말한다. 中國 漢나라의 양웅이 지은 책. 현이 萬物로 展開되어 가는 모양을 象徵的
　인 符號와 난해한 文句로 나타내려고 한 것으로, 역을 본 뜬 것이다. 역의 構成의
　不規則性에 불만을 느껴 보다 規則的인 도식을 求하려는 데 著述의 동기가 있었던
　것으로 본다.

강용휴姜用休가 우부승지右副承旨로 오른 것을 경하하며
賀姜用休[1]陞右副承旨

그대 몸 몇 년이나 지행선地行仙으로 있었나
하루아침에 날아올라 다시 하늘에 올랐네.
하늘 위에는 응당 우뚝한 등급이 있으리니
몸 뒤비쳐 이제 또 한 번 회오리치누나.

幾年身作地行仙[2]　　一日飛騰便上天
天上便應多峻級　　飜身今又一番旋

1　姜用休: 姜龜孫의 자. 세종 32(1450)~연산군 11(1505). 본관 진주. 아버지는 좌찬
　　성 希孟이다. 성종 10년(1479) 별시문과에 병과로 급제. 1492년 부제학·이조참의
　　를 거쳐 이듬해 승정원동부승지에 임명되었으며, 좌승지·도승지를 거쳐 연산군
　　3년(1497) 경기도관찰사로 나갔다. 1498년 무오사화가 일어나자 대사헌으로서
　　推鞫에 참여하여 金馹孫 등 士林派의 처벌을 가벼이할 것을 주장하였다.
2　地行仙: 땅에 걸어 다니는 신선. 남의 장수(長壽)를 축하하는 말로도 쓰임.

밤에 앉아 있다가 우연히 읊다
夜坐偶吟

하늘가에서 가만 듣자니 옥루玉漏 소리 맑은데
주렴 가득 서릿달은 종이창에 밝구나.
한조각 고향생각에 도통 잠을 못 이루는데
따뜻한 농籠에 비스듬히 기대어 오경五更까지 있네.

天際微聞玉漏¹淸　　滿簾霜月紙窓明
鄕心一片渾無寐　　斜倚薰籠到五更

---

1 玉漏: 1438년 세종 때 장영실이 만든 자동 물시계이다. 물이 떨어지는 힘으로
  인형이 북, 종, 징을 쳐서 시각과 更을 알렸다. 모든 기관은 사람의 힘을 빌리지
  않고 자동으로 이루어졌다.

한때
即事

국화는 펄펄 떨어져버리고 매화는 아직 안 피었는데
하늬바람 부는 마른 나무에 까치 깍깍 우네.
휑한 해 밑에 누구와 짝 할꼬
홀로 추운 창 아래 누우니 머리는 반이나 희어졌네.

菊已飄零梅未花　　西風枯樹鵲査査
蕭蕭歲暮誰相伴　　獨臥寒窓髮半華

우연히 읊다

偶吟

입과 배는 공도 없이 태창大倉의 녹을 먹고
머리와 허리에 헛되이 오래토록 벼슬아치 옷을 입었네.
재주도 아니면서 총애 받으니 부끄럽지 않으랴
안회顔回처럼 버리고 숨으리라.

口腹無功食大倉[1]　　頭腰空復久冠裳
非才誤寵能無愧　　甘與顔回舍則藏

1　大倉: 고려시대 西京의 屬官. 西海道의 稅米를 운반, 저장하였다가 西京官들의
녹봉을 지급하였다.

경상감사 이극균李克均 공에게 부쳐

寄慶尙使相李公克均[1]

이 한 몸 쇠하고 병들어 온갖 일 감당못해
누웠더니 달이 찼다 기울었다 벌써 석 달이 지났네.
천리 밖 강호는 꿈속에 보느라 수고롭고
대궐의 조회반열 조참朝參도 권태롭다.
사또의 재상일은 조정에서 제일에 해당하니
막객들의 재주와 명성도 남쪽에 떨치네.
생각건대 서로 보며 의기가 많으리니
봄바람이 얼굴에 불면 조금 취해 기대리.

一身衰病百無堪　　臥度虧盈月旣三
千里江湖勞夢想　　九天鵷鷺倦朝參[2]
使君相業當朝右　　幕客才名在斗南
想得相看多義氣　　春風吹面倚微酣

---

1 李公克均: 李克均. 세종 19(1437)~연산군 10(1504). 본관 廣州. 자 邦衡. 아버지
　는 우의정 仁孫이며, 어머니는 盧信의 딸이다. 세조 2년(1456) 식년문과에 정과로
　급제했다. 예종 1년(1469) 경상우도병마절도사가 되었다. 의금부당상·이조판서
　를 역임하였다. 갑자사화 때 조카 世佐와 함께 연루되어 仁同으로 귀양 가서 사사
　되었고, 뒤에 신원되었다.
2 朝參: 한 달에 네 번 중앙에 있는 문무백관이 正殿에 모여 임금에게 문안을 드리고
　政事를 아뢰던 일을 일컫는다.

도사都事 남궁찬南宮璨이 영남으로 부임하는 것을 배웅하며
送南宮都事璨[1]赴嶺南

1

영남 산천은 홀로 기이하여
조정 인물 중 누구누구.
청년으로 막부에 들어와 재자才子 솜씨 자랑하고
삼월에 민풍을 살피러 가니 진정 좋은 시절이라.
벼슬아치들 분분히 시를 지어 따르고
너르고 가는 사물마다 은사恩私로 꼬이네.
재상의 손아래 문서들 잠잠해지면
누대에 올라 시를 지어 보내주오.

嶺外山川獨也奇　　朝中人物復云誰
青年入幕誇才子　　三月觀風正好時
冠蓋紛紛隨品藻　　洪織物物誘恩私
相君手下文書靜　　應向樓臺遣作詩

2

세상에서 그대 아는 이 나같은 이 있는가
이조에 채용되어 옛날부터 잘 알았네.
떠나고 나아감을 평론하던 어진 원외랑員外郎
승진과 제수를 짐작하던 늙은 판서.
판국 위에 이기고 짐은 기병奇兵와 정병正兵이요

---

1 南宮都事璨: 南宮璨. ?~연산군 9년(1503). 본관 咸悅. 자 汝獻. 호 滄浪. 아버지
　는 생원 順이다. 성종 20년(1489) 문과에 병과로 급제, 예문관검열에 보임되었다.
　1504년 강원도관찰사가 되어 외방에 나갔으나 연산군의 미움을 받아 유배되었다.

인간세상 얻는 것 잃는 것은 헐뜯고 추켜세우는 것.
어찌 감당하랴 헤어짐에 그윽한 회포를
우리집 남쪽에 있어 고기잡이 할 터인데.

世路知君莫我如　　天官承乏舊相於
評論去就賢員外　　斟酌乘除老判書
局上輸贏奇與正[2]　　人門得失毁兼譽
何堪送別幽懷抱　　家住天南正可漁

2　奇與正: 『孫子』「勢」에 나오는 기병과 정병. 정병은 정식 법칙을 따르는 군대.
　　기병은 정상에서 벗어나서 자유로이 행동하는 군대.

안변 부사安邊府使 박시행朴始行이 부임하는 것을 배웅하며 2수
送安邊府¹使朴始行²赴任, 二首

1
지난번 대관령 동쪽에 놀러갔던 것 생각나네
그대와 시 짓고 술 마시며 봄바람 따라 놀았지.
죽서루竹西樓에 구름 흩어지니 푸른 산이 드러나고
경포대에 하늘 개니 푸른 바다 텅 비었네.
철썩철썩 고래 등 같은 물결 모래밭은 흰데
말발굽은 가벼이 해당화는 붉네.
한평생 의기로 길이 헤어지니
오늘 어떻게 또 제비와 기러기처럼 헤어질꼬.

憶昔遊觀大嶺東　　與君詩酒趁春風
竹樓³雲散靑山出　　鏡浦天晴碧海空
鯨浪亂侵沙路白　　馬蹄輕蹴海棠紅
一生意氣長年別　　此日那堪更燕鴻⁴

1　安邊府: 함경남도 남부에 위치한 군. 동쪽은 강원도 통천군, 서쪽은 강원도 이천
　　군, 남쪽은 강원도 평강군·회양군, 북쪽은 문천군·원산시·동해와 접하고 있다.
　　부사(府使): 조선시대, 정3품의 大都護府使와 종3품의 都護府使를 가리키는 칭호
　　였다.
2　朴始行: 예종 1년(1469) 秋場試 병과1. 本貫 江陵. 父는 朴中信, 祖父는 朴子儉.
　　小科는 세조 14년(1468 무자)에 생원시 특별시(特別試). 官職 院正.
3　竹樓: 竹西樓. 關東八景의 하나 江原道 삼척 城內里에 있는 누각. 누 밑에 五十川
　　의 맑은 물이 흐르고 樓臺는 절벽으로 십여 길이나 되어 景致가 자못 아름답다.
　　충렬왕 1년(1275)에 이승휴가 지었다.
4　此日句: 여름 철새인 제비와 겨울 철새인 기러기가 만나지 못하는 것처럼 아예
　　헤어지는 것을 말함.

2

동문東門의 조석祖席에 공경公卿들 다 모였네
늙고 병든 이 홍애자洪崖子는 오래된 성에 누웠네.
정원에 예쁜 꽃은 나와 짝하는 것이 시름겹고
길가에 가는 풀은 그대 가는 길에 사치스럽네.
은계銀溪에 물 얕으니 물고기 물새 많고
철령鐵嶺에 구름 깊으니 깃발이 다 젖었으리.
부로들 육년 동안 혜택을 누렸으나
사또는 꿈속에서 매번 서울을 보았으리.

　　東門祖席5捲公卿　　老病洪崖臥古城
　　園裏好花愁我伴　　路傍纖草侈君行
　　銀溪6水淺蘩魚鳥　　鐵嶺7雲深濕旌旄
　　父老六年長惠澤　　使君魂夢每神京

5　東門祖席: 祖는 길의 신. 조석은 이별하는 자리.
6　銀溪: 강원 淮陽 인근 지역.
7　鐵嶺: 함경남도 안변군 신고산면과 강원도 회양군 하북면 사이에 있는 고개를 말한다.

박 자계朴子启, 이 국이李國耳가 몸소 찾아온 것에 감사드리며

謝朴子啓[1]· 李國耳[2]見枉

한가위 보름에
이슬 찬데 속세 먼지 끊어졌네.
자리에 세 사람
하늘 가운데 한 덩이 달.
서로 보며 끝없는 생각
국화주는 십분 익었네.
달이 지고 술상도 비고
손도 가고 등불도 끄고
오늘 아침엔 자취도 없으니
홀로 흰머리만 긁고 섰네.

高秋三五夜　　露冷纖塵絶
座上三箇人　　天心一輪月
相看無限思　　菊酒十分凸
月落杯盤空　　客散燈燭滅
今朝了無跡　　獨立搔白髮

---

1 朴子啓: 朴楗의 자. 세종 16년(1434)~중종 4년(1509). 본관 密陽. 시호 恭簡.
　중종반정에 참여. 단종 1년(1453) 식년문과에 급제. 좌찬성·領經筵事 등을 역임하
　였다. 1504년 폐비 윤씨의 追諡를 반대하여 함경도관찰사로 좌천되었다. 1506년
　密山君에 봉하여졌다. 이듬해 府院君으로 진봉되었다.
2 李國耳: 李昌臣의 자. 세종 31년(1449)~?. 본관 全義. 호 克庵. 亮의 아들이다.
　성종 5년(1474) 식년문과에 을과로 급제하여, 홍문관수찬·교리·경연시독관을 역
　임하고, 1486년 홍문관응교로 경기도 여주·파주지역 수령의 치적을 조사, 보고하
　였다. 그는 중국어·이문에 있어서 당대의 일인자였다.

촉석루矗石樓 그림에 제題하여, 절구 두 수
題矗石樓¹圖, 二絶

1

쌓고 쌓아 누대 경치는 좋고

흘러흘러 계절이 돌아오네.

웅성웅성 신선 같은 분들 모여드니

날이면 날마다 잔치 자리 열리네.

矗矗樓臺勝　　悠悠節序回

紛紛仙侶集　　日日錦筵開

2

누 아래 긴 강물은

동으로 흘러가면 어느 날에나 돌아오려나.

인생살이 고달프기만 하니

술동이에 술을 제때 맞춰 열리라.

樓下長江水　　東流幾日回

人生長役役　　尊酒及時開

1　矗石樓: 촉석루는 진주의 상징이자, 영남 제일의 명승이다. 고려조 고종 28년
　　(1241년) 진주목사 金之岱(1190~1266)가 창건한 이래 지금까지 일곱 차례의 중수
　　와 중건이 있었다. 일명 壯元樓·南將臺라고도 한다.

도사都事 유추柳湫가 함경도 막부幕府에 가는 것을 배웅하며
겸하여 감사께 받들어 올리다 2수

送柳都事湫¹, 赴咸鏡幕府, 兼奉使相左右. 二首

1

기산岐山의 빈읍豳邑은 주나라 옛 서울이요

풍현豐縣 패현沛縣엔 한나라 능이 많다네.

절월 짚고 풍속을 살피니 진정한 정승이요

은혜 입어 막부幕府에 드니 어질고 능력있네.

　　岐豳²自是周家舊　　豐沛³仍多漢氏陵
　　杖鉞⁴觀風眞宰相　　承恩入幕⁵復賢能

2

노둔한 이몸 어찌하면 성스럽고 밝은 임금께 보답할꼬

머리 벗겨지니 평생의 뜻 저버렸음을 알겠네.

면류관 드리고 동쪽을 바라보심 한밤까지 하시니

보답할 길은 백성일에 부지런하고 군대를 기름이라.

---

1 柳都事湫: 柳湫. 1445~?. 본관은 文化. 자는 子雅. 중종 2년(1507) 式年試 을과5.
　祖父 柳善. 父 柳孝眞. 小科 1469(기축), 官職은 潭陽府使, 僉知事.

2 岐豳: 岐山의 빈읍. 중국 陝西省에 있는 산 아래 고대 도시 이름. 주나라 고공단보
　가 이 산 남쪽 기슭에 옮겨 와서 周室의 본거지로 삼았다.

3 豐沛: 豐은 중국의 縣名이고 沛는 중국의 郡名으로서 한나라의 건국 시조 유방이
　沛郡 豐縣 中陽里 출신이었던 까닭에 풍패는 건국 시조 또는 제왕의 고향을 지칭하
　게 되었음.

4 杖鉞: 節鉞을 짚고. 지방에 觀察使·留守·兵使·水使·大將·統制使 등이 부임할
　때 임금이 내어 주던 節과 斧鉞. 절은 手旗와 같고, 부월은 도끼같이 만든 것으로
　生殺權을 상징한다.

5 入幕: 幕府에 들어감. 막부는 변방에서 지휘관이 머물면서 군사를 지휘하던 軍幕.

駑劣何曾答聖明　　頭顱已覺負平生
冕旒東顧方宵旰　　爲報勤民更養兵

참판參判 이극증李克增의 만사挽詞

李參判克增[1]挽詞

지극한 다스림을 열리라 크게 기약했고
어짊과 능력을 내리라 세상에 다짐했네.
시詩와 예禮를 더욱 가슴에 품고
맑음과 충성으로 일찍부터 보답했네.
바람과 구름 칠 때 세조世祖를 따라 오르고
밝게 도와서 예종睿宗을 받들었네.
왕명을 내고 들이는 승지를 맡았고
힘써 일하여 팔다리 같은 신하가 되었네.
봉황지鳳凰池에서 무릇 몇 해나 지냈나
기린각麒麟閣에선 가장 높은 층에 올랐네.
한결같은 덕으로 임금과 신하가 맺어졌고
세 임금을 그대로 도왔네.
임금께 금빛 초의貂衣 받기를 지푸라기 줍듯 했고
은하수 오르기를 마치 계단 올라가듯 했네.
끊어 질듯 끊어 질듯 붉은 마음 괴로웠고
밝고도 밝아 대낮의 해가 오르는 듯.
공사公事를 받들기를 골몰했고
일을 맡으면 항상 전전긍긍.
조정의 전략회의에서 좋은 말을 올렸고

---

1 李克增: 세종 13년(1431)~성종 25년(1494). 본관 廣州. 자 景祁. 아버지는 우의정
仁孫이다. 세조 2년(1456) 식년 문과에 병과로 급제해 군기시직장이 되고 우정자
를 역임하였다. 그 뒤 이조좌랑에 이를 때까지 항상 書筵을 겸하였다. 전라도관찰
사·우참찬·兵曹判書兼知經筵事 등을 역임하였다.

성균관에선 바른 학문을 일으켰네.
나라 재물을 경영하여 재산을 불려놓았고
그림 그리는 법도 일정한 원칙을 정해놓았네.
바르고 곧아서 생각에 굽은 것 없었고
굳세고 곧아서 행동에 항상됨 있었네.
임금의 은혜 홀로 특별히 받았고
사람들이 소망하는 것 특별히 칭찬받았네.
나라 걱정에 머리털도 성글성글
만져보면 수척한 뼈만 울퉁불퉁.
병이 고황膏肓에 드니 깊어서 구할 수 없고
침놓고 약 드려도 끝내 효험 없었네.
연로輦路 조회에 패옥을 떨구고
천대泉臺에 등불을 쳐 넘어뜨렸네.
당나라 황제 삼감三鑑이 빠진 듯
형산衡山에 봉우리 하나 무너진 듯
햇빛도 조정과 저자에 시름겹고
바람 소리도 친구들 따라 곡하는 듯
조회 반열에 산을 예전에 우러르듯
스승 자리에 궤안에 똑같이 의지해 있듯
천리마 잃은 쇠파리는 뉘한테 붙으리
날며 울어도 한을 이길 수 없네.

昌期開至治　　命世出賢能
詩禮尤懷抱　　清忠早服膺
風雲攀世廟　　翼亮奉昌陵
獻納司喉舌　　劬勞作股肱
鳳池²凡幾歲　　獜閣³最高層

一德君臣契　　三朝輔弼仍
金貂⁴如芥拾　　宵漢若階陞
斷斷丹心苦　　昭昭白日昇
奉公長汨汨　　臨事每兢兢
經幄嘉言進　　儒宮正學興
理財增會計　　畫法定規繩
正直思無枉　　堅貞行有恒
君恩偏異數　　人望競殊稱
憂國衰毛颯　　捫身瘦骨稜
膏肓深莫救　　醫藥竟無徵
輦路⁵朝遺佩　　泉臺⁶夜撲燈
唐皇三鑑缺　　衡岳⁷一峯崩
日色愁朝市　　風聲哭友朋
朝班山舊仰　　師席几同凭
失驥蠅⁸何附　　飛鳴恨不勝

2　鳳池: 鳳凰池. 대궐 안에 연못. 中書省을 지칭한 것임.
3　獜閣: 麒麟閣. 중국 한나라의 무제가 장안의 궁중에 세운 전각. 선제 때 곽광 외
　　공신 11명의 초상을 그려 閣上에 걸었다고 한다. 공신의 공적을 기록해 주는 곳이다.
4　金貂: 금빛 貂衣. 금빛 담비 가죽 옷.
5　輦路: 임금이 탄 수레나 가마가 다니는 길.
6　泉臺: 九重의 땅 밑이라는 뜻의 九泉과 같은 말로, 죽은 뒤에 넋이 돌아간다는
　　곳을 말함. 일명 저승이라고도 함.
7　衡岳: 衡山. 중국 五嶽 가운데 남쪽에 있는 산. 湖南省 가운데 있으며, 湘江江과
　　資水江을 갈라 놓는다.
8　失驥蠅: 附驥蠅. 『史記』「伯夷列傳」에 대한 색은에서 천리마에 붙어 쇠파리가 천
　　리를 간다고 함.

동년同年 상사上舍 허종건許宗乾에게 부쳐

寄同年許上舍宗乾

소와 말처럼 남북으로 갈라져 울퉁불퉁 괴로운데
무슨 일로 과거 동년同年으로 갈림길이 다른고.
다만 속마음으로 깊이 맺어졌지만
종래 모이고 흩어짐은 아득히 기약이 없네.
경주에서 해밑에 그대를 만나 이야기하고
산봉우리에 봄날이 맑을 때 시를 주고 헤어졌네.
손꼽아보니 그사이 십년이 흘렀는데
귀밑머리 흰실 같으니 슬픔을 참지 못하겠네.

馬牛南北苦參差　　何事同年異路歧
但使精神深有契　　從來聚散浩無期
雞林歲暮逢君話　　鼇岫春晴別我詩
屈指流光十年後　　不堪惆悵鬢成絲

절도사節度使 전림田霖이 합포合浦로 부임하는 것을 보내는 노래
送田節度霖¹赴任合浦²歌

장군의 기상 온 사내 중에 뛰어넘고
장군의 용맹 만 사람도 당해내리.
젊을 때 말을 달려 새북塞北으로 달려가니
오랑캐가 감히 남으로 내려와 말먹이지 못했네.
굳센 노弩로 완산完山 기슭에서 범을 쏘아 잡으니
땅속에 견훤甄萱은 간담이 떨어졌으리.
누선樓船에 올라 섬으로 도망간 놈들 불러 어루만지니
물 아래 고기와 용이 먼저 뛰어 오르네.
바다에 물결 잔지 백여 년이라
태평세월 연기는 변방까지 감쌌네.
장군은 무슨 일로 다시 남으로 가시나
대궐에선 오랑캐 대책하시나 안하시나.
한나라 황제 단을 쌓고 수레바퀴 밀어 보내고
주나라 왕은 활과 화살을 내려주었지.
시경詩經과 예기禮記를 보며 중군中軍을 거느리고
큰 깃발 높다란 깃발 장부라 부를 만하네.

---

1 田節度霖: 田霖. ?~중종 4년(1509). 본관 南陽. 무과에 급제하여 성종 13년(1482)
  전주판관이 되고, 그 뒤 계속하여 훈련원판관·첨지중추부사·전라우도수군절도사
  등을 지냈다. 중종 2년(1507) 한성부판윤·권중추부사가 되었다. 그가 병이 들었을
  때 찾아온 친구 金詮과 큰 그릇으로 술을 나누어 마시고 난 뒤 김전이 집 밖을
  나서기 전에 죽었다고 한다.
2 合浦: 경상남도 마산시 합포 지역의 옛 지명. 합포 서쪽에 馬山浦가 있었다. 육상교
  통으로는 창원과 진해를 잇는 도로가 발달하였다. 합포의 지명은 골포에서 나온
  것으로 '큰 포구'라는 뜻을 가진다.

위엄은 이미 섬나라 오랑캐 마음을 떨게 하고
맑은 절개는 반드시 합포合浦의 진주珍珠를 돌려보내리.
장군아 장군아 훌륭함이 짝할 이 없으니
늙은 나는 진정 썩은 선비로소이다.

將軍之表百夫特　　將軍之勇萬人敵
靑年躍馬走塞北　　胡人不敢南下牧
强弩射虎完山³麓　　地下甄萱⁴應虓魄
樓船招撫海島亡⁵　　水底魚龍先踊躍
海無風波百餘年　　大平烟火環邊隅
將軍何事復南征　　九重計慮虞無虞
漢帝登壇推轂遺⁶　　周王賜之弓矢▨▨▨
敦詩說禮領中軍　　大纛高牙稱丈夫
威靈已懾島夷魂　　淸介應還合浦珠⁷
將軍將軍美無匹　　老我一箇眞腐儒

3　完山: 전라북도 전주시·완주군의 옛 별호
4　甄萱: 후백제의 시조(?~936). 신라의 神將으로 있다가 효공왕 4년(900)에 완산에
　도읍하고 후백제를 세웠다. 929년 古昌에서 왕건의 군사에게 크게 패한 뒤 차츰
　형세가 기울자 936년에 고려에 항복하였다.
5　樓船句: 연산군 6년(1500)에 전림이 해랑도의 해적들을 토벌한 일을 가리킴.
6　漢帝句: 한고조 유방이 한신을 대장으로 임명하면서 단을 쌓고 출정할 때 수레바퀴
　를 손수 밀어준 고사.
7　還合浦珠: 漢나라 때 廣西 지방의 合浦현은 진주의 명산지로, 모든 주민이 진주조
　개를 채취해 생계를 유지해 왔다. 그런데 탐관오리들이 수탈을 일삼는 바람에 의욕
　이 저하돼 진주 생산량이 줄어들고 상인들의 발길마저 끊겨 버렸다. 생활이 날로
　곤궁해지고 굶어 죽는 사람까지 생겨나자 주민들은 "합포의 진주는 모두 교지로
　흘러가 버렸다"고 탄식했다. 그러던 중 孟嘗이란 사람이 합포 태수로 부임해 와
　잘못된 제도를 개선하고 불법행위를 엄단하면서 진주 생산을 독려했다. 그러자
　1년도 지나지 않아 진주 생산량이 늘어나고 시장도 활기를 되찾아 생활이 윤택해졌
　다. 이에 사람들은 "떠났던 진주가 다시 돌아왔다"며 기뻐했다. 합포주환은 '잃어
　버린 물건을 다시 찾음'을 이르는 말이다. 『後漢書』 「孟嘗傳」에 나오는 고사.

희명希明이 와 줍시사 한 데 부쳐
寄希明1邀臨

정자 가엔 단풍나무와 푸른 솔
대은大隱께서 남산에서 이 늙은이를 보네.
인생 백년에 예순이 지났고
한해 날씨는 마침 구월 가을이네.
한가위엔 술 놓고 달맞이하지 못했고
구일에도 모자 떨어뜨리는 바람을 혼자 맞았네.
올해는 보름달이 둥글게 꽉 찼으니
마땅히 서로 마주보고 웃으며 이야기합시다.

亭皐紅樹與靑松　　大隱南山着此翁
百歲人生六旬後　　一年天氣九秋中
中秋已負淸尊月　　九日仍孤落帽風2
今年氷輪正圓滿　　也宜相對笑談同

---

1 希明: 柳洵의 자. 세종 23년(1441)~중종 12년(1517). 본관 文化. 호 老圃堂. 세마 思恭의 아들이다. 19세에 사마시에 장원하고, 이어서 세조 8년(1462) 拔英試에 합격. 이조판서·형조판서 등을 역임했으며 文城府院君에 봉해졌다.
2 落帽風: 晉의 桓溫이 重九日에 여러 幕僚를 데리고 龍山에 올라 연회할 때 바람이 불어 孟嘉의 모자를 떨어뜨렸다. 그러나 흥취가 도도해진 그는 전혀 알지 못한 채 여느 때처럼 행동했다고 한다.

자계子啓에게 부쳐
寄子啓[1]

종남산終南山 가을 빛은 늦도록 푸르디 푸른데
허백정虛白亭 앞엔 국화가 또 누렇게 피었네.
붉은 나무 잎은 계단에 떨어져 수북하고
푸른 솔은 가지 멀지만 처마에 그늘져 서늘하네.
주인은 몸에 병 있어 문은 항상 닫혀있고
옛 친구들 관官의 일 바빠 발자취 멀어졌네.
뜰의 과일 서리 맞아 새로 익었지만
보름달 오늘 밤은 누구와 잔을 들꼬.

終南[2]秋色晚蒼蒼　　虛白亭前菊又黃
紅樹葉紛齊砌厚　　蒼松枝遠蔭簷涼
主人身恙門常掩　　故舊官忙跡自荒
園果已霜新釀熟　　月圓今夜與誰觴

---

1 子啓: 朴楗의 자. 세종 16년(1434)~중종 4년(1509). 본관 密陽. 시호 恭簡. 중종반
　정에 참여. 단종 1년(1453) 식년문과에 급제. 좌찬성·領經筵事 등을 역임하였다.
　연산군 10년(1504) 폐비 윤씨의 追諡를 반대하여 함경도관찰사로 좌천되었다. 중
　종 즉위년(1506) 密山君에 봉하여졌다. 이듬해 府院君으로 진봉되었다.
2 終南: 서울의 남산 곧 木覓山을 말한다.

동지同知 김수손金首孫의 만사挽詞

金同知首孫[1]挽詞

평생에 내 친구는 오직 그대 뿐이라
부러질 듯 단정한 신하였었네.
이번 세상엔 다시 관포管鮑와 같이 사귈이 없으리니
옛사람은 반드시 뇌雷와 진陳만 있는 것 아니었네.
사헌부에서 나란히 앉아 붉은 마음 밝고
의정부 동관同官으로 흰머리가 새로웠지.
하나 죽고 하나 살았지만 앞뒤일 뿐이라
헤어짐에 다시 눈물이 수건을 적시네.

平生吾友唯吾子　　斷斷休休一介臣
今世他無如管鮑[2]　古人未必獨雷陳[3]
烏臺聯席丹心炳　　樞府同官白髮新
一死一生先後耳　　臨分聊復一霑巾

---

1 金同知首孫: 金首孫. 세조 2년(1456). 式年試 丁科4. 자는 子允. 本貫 禮安. 父
　金新. 祖父 金淑良. 형조참판 역임.
2 管鮑: 管仲과 鮑叔
3 雷陳: 雷義와 陳重. 동한 때 사이가 좋았던 두 친구.

홍국좌洪國佐의 집안에 간직해온 작은 그림에 제題하여
題洪國佐家藏小畫

마을 하나에 도롱이는 매실이 누렇게 익는 비요
두 곡의 생황 노래는 푸른 풀 연못가라.
그윽히 사는 사람 무슨 일 있으랴 말하지 말라
때때로 붓을 들고 취하여 시를 쓰네.

一村蓑笠黃梅雨[1]　　兩部笙歌靑草池
莫道幽人無箇事　　有時拈筆醉題詩

---

1 黃梅雨: 매화나무의 열매가 누렇게 익을 무렵에 내리는 비라는 뜻으로, 장마를
　이르는 말.

임술년 12월 어느 날 대궐에 나아가 문안드렸다. 전교에 "경이 문형文衡을 맡고 있으며 또 약방제조藥房提調이기도 하니 약을 써서 사람을 구한다는 뜻으로 근체시 몇 수를 지어 올리시오" 하셨다. 앉은 자리에서 지어 올렸다 5수

壬戌十二月日, 詣闕問安. 傳曰: "卿主文[1], 且藥房提調[2], 其以用藥救人之意, 作近體若干首以進." 於坐製進, 五首

1

하늘과 땅 사이에 온갖 사물 가득한데
한줄기 진기는 본래 화평하고 평균하네.
나서부터 부딪힌 곳마다 느낌도 많으리니
병나는 것 때 없지만 스스로 원인이 있다네.
미리 성령性靈을 보호함이 진정 계책이라
모름지기 약을 써서 정신을 통하게 해야 하네.
황제黃帝, 기백歧伯과 편작扁鵲은 방편方便을 많이 남겼으니
증세 따라 치료하면 어찌 의사가 없으랴.

天地中間盈萬類　　一元眞氣本和均
生來觸處應多感　　疾作無時自有因
預保性靈[3]良得計　　須將藥餌要通神
黃[4]歧[5]和扁[6]多方便　　隨證醫治豈乏人

---

1 主文: 文衡을 가리킴. 대제학의 별칭이다.
2 藥房提調: 임금에게 올리는 약을 감독하던 벼슬아치
3 性靈: 靈妙한 性情.
4 黃: 黃帝. 중국의 전설상의 제왕. 성은 公孫. 이름은 軒轅. 복희씨, 신농씨와 함께 三皇 또는 五帝로 불리는데, 처음으로 곡물 재배를 가르치고 문자, 음악, 도량형 따위를 정하였다고 하며, 최근까지 중국의 시조로 숭배되었다.
5 歧: 중국 醫家의 鼻祖인 歧伯.

2

사백 네 가지 병은 사람마다 모두 있지만
삼만 육천일은 몇이나 누리는고.
병을 꺼리며 의사도 피하니 이 무슨 잘 못인고
몸 버리고 목숨도 깎이니 이 누가 불렀는고.
임금과 신하 돕고 부려 마땅히 서로 구제해야 하니
용과 범도 암수가 있으니 속일 수 없네.
신음할 때는 탕제湯劑를 조심해서 드시오
사람이 나서 일찍 죽으면 그 얼마나 슬픈가.

> 四百四病[7]人皆有　　三萬六千能幾時
> 忌疾諱醫無奈謬　　傷身損壽是誰爲
> 君臣佐使宜相濟　　龍虎雌雄不自欺
> 好對吟呻愼湯劑[8]　　人生夭扎正堪悲

3

백가지 약 의원들은 빠뜨릴 수 없으니
그 중에 몇 가지는 가장 먼저 갖춰야 하네.
청심환淸心丸 한 알은 혼절한 사람 깨우고
소합환蘇合丸 세 알은 체한 것 내려가게
머리가 아파 죽으려 하면 초석硝石이 귀하고
가슴이 아파 죽을 것 같으면 연호延胡가 편하네.
평소에 급한 것 구하는 여러 약들

---

6 扁: 扁鵲. 中國 戰國時代의 醫學者. 名醫로서 傳說的인 名聲을 남겼으며, 그의
　　著書라고 하는 醫書가 많많다. 印度의 명의 耆婆와 아울러 일컬어짐
7 四百四病: 404 가지 병이라는 뜻으로, 人間이 걸리는 모든 疾病을 이르는 말이다.
8 湯劑: 湯藥

자세히 쓰면 낫지 않는 병 없네.

　　百藥醫家不可闕　　　其中一二最宜先
　　淸心一粒醒昏氣　　　蘇合三圓快滯涎
　　腦痛欲亡硝石貴　　　心疼垂死延胡便
　　尋常救急諸方具　　　仔細用之無不痊

4

의원이 병 고치는 것 나라 다스리는 것과 같아
맥이 병들고 비대하면 의원도 못 고치네.
나라 다스림도 먼저 나라 풍속을 바로하여
백성들 변화시키는 데 바른 마음 가르쳐야 하네.
충언은 귀에 거슬리지만 마땅히 경계로 삼아야 하듯
쓴 약은 마음에 거슬리지만 진실로 약이 되네.
약 올리듯 말 올리는 것 신이 어찌 감히 하랴
붉은 마음 흰머리 덮도록 옮기지 않았네.

　　醫家治病如治國　　　脈病而肥醫不治
　　治國先須正國俗　　　化民莫若敎民彝
　　忠言逆耳宜爲戒　　　苦藥違心實是飴
　　進藥與言臣豈敢　　　丹心白髮卽無移

5

지난 문서 부르게 보고 앎을 더하여
나라 고치고 사람 고치는 것 말할 수 있네.
병이 살갗에 있을 때 속약을 먼저 써야 하듯
근심이 서북쪽에서 생길 때 먼저 남쪽을 걱정해야 하네.
이제 바람이 천산天山의 눈을 흩어버리니

그전부터 물결이 대마도의 산기운을 흔드네.
제어하고 낮게 하기 진실로 어지럽지 않은 때에 해야 하니
마땅히 임금님께선 이 몇 가지 새기십시오.

飽看往牒添知識　醫國醫人自可談
病在皮膚9先藥內　患生西北預虞南
于今風散天山雪10　自昔波搖馬島嵐
制治固宜當未亂　也宜宵旰念三三

---

9 病在皮膚: 편작의 고사. 편작이 晉 경공의 병세를 살피다가 병이 살갗에 있을
　때 치료하라고 했다. 진 경공은 듣지 않다가 결국 병이 고황까지 들어가자 도망가
　버리고 진 경공은 죽었다는 고사.
10 于今句: 천산은 실크로드 북쪽에 있는 산. 북쪽 오랑캐의 근심이 사라졌다는 뜻.

함창의 성주 조후 척曹侯偶이 읍으로 돌아가는 것을 배웅하며 5수
送咸昌城主曹侯偶還邑, 五首

1

나그네 있네 나그네 있네 길이 나그네 되었네
우리 집 영남에 있고 내 몸은 북쪽 끝에 있네.
우리 집 위에 수도 없이 구름 낀 산이 푸르고
우리 집 문앞에 눈 가득 강과 호수 반짝이네.
반평생 홍진 속에서 골몰하느라
십년토록 꿈에서나 고향을 보았네.
올해는 작년에 비해 쇠약함이 더 심하여
눈이 침침 안보이고 다리에 힘도 없네.
아아 어느 때나 벼슬을 하직하고
갈매기와 한 떼 되어 강 구비에 누울꼬.

有客有客長作客	家在嶺南身北極
屋上無數雲山蒼	門前滿眼江湖白
半生汩沒紅塵中	十年夢魂長故國
今年衰比去年甚	眼昏無物脚無力
嗚呼何時謝簪笏	鷗鷺爲群臥江曲

2

누이 있네 누이 있네 나이는 예순이네
그 한 몸 늘그막에 온갖 시름 모여드네.
병들고 가난한데 종도 하나 뿐이요
나다닐 때 붙잡아줄 아들도 딸도 없다네.
오빠 하나 있지만 벼슬길 멀리 떠나

반평생 그림자 벗 삼아 울고만 있다네.
이내 설운 마음 그 뉘게 부쳐볼꼬
기러기 날고 날아 남쪽으로 급히 가네.

> 有妹有妹年六十　　一身長年百憂集
> 疾病貧窮婢僕單　　又無子女扶行立
> 只有一兄宦遊遠　　半世弔影潛垂泣
> 我有幽懷寄與誰　　鴻雁飛飛向南急

3

딸 있네 딸 있네 이 내마음 알려는지
언니 동생 팔자가 어찌 그리 기박한고.
큰딸은 서른도 안되 서방을 보내고
둘째 딸 열여덟에 과부가 되었네.
쓰린 맘 달래며 시부모 곁에 살면서
밤낮으로 슬퍼서 울음소리 삼키네.
부모는 흰머리로 속세에 따르느라
긴 세월 남북으로 갈려 바라보기만 하네.
아아 이 한은 어느 때나 그칠런고
언젠가 관 뚜껑 덮는 그날이겠지.

> 有女有女有知覺　　兄及弟矣命皆薄
> 長女哭夫未三十　　次女十八舟汎柏
> 含酸各在舅姑傍　　悽悽日夜呑聲哭
> 父母白頭隨黃塵　　歲月相望隔南北
> 嗚呼此恨何時平　　會當一日蓋棺槨

4

생질 있네 생질 있네 이름은 신팽辛彭이라네
한평생 생계가 아아 비틀거리네.
어린 나이에 어미 잃고 믿을 곳 그 어딘가
병든 아비 비록 있으나 부평초처럼 흘러다니네.
해 밑에도 처량하게 홑옷으로 지내고
흉년을 만나서 파리한 모습이라네.
한강 북쪽으로 멀리 나를 보내놓고
술병 들고 찾아와 쓸쓸하다 위로해줄 사람 없네.
남에서 온 나그네 무료無聊한 듯 말하지만
뼛골이 쑤시고 가슴이 아파 도저히 못듣겠네.

有甥有甥日辛彭　　一生計活嗟零丁
早年失母何所恃　　病父雖存飄如萍
凄涼歲暮衣裳單　　逢着凶年羸瘁形
送我渭陽遠別離　　無人提壺慰飄零
客自南來說無聊　　痛骨傷心那忍聽

5

하늘 있네 하늘 있네 바라보니 파랗네
사람들은 하늘이 하난데 나는 둘이라네.
서울에서 초목처럼 단비에 흠뻑 젖고
온 땅을 갈아엎어 사람들 사는 곳 둘러쳤네.
매달 초하루에 오리 날아 임금께 조회드리고
예조에서 잔치 내리니 은혜가 나한테만
돌아가는 안장말은 해 질 녘에 늦어진다
산천에 눈 내리니 돌아가는 채찍 재촉하네.

무슨 일로 홍애자洪崖子 늙고 병든 이몸은
마음은 남쪽에 두고 머뭇거리고 있는고.

有天有天看蒼然　　人皆一天我二天
閶境草木霑雨露　　滿地耕鑿環人烟
月朔鳧飛朝至尊[1]　　南宮[2]錫宴恩數偏
歸程鞍馬歲時晚　　山川落雪催歸鞭
何事洪崖老病翁　　有情南望空留連

1　月朔句: 전한 때 왕교의 고사. 섭현령이 되어 매달 초하루 조회에 참석했는데 알고
　　보니 신발을 두 마리 오리로 변화시켜 날아왔다는 고사.
2　南宮: 朝鮮 때 '禮曹'를 달리 일컫던 말이다.

창경궁昌慶宮에서 곡연曲宴을 열고 종실과 신하들에게 음식을 하사하신 자리에서 취하여 짓다

昌慶宮[1]曲宴[2], 仍饋諸宗宰, 醉而賦

한 해 제일 좋은 때 시월에
대궐에서 효도하시며 삼공三公에게 잔치 베푸시네.
국화는 방긋방긋 가을날을 밝히고
붉은 잎은 여기저기 새벽바람에 떨어지네.
조간자趙簡子는 하늘 본받아 상계上界의 소리를 듣고
주왕周王은 이슬을 받아 여러 공들을 취하게 했네.
사해에 은혜를 미루어 화기를 맞이하니
만수토록 대동大東을 어루만지져 주시라 모두 축원 드리네.

一歲佳辰十月中	九重純孝宴三公
黃花粲粲明秋日	紅葉紛紛落曉風
簡子[3]釣天聞上界	周王湛露醉群公
推恩四海覃和氣	共祝遐齡撫大東

---

1 昌慶宮: 조선시대의 궁궐. 사적 제123호. 원래 別宮으로 지어졌으며, 창덕궁과는
  담을 사이에 두고 붙어 있다. 도성 내의 동쪽에 있기 때문에 창덕궁과 함께 東闕이
  라고도 불린다.
2 曲宴: 임금이 궁중 禁苑에서, 가까운 사람들만 불러 베풀던 小宴을 말한다.
3 簡子: 趙簡子. 중국 춘추시대 晉의 대신.

인혜왕비仁惠王妃의 만사挽詞

仁惠王妃[1]挽詞

한씨韓氏 집안은 우리 동쪽에서 성하여
서원西原 땅에 오래도록 상서로움을 쌓았네.
도산씨塗山氏에서 하나라 우임금에게 돌아갔고
왕실에서 주강周姜에게 시집 갔네.
숙경왕肅敬王이 종묘를 이은 뒤로
어짊과 은혜로 후궁이 되셨네.
세 화분으로 높은 벼슬을 받들고
다섯 빛깔 돌로 하늘을 기웠네.
오야梧野에 순수巡狩간 님 그리 멀리 가셨나
상강湘江의 물결은 이내 한恨 따라 길구나.
뒤를 이은 성인 따라 거듭 빛이 나니
영화롭게 봉양 받아 먼저 맛 보셨네.
왕모王母께선 잔치를 자주 여시어
신성한 자손들은 만수비는 잔을 들었네.
긴 세월이 아직 저물지 않았는데
두터운 밤이 오니 달도 빛이 나지 않네.
여러 궁전 모두 애통해 하시며
팔방을 둘러보며 아이고 아이고 우네.
예禮는 앞뒤 의궤에 따르고
장사는 옛 능 언덕에 부쳤네.
큰 움직임이야 누가 바꿀 수 있나

---

1 仁惠王妃: 예종의 왕비.

뜬 인생 그저 슬픈 뿐일세.
다만 피리소리만이 남아
천년토록 꽃다운 소리 퍼뜨리네.

韓族吾東盛	西原²久貯祥.
塗山³歸夏禹	京室媚周姜⁴
肅敬承宗廟	仁恩逮媵嬙
三盆供黻冕	五色補穹蒼⁵
梧野巡⁶何遠	湘流⁷恨比長
重光瞻後聖	榮養享先嘗
王母多時宴	神孫萬壽觴
長秋天未暮	厚夜月無光
哀慟均諸殿	悲號馨八方
禮遵先後軌	葬附舊陵岡
大運誰能道	浮生正可傷
只應彤管在	千載播餘芳

---

2 西原: 신라시대의 중요 지방 도시. 五小京의 하나로서, 지금의 충청북도 청주에
설치되었다. 西原小京은 685년(신문왕5)에 설치되었으며 경덕왕 때에 '서원경'으
로 그 명칭을 고쳤다. 인혜왕비가 청주한씨였기 때문에 이렇게 말한 것이다.

3 塗山: 중국 상고 시대 夏나라 禹王의 아내인 塗山氏를 이르는 말이다.

4 京室句: 경실은 왕실을 뜻함. 『詩經』 「大雅 思齊」에 "공경을 다하는 태임이 문왕의
어머니이시니 시모 주강께 효도하사 경실의 효부가 되시다[思齊太任 文王之母
思媚周姜 京室之婦]"한 데서 온 말이다.

5 五色句: 상고시대 여와씨가 무너진 하늘을 다섯 빛깔 돌로 기웠다는 신화.

6 梧野巡: 순임금이 오야에 갔다가 죽음.

7 湘流: 湘江. 중국 湖南省을 흐르는 강이다. 순임금이 죽자 그의 왕비 아황과 여영
이 이곳까지 왔다가 슬픔에 죽은 신화.

태허大虛의 부고計告를 듣고 지경支卿에게 부치다. 지경支卿이 이 때 경상감사였다

聞大虛訃, 寄贈支卿[1]. 支卿, 時爲慶尙監司.

한창려韓昌黎는 어제 이별하고 조주潮州 땅으로 떠났는데
유자후柳子厚는 오늘 듣자니 유주柳州에서 죽었다 하네.
금릉金陵으로 반장返葬하기는 아직 날짜가 남았는데
그 누가 빌린 보리쌀이나 한 배 가득 보내주었는지.

昌黎昔別潮陽[2]去　　子厚今聞死柳州[3]
返葬金陵[4]尙有日　　不知誰借麥盈舟

---

1 支卿: 權柱의 자. 세조 3년(1457)~연산군 11년(1505). 본관 안동. 호 花山. 성종 11년(1480) 親試文科의 갑과로 급제하였다. 중국어에 능하여 1489년 공조정랑으로 있으면서 遼東에 質正官으로 다녀왔다. 도승지·충청도관찰사·中樞府同知事 등을 역임하였다. 甲子士禍 때, 平海로 유배되었으며, 이듬해 교살되었다. 문집에 『花山遺稿』가 있다.
2 潮陽: 潮州. 中國 광동성 東部, 韓江 下流에 있는 都市이다. 당나라 때 한유가 이곳 자사로 좌천되어 왔다.
3 柳州: 중국 남부 廣西壯族 自治區 중앙에 있는 도시이다. 유종원이 여기 자사로 좌천되어 왔다.
4 金陵: 慶尙北道 김천 地方의 옛 이름으로 금산이라고도 했다.

중원中原에서 이조판서 정석견鄭錫堅과 감사 양희지楊熙止를 만나서 짓다
中原[1], 逢鄭吏部錫堅[2]·楊監司熙止[3]有作

삼월달 남쪽엔 날씨도 좋은데
중원 땅 연못가 객관은 신선 사는 곳인가.
태평조정에 씻으니 뭇 원고에 눈뜨고
종일토록 생황소리 노랫소리에 여러 손들 취하였네.
모이고 흩어지니 기약 없는 남쪽 북쪽 길이요
떴다 잠겼다 어찌 옛날과 지금 사람뿐이겠는가.
손 신세로 손을 보내니 슬프기만 한데
꽃 지고 꾀꼬리 우니 또 봄을 보내누나.

三月南天節氣勻　　中原池館會仙眞
崇朝靧霂惺群槁　　盡日笙歌醉衆賓
聚散不期南北路　　浮沈何限古今人
客中送客堪惆悵　　花落鶯啼又送春

1　中原: 충청북도 충주 지역에 있었던 지명이다. 삼한시대에는 이 지역이 마한에 속하였으며, 삼국시대에는 처음엔 백제의 영역이었으나, 475년(장수왕63) 중원고구려비가 건립되기 직전에 고구려의 영토로 편입된 듯하다.

2　鄭吏部錫堅: 鄭錫堅. 세종 26년(1444)~연산군 6년(1500). 본관 海州. 자 子健. 호 寒碧齋. 아버지는 由恭이다. 성종 5년(1474) 식년문과에 을과로 급제, 예안현감·사간원정언을 지냈다. 연산군 1년(1495) 知成均館事, 병조의 참지·참의를 역임했고, 2년 뒤 대사간을 거쳐 이조참판에 올랐다. 무오사화가 일어나자 일찍이 金宗直의 문집을 간행했다 하여 파직 당하였다. 청빈하여 前導가 없이 다니니 '山字官員'이라는 별명을 듣기도 하였다.

3　楊監司熙止: 楊熙止. 세종 21년(1439)~연산군 10년(1504). 본관은 中和. 자 可行. 호 大峰. 한때 稀枝라는 이름을 사용하기도 하였다. 군수 孟淳의 아들. 성종 5년(1474)에 식년문과에 병과로 급제, 성종의 부름으로 편전에서 알현하였을 때 왕으로부터 희지라는 이름과 楨父라는 자를 하사받았다. 홍문관전한·좌부승지·대사간 등을 역임하였다.

충주 동헌의 시에 차운하여
次忠州東軒韻

빼어난 물 고운 산 이 명승을 짓고
집집마다 나는 연기 성 모퉁이마다 나네.
동헌의 창에 누우니 신선의 저택이요
바람과 비는 하늘이 만든 수묵화로다.
꽃 속에서 내 마음 읊노라니 봄새가 날아가고
술에 취해 잠드니 미인이 깨운다.
번화繁華한 이 신세 우스워라
어쩌랴 호수가 밭이 반나마 묵은 것을.

秀水佳山作勝區　　萬家烟火罨城隅
軒窓人臥神仙宅　　風雨天成水墨圖
花裏詠懷春鳥過　　酒邊醉睡美人呼
繁華身世還堪笑　　其奈湖田一半蕪

중원中原의 누각 위에서 한때
中原樓上卽事

눈 가득 산과 내, 술에 취해 누각에 기대니
인간 세상에선 한가한 시름 쳐주지 않는다네.
싫도다 붉은 소매가 서로 부대낌이여
북쪽 상석의 세 사람이 모두 흰머리로구나.

満目山川醉倚樓　　人間不省有閑愁
只嫌紅袖應相肘　　北壁三人共白頭

직제학直提學 김감金勘이 일본의 사자를 선위宣慰하러 떠나는 길을 배웅하며

金直提學[1]勘[2]送宣慰日本使者行

1

보배 옥 찬 옛 유선儒仙

십팔 세라 영주瀛洲 땅 가장 젊은이라네.

영남 산천은 그림 속 같을텐데

그의 안장말을 뜨거운 날에 보내네.

玉珂瑤珮舊儒仙　　十八瀛洲最少年

嶺外山川如畫裏　　送君鞍馬艷陽天

2

곳곳마다 누대에선 풍악 소리 들리고

흩어지는 먹물에 시를 적은 종이 떨어지리.

시 짓는 사신使臣은 두렵고도 기쁜 일

보배 그릇 얻어 그림 배 가득 담아오소.

---

1 直提學: 고려·조선 시대의 관직. 고려시대는 藝文館·寶文閣·右文館·進賢館 등에 딸려 있던 정4품 벼슬이었다. 조선 전기에는 集賢殿에 종3품관으로 두었다가 후에 弘文館·藝文館에 정3품의 직제학 각 1명씩을 두었는데, 예문관의 직제학은 承政院의 都承旨가 겸하였으며, 후기에 이르러 예문관의 직제학이 없어지자 홍문관의 직제학을 겸하였다.

2 金直提學勘: 金勘. 세조 12년(1466)~중종 4년(1509). 본관 延安. 자 子獻. 호 一齋·仙洞. 아버지는 안동대도호부사 元臣이다. 성종 20년(1489) 진사가 되었고, 이어 식년 문과에 을과로 급제, 승문원정자에 임용되었다. 1498년 홍문관부교리에 올랐고, 이어서 교리·응교·전한·직제학을 역임하고, 연산군 7년(1501)에 부제학이 되었다. 중종 2년(1507) 朴耕 등이 朴元宗 등을 도모하려는 모의에 연좌되어 금산에 유배되었다.

處處樓臺聞管絃,　　霏霏醉墨落雲牋.
雕題使者應懽喜,　　贏得珠璣滿畫舡.

성종成宗의 만사挽詞
成宗挽詞

해동에 요순이 나셔 옷을 드리워 정치를 하니
청구땅 세월 속에 문장文章이 밝았네.
바람과 구름 만난 팔원팔개八元八凱
건곤을 새로 열고 요순시대 맞이했네.
풍속은 예악禮樂과 형정刑政 속에 이루어졌고
백성들 단비 받아 제 땅에서 편안했네.
백성들 교화하시어 인仁함으로 감싸안고
둘러서 한가운데 자리 잡으셨네.
만세 세 번으로 성인을 축하드리고
땅처럼 하늘처럼 오래 사시라 비겼더니
어찌 알았으리 하루아침에 일이 잘못될 줄을
흰 해가 한낮에 빛을 잃었네.
정호鼎湖의 용 수염을 잡고 오를 수 없으니
높은 산이 검날인양 사람을 상하게 한다네.
삼십팔 년이 어찌 그리 짧은고
이십육 년이 어찌 그리 바빴는고.
사랑과 은혜는 만백성 마음에 꽂혀있어
입입마다 곡하는 소리 하늘까지 닿았네.
흰머리에 글줄 쓰는 신하 장막에 오래 있었는데
사람은 낮고 은혜는 크니 어찌하면 갚을꼬.
붓을 빼어 피를 적셔 슬픈 노래 쓰며
하느님께 소리 쳐봐도 아득하기만 하다.

海東堯舜垂衣裳[1]　　青丘日月昭文章
風雲際會八元凱[2]　　閶闔乾坤再虞唐
俗成禮樂刑政中　　民居雨露桑麻鄉
陶甄庶類囿吾仁　　衛以象有宅中央
嵩三華三[3]祝聖人　　地久天長擬久長
豈意一朝事大謬　　白日正午韜輝光
鼎湖龍髥不可攀[4]　　喬山劍舃令人傷
三十八年一何短　　二十六年一何忙
仁恩散在萬姓心　　萬口哭聲連穹蒼
白髮詞臣久經幄　　人微恩鉅何能償
抽毫染血寫哀詞　　仰訴眞宰還茫茫

---

1 堯舜垂衣裳: 요와 순은 태평시대라 옷을 드리워 정치를 했다는 데서 나온 말.
2 八元凱: 八元八凱.고대 중국 전설에 나오는 전욱 高陽氏의 여덟 才子와 제곡 高辛
　氏의 여덟 才子를 이르던 말에서 유래한다. 堯舜 때의 사람이라는 설도 있다.
3 嵩三華三: 만세를 세 번 부르는 것.
4 鼎湖句: 鼎湖로, 임금이 죽은 것을 말한다. 옛날에 黃帝가 荊山의 정호에서 鼎을
　주조하였는데, 정이 완성되자 하늘에서 용이 내려와 황제를 맞이했다. 황제는 신하
　와 후궁 70여 명과 함께 용을 타고 하늘로 올라갔다. 나머지 신하들은 올라타지
　못하고 용의 수염을 붙잡았는데, 수염은 떨어져 버렸고 이때 황제의 활도 함께
　떨어졌다. 백성들은 그 활과 수염을 껴안고 통곡했다고 한다. 여기서는 성종이
　죽은 것을 뜻한다.《史記 卷28 封禪書》

느낀 바 있어, 연아체演雅體를 본받아
有感, 效演雅

조정에서 누가 흰머리 늙은이를 쳐주랴
늙은 천리마는 꼬마말하고 똑같다네.
고기잡이는 메기 위의 대나무 난 것 보고 비웃고
길가는 이 다투어 익조鷁鳥가 바람 따라 가는 것 가리키네.
벌레는 발 백 개가 없으면 움직이기 어렵고
게는 두 개의 집게발을 없애면 기세가 궁해진다.
말을 잃은 게 어찌 복이 아닐 줄 알리오
꿈에 본 언덕의 사슴 마침내 헛것이 되었네.

鷦班誰數白頭翁　　老驥還將款段同
漁子笑看鮎上竹　　途人爭指鷁隨風[1]
虫無百足身難運　　蟹去雙螯勢自窮
失馬焉知不爲福[2]　　夢中隍鹿竟成空[3]

1　鷁隨風: 鷁鳥가 바람 따라 감. 배가 바람을 타고 잘 나감을 말함. 익조는 바람에
　　강하다는 새 이름. 또는 그 새를 그린 배.
2　失馬句: 塞翁之馬 고사에 나오는 새옹의 이야기.
3　夢中句: 세상의 일은 眞僞가 서로 뒤섞여 있는 가운데 마치 幻影이나 꿈을 꾼
　　것처럼 得失이 無常한 것을 뜻하는 말이다. 鄭나라 사람이 사슴을 잡아 물 없는
　　해자[隍] 가운데에 숨겨 놓았다가 그 장소를 찾지 못한 나머지 꿈이 아닌가 의심하
　　고는 다른 사람에게 그 사실을 이야기 하자 그 사람이 그곳을 찾아내어 자기의
　　소유로 하였는데, 나중에 정 나라 사람이 꿈속에서 자기의 사슴을 그 사람이 가져
　　간 것을 알아채고 소송을 벌이자, 國相이 "꿈과 꿈이 아닌 것의 차이를 나도 판단할
　　수가 없다.[夢與不夢, 臣所不能辨也]"고 하면서 둘이 半分하도록 했던 이야기가
　　전한다.《列子 周穆王》

숙강叔强이 왕명을 받아 영남으로 향하는 길을 배웅하며, 가는
김에 고향의 부로들께 말을 전해달라고 하다
送叔强[1]承命向嶺南, 因語故鄕父老

상계의 신선이 수놓은 옷 입고
향기 띤 구름 소매에 넣고 대궐을 나서네.
가을바람 따라 남으로 가니 기러기가 짝을 해주고
해떨어질 때 동으로 가니 말은 나는 듯 달리네.
영남 산천은 나 없이도 잘 있겠지만
조정의 인물은 그대 같은 이 드무네.
임천林泉의 친구들이 내 말 물어보거든
임금의 은혜 갚으려 늙어서도 못 간다 하소.

　　　　上界神仙刺繡衣　　香雲滿袖出宮闈
　　　　秋風南去雁爲伴　　落日東還馬似飛
　　　　嶺外山川無我悉　　朝中人物似君稀
　　　　林泉有舊來相問　　爲道君恩老未歸

<hr />

1　叔强: 權健의 자. 세조 4(1458)~연산군 7(1501). 본관 안동. 문장과 글씨에 뛰어나
　　문명이 높았으며, 『동문선』에 시문이 10여 편 전한다.

연원군延原君 이숭원李崇元 군의 만挽

挽延原君李君崇元[1]

집안은 대대로 삼한 제일이요
재주와 명성은 첫머리였지.
하늘의 진실됨 혼자서 받고
인물됨은 제일 맑고도 빼어났지.
벼슬길 따라 명성도 커지고
날아오르니 기상도 넘실댔지.
밝은 임금 어진 선비 덕을 함께 한 날
물고기가 물을 만나 한 집에 있게 된 때
임금을 도와 공훈이 융성했고
봉해지고 제수되어 은택도 넉넉했지.
홍문관 봉황지에 봄물결이 넓고
사헌부에 새벽 서릿발 떠있었지.
밝도다 판서도 여럿 했고
넉넉하도다 두 부府에서 노닐었네.
세 가지나 귀함이 족한 것을 보았는데
어찌 그리 급하게 저승으로 떠났나.
상여채 잡고 산길을 가며
바람 맞으며 눈물을 흘린다.

---

1 李君崇元: 李崇元. 세종 10년(1428)~성종 22년(1491). 본관 延安. 자 仲仁. 아버지는 참판 補丁이다. 단종 1년(1453) 증광문과에 장원. 이조정랑·中書舍人·사헌부집의·형조판서·병조판서 등을 역임하였다. 성종 2년(1471) 佐理功臣 3등으로 嘉善大夫로 加賁되고 延原君에 봉하여졌다.

家世三韓甲　　　才名一牓頭
天眞偏稟受　　　人物最淸修
踐歷聲光大　　　飛騰氣象遒
明良同德日　　　魚水一堂秋
輔佐勳庸盛　　　封除渥澤優
鳳池春浪闊　　　烏府曉霜浮
赫矣諸曹判　　　優哉兩府遊[2]
佇看三足貴　　　何遽九泉幽
執紼印山路　　　臨風涕泗流

---

2 優哉句: 두 부는 고려시대 중서문하성과 추밀원로 문무의 중요관직을 다 거쳤다
　는 말.

충의위忠義衛 심극효沈克孝의 율정栗亭에서 짓다

沈忠義衛[1]克孝[2]栗亭作

푸른 학 날아가는 곳 작은 동천洞天에서
주인은 손을 불러 술동이 앞으로 데려가네.
정자 하나 푸르름 속에 떠있어 삼복더위 가려주니
유월에도 서늘함이 온 자리 가득 차네.
큰 은자는 본래 조정과 저자에 있는 법
좋은 놀이하러 하필 임천林泉으로 갈건가.
흰머리에도 '돌아가리라' 노래 못 짓고
남산을 사랑하여 지선地仙과 벗 하네.

> 青鶴飛邊小洞天　　主人喚客到尊前
> 一亭浮翠遮三伏　　六月微涼滿四筵
> 大隱從來在朝市　　勝遊何必向林泉
> 白頭不作歸田賦　　爲愛終南伴地仙[3]

1　忠義衛: 조선시대 忠佐衛에 딸린 軍隊. 功臣의 子孫으로서 承重된 사람으로 組織
　　하였다. 세종 즉위년인 1418년에 두었다가 고종 31년(1894)년에 없앴다. 成衆官의
　　하나이다.
2　沈忠義衛克孝: 沈克孝. 와서별좌를 지낸 沈肩의 장남. 홍귀달이 써준 「와서별좌
　　심후 묘지명」이 있다.
3　地仙: 神仙의 재질이나 大道를 깨닫지 못해서 中成의 법에 그쳐 효과를 보지 못했
　　으나, 오직 오래 세상에 살면서 인간세계에서 죽지 않는 사람이다.

한평군漢平君이 영남의 절제사 진영으로 부임하는 것을 배웅하며

送漢平君¹赴嶺南節鎭

남방의 백성들 태평한 날
대궐에선 평소에 오랑캐 걱정하는 때.
산서에서만 장수가 나는 건 아니지
밖에서 듣자니 시도 잘한다네.
한나라는 단 쌓고 수레바퀴 굴려주며 조회에서 배수하고
당나라에선 부절을 나눠주어 저녁에 달려나가네.
왜구들 소리 지르며 다 숨어버리니
군민들 노래하고 춤추며 멀리까지 마중하네.
산과 강에 해떨어지니 쌍날나리 불고
성곽에 봄바람 부니 깃발 하나 서있네.
조하趙嘏가 누각에 기대니 시가 막 나오려 하고
유곤劉琨의 휘파람 토해내니 달이 막 돋으려 하네.
술상에 흥이 나니 풍악소리 울리고
칼 부딪치는 소리 없이 바둑장기로 싸우네.
한조각 충성은 흰 해 따라 걸려있고
몇 번이나 꿈속 대궐을 둘렀나.
두해 지나면 다시 조회하러 올 때
여러 친척 친구들 한강 가에서 만나보리.

---

1 漢平君: 趙益貞. 세종 18년(1436)~연산군 4년(1498). 본관 풍양. 자 而元. 대표적
   인 훈구공신. 세조, 성종 대 여러 관직을 역임하였다. 文章이 뛰어나 성종대의
   문예에 공헌하였다. 諡號는 恭肅이다.

南方民物昇平日　　北闕尋常計慮時
未必山西皆出將[2]　由來閫外要敦詩
漢壇推轂朝登拜[3]　唐鎭分符夕去馳
倭寇號咷多竄者　　軍民歌舞遠迎之
山河落日雙吹角　　城郭春風獨建旗
趙嘏[4]倚樓詩欲就　劉琨[5]喧嘯月初規
杯盤有興喧絲竹　　刀斗無聲鬭奕棋
一片忠誠懸白日　　幾番魂夢繞丹墀
二周復踏朝天路　　多少親朋漢水湄

2　未必句: 산서출신 무장인 서한의 이광을 염두에 두고 하는 말.
3　漢壇句: 한왕 유방이 항우에 대응하기 위해 한신을 대장에 임명하면서 날짜를 정해 단을 쌓고 임명한 일.
4　趙嘏: 중국 唐나라의 시인.
5　劉琨: 중국 晉나라의 시인. 자는 越石이고, 서진의 將領이며 시인이었다. 어려서 조적과 벗하였고 호방함으로 이름을 떨쳐 그의 문장은 당시 인정을 받았다. '永嘉의 난'을 거친 뒤에는 시풍이 크게 변하여 비장강개한 음조를 띠었다. 작품집으로 『劉越石集』등이 있다.

부윤 이덕숭李德崇이 전주로 부임하는 길을 배웅하며
送李府尹德崇赴任全州

온 조정 벼슬아치 중 가장 명성 높으신 분
남쪽 산천에서 제일 명승지.
경내 백성들 편안할 곳 얻고
대궐의 임금님 진정 한 시름 덜었네.
두 마리 오리 달 지나면 조회할 길 멀고
태수님 봄나들이 면류관 벗고 놀겠지.
한나라에서 황패黃霸 불러올릴 날 그 언젤런고
거문고에 노랫소리 삼년동안 그침 없으리.

滿朝冠佩最名流　　南國山川此上游
一境人民應得所　　九重宵旰政寬憂
雙鳧趁月朝天遠　　五馬行春露冕遊
漢札徵黃[1]何日是　　絃歌未歇歲三周

---

1 徵黃: 黃霸를 불러옴. 황패는 중국 漢나라의 사람들로서 治民에 능한 선량한 地方
官이었음.

유후 자청柳侯子淸이 고부古阜로 부임하는 것을 배웅하며 절구
두 수

送柳侯子淸赴任古阜1二絶

1

내 친구 유후柳侯는 재능있고 어질어서
젊어서 명성이 누구보다 앞섰네.
유분劉蕡이 급제 못하니 하늘을 어찌 믿으랴만
안사顔駟가 낭이 되니 천자가 가엾이 여김이라.

> 吾友柳侯才且賢　　早年聲譽象推先
> 劉蕡不第天何恃　　顔駟爲郎帝亦憐

2

흰머리 늙은 얼굴에 해 밑이 다 가는데
예놀던 곳 머리 돌리니 진정 아득하여라.
그대 보고 남쪽 일 생각났네
온땅 가득 누런 구름같은 논에 기러기 내려 앉겠지.

> 白髮蒼顔歲暮天　　舊遊回首政茫然
> 因君想得天南事　　滿地黃雲落雁邊

---

1 古阜: 전라북도 정읍군의 옛 지명.

주부主簿 조신曺伸이 일본산 칼과 연적을 준 것에 감사드리며
謝曺主簿¹伸²贈倭刀硯

조후曺侯가 처음 섬나라에서 돌아왔을 때
얼굴은 시커멓게 부상扶桑의 햇빛에 그을렸네.
소매에서 진귀한 보배 꺼내어 나에게 주니
작은 연적 작은 칼 정精과 신神이 깃들었네.
작은 연적 봉의 부리 용의 꼬리 새겼고
작은 칼 간장干將과 막야莫耶의 자손이라.
먹을 갈면 검은 구름 붉은 연못에 드리운 듯
서릿발 흰 칼날 쓰다듬으면 가을 언덕에 날아오를 듯
어른이 주신 뜻을 깊이 입었지만
부끄럽게도 이 늙은이 그저 갈고 쓰다듬을 뿐.
다리 아래 교룡은 힘이 없어 못 베고
상자 안에 만권 책은 겨를 없어 못 베끼네.
다만 열 번 싸서 보배로 간직하여
아들 손자에게 남겨서 우리 집이나 빛 내리.

曺侯初回自海島	面上的皪扶桑³暾
袖裏珍重有盱贈	小硯小刀精神存
小硯鳳味龍尾靑	小刀干將莫耶孫⁴

研磨黑雲垂紫潭　　拂拭素霜飛秋原
深荷丈人持贈意　　甚愧老夫空磨挴
橋下長蛟無力斬　　篋中萬卷無暇繙
只應十襲寶藏之　　遺子與孫光戶門

막야가 자신들의 이름을 따서 만들었다는 좋은 칼을 가리킴.

한적한 밤에 읊다
閑夜吟

추운 밤 길고 긴데 촛불 짧은 것 한스럽고
오래도록 앉아노라니 푸른 담요 따뜻하네.
상위의 시서詩書는 친구가 되어주고
창밖에 소나무 잣나무에서 거문고 피리 소리 나네.

寒夜更長恨燭短　　坐久愛此靑氈暖
床上詩書當友生　　窓外松杉送絲管

광원군廣原君의 만사挽詞

廣原君挽詞

광릉廣陵은 물이 깊어 산도 울창하여
빼어나고 우뚝하여 현량賢良한 분 낳았네.
하늘은 높아 기러기떼 같은 형제들
하나하나 대들보감 명당明堂을 부축했네.
여럿 가운데 홀로 흰눈썹 난 사람
보옥을 갈고 닦아 홀笏을 만들었네.
세 임금을 내리 섬겨 도운 일 많고
성명聖明한 임금 도와서 공업이 창성했네.
천기를 담당하여 의심되는 일 바로잡고
나라의 그릇이라 묘당에 나아갔네.
삼정승이 바로 앞인데 끝내 이르지 못하니
하늘의 뜻은 이처럼 진정 아득하구나.
떠들썩하더니 하루아침에 비로 쓴 듯 고요하고
남은 해 간소하게 지내네.
쑥이 삼에게 쉬파리는 천리마에게, 예전부터 인연있던
흰머리 이 늙은이 옷깃만 적시네.

廣陵¹水深山鬱蒼　　毓秀袞袞生賢良
天高接武鴻雁行　　一一棟樑扶明堂
衆中獨識白眉郎　　琢磨琬琰成圭璋
三朝歷事輔益多　　留相聖明功業昌
著龜久矣用稽疑　　國器終須置廟廊

1　廣陵: 경기도 광주시의 옛 별호

三台咫尺竟不到　　天道至此眞茫茫
繁華一朝跡如掃　　留與他年編簡光
蓬麻蠅驥夙昔緣　　白首老淚沾衣裳

하남공河南公께 받들어 올리다
奉呈河南公左右

남궁南宮에서 경계받아 이미 마음이 맑아져
홀로 숙직하지만 아무것도 침노하지 않네.
푸르른 벽의 등잔 찬 기운에 까뭇까뭇
동쪽 궁루는 밤이라 거뭇거뭇.
잠도 안와 고향생각 애달프고
말 없이 혼자서 나라 걱정이 깊네.
북두성 돌고 삼성參星 비끼고 향로도 차가운데
정화수 숯으로 끓여 인삼을 삼네.

南宮[1]受戒已淸心　　獨宿齋房百不侵
靑熒壁燈寒悄悄　　丁東宮漏夜沈沈
無眠爲被鄕愁惱　　不語徒緣國計深
斗轉參橫[2]香篆冷　　井華爐炭煮人蔘

1　南宮: 朝鮮 때 禮曹를 달리 일컫던 말
2　參橫: 參星 비낄 제. 이십팔수 가운데 스물한째 별자리의 별들. 오리온자리에 있으
　　며, 중앙에 나란히 있는 세 개의 큰 별을 '삼형제별'이라 한다.

찰방察訪 배철보裵哲輔가 유곡역幽谷驛으로 부임하는 것을 배웅
하며
送察訪¹裵哲輔赴任幽谷²

남쪽에 섣달 끝나고 봄이 왔을텐데
돌아가지 못한 이내마음 가눌길 없네.
그대 보내며 고향생각 부치니
유곡幽谷의 골과 산은 내 고향 옆이라오.

臘盡南天又一春　　那堪猶作未歸人
送君多少思鄕意　　幽谷溪山我舊隣

---

1 察訪: 朝鮮 王朝 때 각 도의 驛站 일을 맡아보던 外職 문관 벼슬.
2 幽谷: 幽谷驛. 경상도 문경에 있던 역의 이름. 찰방이 있는 중요한 역이었음.

동지同知 권지경權支卿이 정조사正朝使로 가는 노래
權同知支卿[1] 朝正[2]歌

부상扶桑의 서쪽 약수弱水의 동쪽
크도다 황제의 대궐은 천지 한가운데
황하가 천년에 한번 맑아지니
천자가 명광궁明光宮에서 조회를 받는다네.
해도 달도 날도 모두 처음인 날
높은 만세소리 모두 천자가 몸소 받네.
모든 관원 패옥 차고 구름 속 용처럼 구불구불
만국의 벼슬아치 눈동자 둘 가졌네.
주나라 예악禮樂 보러온 계찰季札도 있고
우임금 옥백玉帛을 잡은 방풍防風은 없네.
사슴 무늬 물고기 무늬 이슬 머금은 시
저녁까지 은혜 받아 우악優渥하게 짙네.
웃노라 남산 아래 허백옹虛白翁은
흰머리 되도록 울타리 안에만 갇혀 사네.

扶桑[3]西面弱水[4]東　　壯哉皇居天地中

---

1 權同知支卿: 權柱. 세조 3(1457)∼연산군 11(1505). 본관 安東. 성종 13년(1482)
　연산군 생모인 폐비 윤씨의 賜死때에 승정원주서로서 사약을 받들고 갔다는 이유
　로 파직되었으며, 귀양 갔다. 중종 1년(1506) 10월 우참찬에 추증되면서 신원되었
　다. 젊은 나이로 등제하였으나 문학에 뛰어나 명성이 있었고, 중국어에 능통하여
　대명외교에 일익을 담당하였다.
2 朝正: 正朝使로 감. 조선시대 元旦에 명나라나 청나라에 보내던 사절 또는 그
　사신. 賀正使·正旦使라고도 하였다. 冬至使·聖節使와 더불어 三節使의 하나이
　다. 이는 무슨 일이 있을 때마다 보내던 임시사절이 아니라 定例使行이었다.
3 扶桑: 해가 뜨는 동쪽 바다. 중국 전설에서, 해가 뜨는 동쪽 바다 속에 있다고

黃河淸漣一千載　　天子垂拱明光宮
歲元月元日之元　　嵩三華三祝聖躬
千官環佩雲從龍　　萬國冠帶瞻重瞳
觀周禮樂有季札[5]　　執禹玉帛無防風
鹿萍魚藻湛露詩　　偏承宵漢渥恩濃
堪笑終南虛白老　　白頭歲月長樊籠

　하는 상상의 나무. 또는 그 나무가 있다는 곳.
4 弱水: 신선이 살았다는 중국 서쪽의 전설 속의 강. 길이가 3,000리나 되며 부력이
　매우 약하여 기러기의 털도 가라앉는다고 한다.
5 季札: 중국 춘추 시대 吳王 壽夢의 아들. 이름은 季札. 수몽은 그가 현명하다는
　것을 알고 양위하려 하였으나 사양하고 받지 않자, 연릉에 봉하고 연릉계자라 하
　였음.

거창부원군居昌府院君의 만사挽詞
居昌府院君[1]挽詞

가을물 같이 깊고 맑고 옥같이 매끄럽고 따뜻해
젊은 날부터 명성은 보배처럼 무거웠네.
조정 반열에 몸을 맡겨 훌륭하다 칭찬받았고
방榜 속에 영웅형제 장원壯元을 차지했네.
세상의 공명은 돌아갈 곳이 있지만
인간세상 복과 경사는 누구네 집에 속했나.
일편단심은 백발토록 여러 공들 중 우뚝하고
붉은 띠 붉은 수레 국구國舅의 높으심이라.
두 눈으로 여러 아들 귀히 된 것을 보았고
자기 한 몸에만 임금의 은혜를 입었네.
살고 죽는 것 분수가 있으니 천명은 기필기 어렵지만
병들자 하릴없이 땅이 갑자기 뒤집어졌네.
애통한 소식 궁궐에 들어가니 아침에 비가 뿌리고
슬픔은 성곽을 둘러 저녁 구름 내려앉았네.
서울 성문 서쪽으로 나가 그 언제나 돌아올꼬
마음바친 시구에 혼백이 끊어질듯 하네.

秋水深清玉潤溫　　少年聲價重璵璠
鵷班委質稱佳士　　龍榜蜚英作壯元

1　居昌府院君: 愼承善이다. 세종 18년(1436)~연산군 8년(1502). 본관 居昌. 아버지
　는 황해도관찰사 詮이며, 연산군의 장인이다. 세조 12년(1466) 1월 병조참지, 같은
　해 3월 문과중시에서 장원으로 급제한 뒤 여러 관직을 역임했다. 대표적인 훈구대
　신이다. 세종의 4남인 臨瀛大君 구의 딸과 사이에서 守勤·守謙·守英을 두었다.
　시호는 章成이다.

世上功名有歸處　　人間福慶屬誰門
丹心白髮群公表　　赤紱朱輪國舅尊
兩眼已看諸子貴　　一身偏荷九重恩
存亡有數天難必　　疾病無聊地忽飜
痛入宮闈朝雨灑　　悲纏城郭晚雲屯
國門西出何時返　　殄瘁詩歌欲斷魂

참지參知 이균李均의 만挽
挽李參知[1]均

큰 집안 한산 이씨

높은 선비 목은牧隱의 자손.

양자楊子 댁에서 기이함을 묻고

복생伏生의 문에서 옛글을 배웠네.

곤鯤이 변하느라 물결이 움직이고

붕鵬이 날개를 치니 깃털이 뒤집히네.

금규金閨는 옥서玉署에 닿았고

사헌부는 옥당과 마주보았네.

걸음걸음 하늘빛이 멀고

오르고 올라 지위는 높았네.

공융孔融처럼 훌륭한 손이 많았고

서막徐邈처럼 광오한 말들 토했네.

담박하고 호탕한 시구

맑고 참된 사랑스런 술동이.

깊은 정 마을 사람들 좋아하고

옛대로 형제 의리 돈독했네.

문득 이승 저승 나뉘어

그대로 해와 달은 저무네.

가을 바람은 괴로운 눈물에 불어

북당의 어머님 얼굴을 적시네.

---

1 參知: 조선시대 병조에만 있었던 정3품의 벼슬. 정원은 1명이다. 정무기관으로 6조가 있었으나, 이 가운데 국방과 직결되는 병조의 업무량이 가장 많아 처음에는 지병조사를 두었다가 참지로 개칭하여 법제화하였다.

閥閱韓山李　　箕裘牧隱[2]孫
問奇楊子[3]宅　　學古伏生[4]門
鯤化波瀾動　　鵬搏羽翩飜
金閨[5]連玉署[6]　　柏府對薇垣
步步天光遠　　登登地位尊
孔融[7]多勝客　　徐邈發狂言
淡蕩題詩句　　淸眞愛酒罇
深情隣里好　　古義弟兄敦
何遽幽明隔　　居然日月昏
秋風吹苦淚　　沾濕北堂萱

---

2 牧隱: 李穡. 高麗 三隱의 하나.
3 楊子: 楊朱를 높여 이르는 말. 중국 전국 시대의 학자(B.C.440~B.C.360). 노자
　사상의 일단을 이은 염세적 인생관으로 자기중심적인 쾌락주의를 주장하였다.
4 伏生: 秦漢 때의 대표적인 유학자 이름.
5 金閨: 중국 한나라 未央宮의 金馬門을 달리 이르는 말. 한나라 때 학사들을 모아
　놓은 곳으로 문학하는 선비들이 모이는 翰林院을 가리킴.
6 玉署: 弘文館.
7 孔融: 중국 後漢 말기의 학자(153~208). 건안 칠자의 한 사람으로, 北海의 재상이
　되어 학교를 세웠고, 조조를 비판, 조소하다가 일족과 함께 처형되었다.

안 태사安胎使 행차 편에 문희현聞喜縣 사또 황 필黃瑋 군에게 부치다

因安胎使¹之行 寄聞喜縣²宰黃君瑋

1

주흘산主屹山 기이한 봉우리 홀로 우뚝 높은데
낙동강 넘실넘실 진정 근원일세.
남쪽 사또님들 몇 분이나 알랴
황패黃霸의 명성만이 떠들썩 들려오네.

主屹³奇峯獨立尊　　洛江溶漾此眞源
南中字牧知多少　　黃霸聲名象口喧

2

문희聞喜 땅 사또 계서 낙토樂土라 알려지고
가은加恩이란 현의 이름 신민親民의 뜻 합당하네.
문옹文翁이 촉을 교화했다지만 어찌 일찍이 그 혼자이겠는가
태수는 사문斯文의 첫손꼽는 분이시라.

聞喜有官知樂土　　加恩⁴號縣合親民
文翁⁵化蜀何曾獨　　太守斯文第一人

---

1 安胎使: 朝鮮 때 임금이나 왕자의 胎를 胎室에 安置하던 官員 또는 궁실 밖에서
　임금이 되어 들어온 사람이나 王妃로 冊封하여 들어 온 女子의 實家에 묻혔던
　태반을 다시 왕가의 태봉에 移買할 때의 使臣.
2 聞喜縣: 경상북도 문경의 옛 이름.
3 主屹: 主屹山. 경상북도 문경시 문경읍에 있는 산.
4 加恩: 경상북도 문경 지역의 옛 지명.
5 文翁: 중국 漢나라 景帝때 蜀郡太守.

3

인간세상 팔경八景이 모인 동천洞天에
바다 위 신선들도 상선象仙에 모여드네.
잔치 자리에 시 짓기도 하리니
주인은 하물며 자字가 정견庭堅이 아니신가.

人間八景洞中天　　海上神仙集象仙
飮席正應文字會　　主人況復字庭堅

4

희양산曦陽山 아래 큰 가람은
도 찾고 신선 찾아와 예전부터 붐비었지.
골짜기 안 안개와 놀은 옛과 같을텐데
몇 사람이나 호계虎溪의 바위를 지나갔는고.

曦陽山[6]下大伽藍　　訪道尋眞昔駐驂
洞府烟霞應似舊　　幾人來過虎溪[7]巖

---

6 曦陽山: 경상북도 문경시 가은읍과 충청북도 괴산군 연풍면에 걸쳐 있는 산.
7 虎溪: 경상북도 문경지역의 옛 지명.

경원景元의 시에 차운하여
次景元韻

시끌시끌 세상살이 서럽기만 하니
평소에 오고가던 이 반나마 귀신 되었네.
푸른 머리 예쁜 얼굴 쉽게도 바뀌니
서로 만나면 청춘을 저버리지 마오.

紛紛世事正愁人　　平昔交遊半鬼神
綠鬢朱顔容易換　　相逢且莫負靑春

유 별제柳別提에게 부쳐

寄柳別提

희디흰 옥가루 공중에 펄펄 날리더니
하룻밤 사이 목멱산은 푸른 빛을 잃었네.
산 아래 마을에 사람 종적 끊어지니
종이창에 붉은 해 떠도 소처럼 누워있네.

瓊塵玉屑滿空飛　　一夜終南失翠微
山下人家人跡絕　　紙窓紅日臥牛衣

내승內乘 윤탕로尹湯老가 영남으로 마필을 점검하러 가는 길을 배웅하며, 절구 네 수
絶句四首. 送尹內乘[1]湯老[2]點馬嶺南

1

젊은 날 재주는 온 동네에 호걸이었네
말 타고 활쏘기에 또 시경詩經과 이소離騷도 꿰었지.
평소에 칼을 차고 화려한 연輦을 따랐고
열두 시간 한가로운 것 물모物毛를 관장했네.

> 靑歲才華戚里豪　　一身弓馬又詩騷
> 尋常劍佩隨雕輦　　十二天閑管物毛

2

하룻밤에 남쪽으로 사신으로 달려가니
새벽에 영웅스레 대궐을 나섰네.
가을바람 하늘과 땅 물속보다 찬데
맑은 기러기 따라 저물녘 물가를 지나네.

> 一夜天南耀使星　　曉來英蕩出彤庭
> 秋風天地涼於水　　馬逐征鴻過晩汀

1　內乘: 조선시대 內司僕寺에 속한 정3품~종9품 관직. 말과 수레를 맡아본 말단직이다.
2　尹內乘湯老: 尹湯老. 세조 12년(1466)~중종 3년(1508). 본관 坡平. 성종 繼妃 貞顯王后의 아우이다. 성종 14년(1483) 음보로 敦寧府奉事가 되었다가 1486년 무과에 장원하였으며, 여러 관직을 역임하였으며 勳戚으로서 발호하여 신진사류의 미움을 많이 받았다. 시호는 靈平이다.

3

바다 위 바람과 안개 가을 경치 띠었고
뱃속에 피리 북은 양주곡涼州曲을 실었네.
바람신이 손뼉 치니 물고기 용이 춤추고
봉래산에 보내주어 정상에서 놀게 하네.

　　海上風烟接素秋　　舟中蕭鼓載涼州
　　馮夷拍手魚龍舞　　送作蓬萊頂上遊

4

세 칸 띠집은 푸른 산속에 있고
한 구비 맑은 강은 하늘빛에 잠겼네.
고향땅 물과 산은 자나 깨나 못가니
올해도 가을바람 불어도 돌아가지 못하네.

　　三間茅屋翠微中　　一曲淸江映碧空
　　有水與山空夢寐　　今年還復負秋風

내 친구 안국진安國珍 공이 만경萬頃 사또로 있으면서 정치를
잘한다는 명성이 있었다. 갑인년 설날 조회 때 표전表箋을 받들
고 서울로 왔다가 나와 서로 맞대고 회포를 풀었다. 그가 돌
아갈 때 시를 지어 주었다 2수

吾友安公國珍[1], 宰萬頃[2]有政聲, 爲賀甲寅正朝, 奉箋[3]來京, 旣相對
敍懷. 其還, 詩以贈之. 二首

1
하동河東의 도화 이화 순량리循良吏를 만나
호랑이 강 건너가고 메뚜기 떼 피해가네.
벗의 고향은 나무 저 너머
연못의 봄풀은 꿈속에도 자랐네.
멀리 대궐로 달려와 오리 신발 타고 날아와
기쁨에 반열에 들어 기러기처럼 벌여섰네.
남궁南宮에서 잔치 내리니 취해서 넘어졌겠지
한나라 은혜는 공수龔遂와 황패黃霸 뿐이었지.

河東桃李屬循良　　虎渡江波地不蝗
朋友故鄕雲樹遠　　池塘春草夢魂長
遙趨鳳闕飛鳧舃　　喜向鴒原綴雁行
賜宴南宮[4]應醉倒　　漢家恩眷獨龔黃[5]

---

1 安公國珍: 安瑠이다. 세종 22년(1440)~연산군 4년(1498). 본관 順興. 만경현감,
　 장악원첨정, 한성부서윤 등을 역임하고, 濟用監副正에 이르러 병사하였다. 위인
　 이 강직하고 형옥에 밝았으나 주위사람으로부터 반발을 샀다.
2 萬頃: 전라북도 김제 지역의 옛 지명.
3 奉箋: 表箋을 받들고. 표전은 表文과 箋文을 아울러 이르는 말.
4 南宮: 예조의 별칭.
5 龔黃: 龔遂와 黃霸. 중국 漢나라의 사람들로서 治民에 능한 선량한 地方官이었다.

2

그대 집안 형제끼리 우애하고
나와 사귀는 마음 형제와 같네.
북극의 별자리들은 북극성 주위를 돌고
남산의 북소리 그대와 다툰다.
젊어서 헤어진 뒤 해마다 세상일 바뀌고
흰머리 이고 다시 보니 별별 일 다 생긴다.
다만 한조각 마음만 예전처럼 붉어서
서로 만나도 싫지 않아 한동이 술 다 비우네.

君家兄弟友于情　　與我交情埒弟兄
北極星辰隨象拱　　南山侯鼓共君爭
紅顔別後年年換　　白髮看來種種生
只有寸心依舊赤　　相逢不厭一尊傾

하남군河南君이 귀양지에서 돌아왔기에 같이 이야기를 나누고 기뻐서 짓다
河南君還自謫所, 與之語, 喜而有作

지난 해 그대와 동문 동쪽에서 헤어질 때
눈물이 나도 술잔에 떨어지진 않았는데.
올해 그대를 꿈결같이 다시 보아
등불 아래 예전같이 웃고 이야기 하네.
인생살이 모이고 헤어지고 본래 기약이 없으니
세상에 영화와 욕됨은 누가 시켜서인가.
슬프고 처량한 일들이야 말할 거나 있나
손이 있으니 큰 술잔이나 기울이시오.
공명과 부귀는 그대가 본래 가졌으니
한번 떨어진 거야 셀 것이나 되오.
흰 이 가는 허리 미인, 노래도 잘 부르고
소반 중에 고기 놓고 술동이엔 술을 담고
이렇게 살면서 백년을 보내시면
인간세상에서 신선이라 추앙할게요.
왕실에선 다시 단비가 배부를테니
응당 은광恩光이 내일자로 있을게요.
그대 집 문은 큰길가로 나있으니
성안의 수레들이 그 앞으로 다닐게요.
그대여 술 놓고 나 지나거든 부르시오
날마다 나와 함께 시름을 씻어보세.

去年別君東門東　　有淚不落杯酒中

今年見君如夢寐　　燈下復此談笑同
人生聚散本不期　　世間榮辱誰使之
悲涼萬事不可說　　有手但當傾深巵
功名富貴君素有　　一番流落何須數
皓齒細腰解歌舞　　盤中有肉尊有酒
如此而生度百年　　人間亦足推神仙
天家況復雨露饒　　應有恩光來日邊
君家門戶臨道周　　城中車馬多經由
請君置酒呼我過　　日日與我澆牢愁

이상二相 이 방형李邦衡¹께 올리다 2수

上李二相邦衡¹, 二首

1

두 대궐 머리에 양 부府가 높은데

성조의 은혜로운 예우 영모英髦를 대우 했네.

형제와 숙질이 서로 전하여

일편단심으로 힘써 노력 했네.

> 雙闕前頭兩府²高　聖朝恩禮待英髦³
> 弟兄叔姪相傳受　一片丹心着力勞

2

쇠파리는 많이 말꼬리를 따르고

떠도는 생 다행히도 삼베 속에 들었네.

평생에 관포지교 넉넉한 마음이었는데

금오부金吾府에 들어가 그대 바람 속을 달리네.

> 蠅附自多隨驥尾　蓬生何幸在麻中
> 平生管鮑相濡意　又向金吾走下風

1　李二相邦衡: 李克均 의 자. 세종 19년(1437)~연산군 10년(1504). 본관 廣州. 우의
　정 仁孫의 아들이다. 세조 2년(1456) 식년문과에 정과로 급제하였다. 세조, 성종,
　연산군 시기에 여러 관직을 역임하였으며 1504년 갑자사화 때 조카 世佐와 함께
　연루되어 仁同으로 귀양가서 사사되었으나 뒤에 신원되었다.

2　兩府: 조선 시대의 議政府와 中樞府를 아울러 이르는 말.

3　英髦: 뛰어난 젊은이를 이르는 말.

장천정長川亭

長川亭

늙은 나무 천 장章 하늘을 덮고
짙은 그늘 십 무畝나 덮어 긴 시내에 떨어지네.
호리병 백 개나 기울이고 노랫소리 그쳤는데
취하여 맑은 바람에 누워 온종일 자네.

老木千章大蔽天　　濃陰十畝蔭長川
百壺倒了絃歌歇　　醉臥淸風盡日眠

양전경차관量田敬差官 박빈朴彬이 고향으로 돌아가는 것을 배웅하며 2수

送量田敬差官[1]朴彬[2]還歸故鄕 二首

1

우공禹貢 속 밭두둑을 손수 재보고
한 곳 산수 속으로 식구 끌고 들어가네.
따뜻한 바람 속 한 필 말로 남쪽 길로 돌아가니
곳곳마다 꾀꼬리는 나무나무 울리.

禹貢[3]田疇手品題　　一區山水入提携
薰風匹馬南歸路　　處處黃鸝樹樹啼

2

세상 맛 요사이 술기운 반나마라
귀밑머리 눈에 불려 희끗희끗하네.
강호 온 땅을 꿈 꾼지 오래더니
꽃 지고 꾀꼬리 울제 또 그대를 보낸다.

世味年來酒半醺　　鬢毛吹雪白紛紛
江湖滿地長魂夢　　花落鸎啼又送君

---

1 量田敬差官: 量田하기 위해 보내진 경차관. 敬差官은 조선 시대에, 지방에 파견하여 임시로 일을 보게 하던 벼슬로 주로 田穀의 손실을 조사하고 민정을 살피는 일을 하였다.
2 朴彬: 태종 15년(1415)~성종 4년(1473). 본관 丹陽. 1467년 이시애의 난, 康純·南怡 등의 建州衛 정벌에 공을 세웠고 여러 무관직을 역임하였다. 시호는 襄莊이다.
3 禹貢: 중국 九州의 지리와 산물에 대하여 기술한 고대의 지리서.

기록하여 기지耆之에게 드리다. 이로써 '어제 대접을 받고 오
늘도 생각난다'는 마음을 풀었다 오언 율시 두 수
五言二律, 錄奉耆之左右, 用敍'昨日見待, 今日戀戀'之懷

1
문을 나서 갈 곳이 있는데
진흙탕이라 말이 자꾸 미끄러지네.
깊이 사시는 곳에 이르고 보니
쓸쓸히 병에서 막 일어나셨네.
아이 불러 자리 마련하고
큰 술잔을 내게 주셨네.
취하여 일어나 돌아오는데
정情이 있는지 알지 못하겠네.

出門有所之   泥滑馬行遲
到得幽棲處   蕭然病起時
呼童供穩座   酌我以深巵
經醉起歸去   有淸還不知

2
흐르는 세월 보고보고 보니
이렇게 흰머리가 되었네.
겨울이고 봄이고 오는 눈 지겨운데
밤낮없이 부는 바람을 어이하랴.
편안히 누웠으니 병이 오래 되니
괴로움 읊다가 시가 막혀버렸네.
홀로 맑은 창 아래

공公을 그리나 공公을 볼 수 없네.

流年看苒苒   做此白頭翁
不耐冬春雪   那堪晝夜風
臥便因病久   吟苦爲詩窮
獨也晴窓下   思公不見公

회포를 느껴 절구 두 수

感懷, 二絶

1

두 사위 서로 끌며 저승으로 떨어지고
한 아인 또다시 병들어 고향으로 돌아갔네.
이 늙은이 본래 강호에 병이 있어도
억지로 홍진 속 사십년을 달렸네.

　　二壻相携落九泉　　一兒今復病歸田
　　老翁本有林泉癖　　强走紅塵四十年

2

한겨울 큰 눈이 장작더미처럼 쌓았는데
섣달 지나 봄 되도록 그대보지 못하네.
꿈속에도 남쪽은 봄이 먼저 찾아와
강호 온 땅에 쏘가리 뛰 노는가.

　　隆冬大雪積如薪　　臘盡春回不見君
　　夢裏南天春氣早　　江湖滿地已游鱗

참교參校 최린崔璘이 벼슬을 버리고 연안延安의 옛 숨어살던 곳
으로 돌아가면서 시를 부쳐왔기에 그 시의 운에 차운하여
崔參校¹璘, 舍笏歸延安²舊隱, 寄詩來, 次其韻

그대와 사귄 마음 형제간 같더니
저 먼 땅으로 떠난다니 생각이 만 갈래구려.
춘심春心은 바람결의 버들개지처럼 일렁이고
늙은 뼈는 가을 지난 산보다 삐쭉한데
훨훨 일생이 모두 꿈속이요
시끌시끌 온갖 일은 한가함만 못 하네.
부럽구려 그대 세상에서 나막신 벗어던지고
강과 바다 깊이깊이 가고 나지 않는다니.

與子交情伯仲間　　參商兩地思千般
春心蕩似風中絮　　老骨瘦於秋後山
忽忽一生都是夢　　紛紛萬事不如閑
羨君脫屣紅塵路　　江海深深去不還

---

1 參校: 조선 시대 承文院의 從三品職. 세조 12년(1466) 1월 官制更定 때에 知事가
　參校로 개칭된 것으로 文書校勘의 일을 맡았다.
2 延安: 황해도에 있는 읍. 연백평야의 중심지로 해서 지방의 대표적인 곡창 지대이
　며 주위가 10여리나 되는 큰 저수지인 南大池(일명 臥龍池)가 있었다.

내 신세
自述

돌아가는 꿈 항상 낙동강 가에 부쳤더니
고향땅 물고기와 새가 내 이웃이라네.
평생토록 게으른 성질에 그러그러하니
늘그막 한가한 관직에 몸을 부쳤네.
병들어도 시를 지으니 이것이 바로 병이라
가난해도 술을 좋아하니 그래서 더 가난하네.
무료한 세상일을 모두 던져두니
장주莊周가 내 친구인 줄 비로소 알겠네.

歸夢尋常洛水濱　　舊居魚鳥與爲隣
平生性懶悠悠者　　老境官閑得得身
病不廢詩還是病　　貧猶好酒自長貧
無聊世事都抛擲　　始信蒙莊¹我故人

---

1 蒙莊: 莊子가 蒙縣 사람이므로 蒙莊, 혹은 蒙叟라고 한다.

문득 지어지길래

謾成

닭소리 북소리 들리길래
눈 드니 창이 어둡다가 다시 보니 밝아오네.
백 년 동안 인간 세상에 나그네 되어
또 처자를 이끌고 서울 길 오른다.

耳閱雞聲與鼓聲　　眼看窓暗復窓明
百年作客人間世　　又挈妻孥客上京

소년少年이 남쪽으로 가는 시에 쓰다
記少年南行詩

말머리 푸른 산 너머 뿔피리 소리 웅장하더니
영남루嶺南樓 아래 물은 하늘처럼 넓네.
연기 오르는 마을에 해떨어지니 긴 대나무 울창하고
온 나라 풍년든 가을에 늦은 기러기 모여있네.
천지 동남쪽이라 큰 바다가 가까워
해 밑 서리 내리니 저물 길이 막혔네.
바람 맞으며 멀리 노니는 부[遠遊賦]를 다 쓰자
기둥에 기대어 반쯤 취해 입속으로 읊고 있네.

馬首靑山鼓角雄　　嶺南樓[1]下水如空
烟村落日鬱脩竹　　澤國秋深集晩鴻
天地東南滄海近　　歲時霜露暮途窮
臨風題罷遠遊賦　　倚柱沈吟半醉中

---

1 嶺南樓: 경상남도 밀양시 內一洞 밀양강가에 있는 조선시대의 누각건축.

이 차공李次公의 시에 차운하여, 기록하여 이 숙도李叔度에게 주다
次李次公韻, 錄似李叔度[1]

사람살이 끝이 없고 목숨이 끝이 있으니
그대와 끝도 없이 오직 마실 뿐.
서리같은 수염 반나마 희어 모두 늙어가고
술김에 얼굴 붉어지니.
마음에 드는 거야 열에 다섯도 못되고
마음 알아주는 이 예로부터 하나도 많다.
그대의 맑은 흥취 훌륭한 모습 사모했더니
이제 만났으니 취해서 쓰러진 들 어떠리.

人事無涯生有涯　　與君唯有飮無何
霜鬚半白渾成老　　酒面長紅不但齇[2]
滿意尋常十無五　　知音今古一亦多
次公淸狂兼善放　　相逢未害醉欹斜

1　李叔度: 세종 20년(1438)~연산군 2년(1496). 본관 固城. 세조 8년(1462) 식년문과에 병과로 급제하였다. 성종시대 여러 관직을 역임했다. 시호는 貞肅이다.
2　酉+查로 되어 있음. 무슨 글자인지 모르겠음.

파주坡州로 가는 길에서 감회를 적다

坡州¹道上感懷

파주坡州 서쪽 패옹佩翁의 산소
술동이 놓고 말을 거니 들은 척도 하지 않네.
어쩌랴 저승 땅속이 모두 술이어서
길게 취하여 누워 깨려 하지 않는 것을.

坡州西面佩翁塋   奠酒陳辭莫我聽
無乃九泉都是酒   長時醉臥不曾醒

---

1 坡州: 京畿道 坡州市의 한 고을.

강가에서 사군使君 정성근鄭誠謹이 충주목사로 부임하는 것을
배웅하며
江上, 送鄭使君[1]誠謹[2]赴忠州牧

큰 국은 담박하여 사람들 누가 맛보려 하나
옛 곡조는 외롭고 높아 세속에선 시끄럽다 하네.
지난해 물고기 걸고 옛 군에 머물더니
올해엔 학을 타고 중원中原으로 올라가네.
성남 쪽 상수象水는 한강의 명승이요
조령 북쪽 여러 봉우리 중 월악산月嶽山이이 우뚝하다.
그대의 맑은 풍류 이번 길에 퍼지리니
뱃 안엔 거문고에 술동이 하나뿐이라.

大羹淡泊人誰味　　古調孤高俗自喧
去歲懸魚留古郡　　今年乘鶴上中原
城南象水漢江勝　　嶺北諸峯月嶽[3]尊
此去淸風應更播　　舟中只見一琴樽

---

1 使君: 임금의 命令을 받들고 나라 밖으로나 地方에 온 使臣의 敬稱
2 鄭使君誠謹: 鄭誠謹. ?~연산군 10년(1504). 본관 晉州. 金宗直의 문인이다. 성종
　5년(1474) 식년문과에 을과로 급제하였다. 여러 관직을 거쳤다. 1504년 갑자사화
　에 연루되어 軍器寺 앞에서 참수되었으나, 중종 즉위 후에 伸寃되었다. 시호는
　忠節이다.
3 月嶽山: 충청북도 제천시 한수면과 덕산면의 경계에 있는 산. 국립공원의 하나이
　다. 높이는 1,093m.

화량花梁의 정자에 제하여
題花梁[1]亭

남양南陽 땅 서쪽 서해의 동쪽
흰 물결 푸른 산에 지세도 웅장하다.
정자 한 가운데 서서 지는 해 바라보니
하늘은 거울 위에 비치어 그 빛 길고 길다.
세류영細柳營 날나리 소리 웅장하고
봉래산 안개와 놀 그 곳과 통했나.
우습다 늙어갈수록 시 짓는 힘 퇴보하여
이 좋은 경치 그리려니 말이 막히누나.

南陽[2]之西西海東　　白水蒼山地勢雄
人立亭心看落日　　天臨鏡面作長空
柳營鼓角聲容壯　　蓬島烟霞境界通
自笑老來詩力退　　奇觀欲寫語難工

---

1 花梁: 경기도 남양의 바닷가 포구이다.
2 南陽: 경기도 화성군에 있는 面의 지명이다.

마전현麻田縣의 객사客舍에 제하여
題麻田縣[1]舍

산세는 오밀조밀 물길은 구비구비
객사에 비스듬히 앉으니 눈이 활짝 열린다.
책상 앞에 온종일 겨우 문서 몇 개
산새만이 내 마음 아는 듯 지저귀며 날아든다.

山勢周遭水勢橫　　一軒危坐眼分明
案頭盡日文書少　　山鳥啼來似有情

---

1 麻田縣: 경기도 연천 지역의 옛 지명이다.

양주楊州 동헌의 시에 차운하여, 같이 가던 여러 재상들께 보여 주다

次楊州東軒韻, 示同行諸相

성 나서 동쪽으로 첫 번째 주
시골 마을 4월은 보리 익는 시절.
반생토록 두 다리는 어디에서 멈춰봤나
며칠간 말미얻어 입도 놀리지 않네.
좋구나 바람 맞으며 함께 난간에 기대니
고향생각에 홀로 누각에 오를 필요 있나.
푸른 산에 해 넘어가는데 한 동이 술 놓고
푸른 나무속에서 또 꾀꼬리 노니는 것 보네.

出郭東行第一州	田家四月麥成秋
半生兩屐何曾住	數日連鑣舌不媒
正好臨風同倚檻	不須懷土獨登樓
靑山日暮一尊酒	碧樹又聞黃栗留

언국彦國이 양화도楊花島에서 책을 읽는 것에 부쳐

寄彦國讀書楊花島[1]

강가 양화도楊花島에 흰 눈이 날리는데
우리 아들 성남 쪽에 독서하러 보낸다.
아침저녁 문안 못 드려 어머니 걱정되겠지만
아침 일찍 저녁 늦도록 공부해서 임금께서 알아주시길 기약해라.
밤이 기니 촛불이 다 타는 것이 걱정이요.
집이 가난하니 쌀과 소금을 제때 대지 못하구나.
벼슬길은 부지런함이 괴로우니
오직 이 삼동三冬에 촌각을 아껴라.

江上楊花白雪飛　　城南遣子讀書時
晨昏定有慈親念　　夙夜終期聖主知
夜永每愁燈燭盡　　家貧常送米鹽遲
由來宦達皆勤苦　　須向三冬惜寸暉

[원주]
이때 집사람이 병이 났기에 나라에서 책읽는 것을 그만두고 병환을 모시라는 뜻이
있기에 제1연에서 말했다.
時家人患病, 國有廢讀侍病之意, 故於第一聯云云.

---

1 楊花島: 楊花津, 楊花渡라고도 하였다. 조선시대에 漢陽에서 江華로 가는 주요
  간선도로상에 있던 교통의 요지였을 뿐만 아니라, 한강의 漕運을 통하여 三南
  지방에서 올라온 稅穀을 저장하였다가 재분배하는 곳이었다. 또 한양의 천연방어
  선을 이루는 요지였으므로 鎭臺를 설치하였다.

홍치弘治 14년(1501) 가을, 내 친구 참교參校 최린崔璘이 와서 고향으로 돌아겠다고 말했다. 그의 고향은 연안延安인데 좋은 밭과 넓은 집이 있어 늘그막을 즐겁게 지낼 만하다고 하니 대개 이번에 가서 다시 돌아오지 않으려 하는 것이다. 두 아들이 따라가는데 모두 일찍이 과거에 들었으며 효도하는 그 마음으로 나라에 충성하였다. 이번 길은 그의 고향에도 영광스러운 것이니 즐겁게 여길 만하다. 나는 최군과 젊어서 일찍이 성균관에 유학하였고 승문원承文院에 들어가서도 같은 때 박사博士가 되었고 늘그막에 남산 아래에 집을 얻었는데 또 바로 담장 너머 집이라 서로 따라 놀았다. 업業도 같고 관직도 같고 동네도 같았으니 그가 돌아가는 이때 한 마디 말이 없을 수 있겠는가! 호리병에 든 술을 다 마시고 시를 지어 이별의 뜻을 담아 준다 2수

弘治十四年秋, 吾友崔參校璘, 謁告歸于鄕. 其鄕曰延安, 有良田廣宅, 可以娛老境, 蓋欲去不還也. 二子隨之, 皆嘗占科名, 方移孝做忠. 此去將榮于其鄕, 儘可樂也. 余與崔君, 少嘗遊學於泮宮, 入承文院[1], 一時爲博士, 晚家南山下, 又隔墻相從. 同業也, 同官也, 同里閈也, 於其歸, 得無言乎! 酒壺旣傾. 詩以贈別. 二首

1
두 아들 충성과 효도
임금께선 은혜와 영화.
은빛 술은 축수주祝壽酒요

---

1 承文院: 조선 시대에, 외교에 대한 문서를 맡아보던 관아. 태종 10년(1410)에 설치하여 고종 31년(1894)에 폐하였다.

화려한 옷 축하연이라네.
관현絃管 소리 따라 해는 늦어가고
어버이께선 만년을 누리시라.
고을 사람들 다투어 말하겠지
인간세상에 신선이 있다고.

> 二子由忠孝　　恩榮錫九天
> 銀潢稱壽酒　　綵服映華筵
> 絃管遲遲日　　萱椿萬萬年
> 鄕人爭指說　　人世有神仙

2
꿈속에서 일이 어긋났더니
꿈 깨니 겨우 기장밥 익는 시간.
고요하게 건곤은 태평하고
한가하게 세월만 길다.
이익과 녹봉에는 마음 없고
호리병 술잔만이 맛이 있네.
한 번 취하면 남은 일 없으리니
평생을 아등바등 살기는 싫네.

> 南柯前事誤　　已覺熟黃粱
> 靜裏乾坤泰　　閑中日月長
> 無心於利祿　　有味是壺觴
> 一醉無餘事　　還嫌百歲忙

회양淮陽에서 오랑吳郎에게 부치다 손녀사위 오준吳準이다

淮陽¹, 寄吳郎 孫壻吳準

사람이 잘못한 거지 하늘이 무슨 상관이랴
먼 땅에 가는 이번 길은 삼천리나 되네.
노둔한 재주로 먼 길 가리라 욕심냈으니
늘그막에 당연히 수레가 넘어졌네.
마천령磨天嶺 옛 고개는 북청北靑의 뒤에 있고
두만강 봄은 장백산 앞에 있네.
험한 길도 나는 아랑곳않네
성은의 빛이 단비처럼 적셔주느니.

藥作由人豈管天　　投荒此去路三千
自是駑才貪遠道　　故應車覆屬殘年
磨天古嶺²北靑³後　　頭滿春江長白前
間關道路毋吾以　　好睹恩光雨露邊

1　淮陽: 江原道 회양군의 속한 지명. 옛날부터 관북 地方에 對한 軍事 상의 要地로 發達하였다.
2　磨天古嶺: 磨天嶺. 함경남도 단천시 龍德里와 함경북도 김책시 장현동 경계에 있는 고개. 이판령이라고도 한다. 해발고도 709m로 마천령산맥의 남쪽에 있다. 령이 높아 구름과 맞닿은 것 같다는 데서 이름이 유래한다.
3　北靑: 咸鏡南道 北靑郡의 지명.

곡구역谷口驛에서

谷口驛[1]

길은 멀리 바닷가 따라 나 있고
작은 역 하나 산기슭에 있네.
꼬불꼬불 산길은 구름 속으로 멀어지고
둥실둥실 물결은 해까지 올랐다 부서지네.
이곳 사람들 두터운 마음에
귀양객 오히려 마음 상하네.
큰 고개를 내일 아침에 넘어가면
고향 쪽 바라볼 길도 없겠지.

長途緣海岸　　小驛傍山根
鳥道縈雲逈　　鯨波盪日飜
居人多厚意　　遷客自傷魂
大嶺明朝過　　無因望故園

1　谷口驛: 지금의 端川. 조선시대 함경도의 역도인 施利道에 속한 역.

단천端川에서 최 정유崔正有를 만나 두 수를 주다 최보崔溥는 귀
양살이가 이미 오래되었다.

端川¹, 遇崔正有², 贈二首 溥謫已久矣

생의 마지막에 큰 잘못을 범했으니
모든 일이 긴 한숨 뿐이로다.
땅 끝에 귀양 가는 길이 아니라면
이렇게 만나기가 어려웠겠지.
만 번 죽어도 마땅할 죄에
목숨 부지했으니 성은이로다.
품은 마음 있어도 알아줄 이 드무니
그대에게나 이야기하네.

殘生鑄大錯　　萬事一長歎
不因極邊謫　　此會應亦難
萬死當臣罪　　全生荷聖恩
有懷知者少　　聊復與君言

1　端川: 咸鏡南道 東北部 端川郡의 지명.
2　崔正有: 崔溥. 단종 2년(1454)~연산군 10년(1504). 본관 耽津. 金宗直의 문인이
　　다. 1482년 친시문과에 을과로 급제하여 『동국통감』, 『동국여지승람』 등의 편찬에
　　참여하였다. 1487년 제주 등 3읍의 推刷敬差官으로 임명되어 제주로 건너갔는데,
　　거기에서 다음 해 초에 부친상의 기별을 받고 곧 고향으로 급히 오는 도중에 풍랑을
　　만났다. 이에 43인이 탄 배는 14일 동안 동지나해를 표류하다가 해적선을 만나
　　물건을 빼앗기는 등 곤욕을 치르고 결국 명나라 台州府臨海縣에 도착하였다. 이후
　　북경으로 보내졌다가 조선으로 돌아왔다. 이때의 기록이 『錦南漂海錄』 3권이다.
　　무오사화 때 화를 입어 함경도 단천으로 귀양 갔으며 여기서 6년을 지내다 갑자사
　　화 때 처형되었다.

귀양가는 길에

謫來途中

재주도 없이 은총 받아 평생을 다하도록
흰머리에도 성명한 임금 보답하리라 했더니
임금의 위엄 거슬렸으니 내 죄가 큰데
생명을 보전했으니 형벌이 오히려 가볍다.
성안에서 통곡하며 식구들이 보내주고
변방에서 떠들썩하게 도깨비들이 맞아주네.
네 고개 넘어가니 이 몸이 다시 멀어지니
꿈에라도 서울은 다시 못 가보겠지.

非才冒寵了平生　　白髮長懷報聖明
自觸嚴威臣罪大　　猶全性命國刑輕
城中痛哭妻孥送　　塞上喧呼鬼蜮迎
四嶺過來身更遠　　夢魂猶不及京城

오진五鎮에 이르러
到五鎮[1]

재주 없이 많은 날 속세를 달려면서
늘그막 높은 벼슬 뻔뻔도 하네.
칠십년 만에 영화는 끝나고
삼천리 밖에 길도 험하다.
깊은 물은 다리로 얕은 물은 걷고서 건너니 물도 물도 많고
고개 너머 또 고개 산도 산도 많네.
한쪽 끝 푸른 하늘 이 끝간 곳 당도하니
이 몸이 인간 세상을 떠나왔구나.

負乘多日走塵寰　　晚境簪紳亦强顏
七十年來榮幸畢　　三千里外道途艱
深橋淺揭難枚水　　複嶺重岡不盡山
一面靑天窮處到　　始知身是去人間

1　五鎮: 조선 세종 때 김종서를 시켜 함길도 북변을 개척하여 설치한 6鎭 가운데 富寧 한 진을 제외한 다섯 진. 곧 회령, 종성, 경원, 경흥, 온성을 이름.

경원慶源에 이르러
到慶源[1]

저자거리 채찍질 부끄럽다 들었더니
궁한 이 늙은이 어찌 몸소 당했나.
피눈물로 동문 밖 흙을 적시고
옷으로 이 북쪽 변방의 먼지를 맞았네.
하늘과 땅 사이 두 병든 새
바닷가 궁한 물고기 하나
땅 끝에도 땅은 많아서
이 한 목숨 부치고 있네.

嘗聞撻市恥　　窮老奈身親
血染東門土　　衣蒙北塞塵
乾坤雙病翼　　江海一窮鱗
絶域猶多地　　儵生寄此身

---

1 慶源: 함경북도 경원군에 있는 면.

판관判官 유속柳續이 지평持平을 제수받고 서울로 돌아가는 길을 배웅하며
送柳判官¹續拜持平²歸京

푸른 학들 뭇 신선의 짝
요사이 사방으로 흩어져
참성參星 삼성商星처럼 아득히 서로 못보고
구름 너머 희미하기만
죄 얻어 하늘 끝 귀양 오더니
성은 입어 임금 아래 돌아가네.
헤어질 때 흐르는 눈물을 어이하랴
이제 이 땅에 아는 사람 그 누구.

青鶴群仙侶　　年來四散飛
參商俱緬邈³　　雲水共依微
得罪天涯謫　　承恩日下歸
臨分那禁淚　　邊地故人稀

---

1 判官: 조선시대 종5품 외관직의 하나. 크게 2가지로 나뉘는데, 먼저 대읍·巨鎭에
　守令의 부관격으로 파견한 판관이 있었다. 또한 감사가 임기 2년에 率眷 부임하여
　감영소재읍의 府尹 또는 목사·부사를 겸임할 때 營下邑에 두는 판관이 있었다.
2 持平: 조선시대 사헌부에 두었던 정5품직. 정원은 2명이다. 태조 1년(1392) 7월
　관제개편 때 정5품 雜端 1명을 두었던 것을 태종 1년(1401) 7월 관제개정 때 지평
　2명으로 바꾸었다. 여러 道에 分臺를 파견할 때 지평을 겸직으로 수여하기도 했다.
3 參商句: 참성은 서쪽에, 상성은 동쪽에 서로 멀리 떨어져 있다는 데서, 친한 사람이
　서로 멀리 떨어져 만날 수 없음을 비유적으로 이르는 말.

누가 말했는가 절구 네 수

誰謂四絕

1

그 누가 여름밤이 짧다 했나
일경一更이 일 년 같네.
어찌 일찍이 꿈에라도 고향집 가보았나
새벽토록 잠도 오지 않는 걸.

誰謂夏夜短　　一更如一年
何曾夢到家　　達曙都不眠

2

그 누가 기러기 봄이면 북에서 온다 했나
달마다 편지 한 장 없네.
병든 아내 오늘 내일 했는데
죽었는지 살았는지.

誰謂雁春北　　月無一紙書
病妻命朝夕　　死生今何如

3

그 누가 내가 시 짓기 좋아한다 했나
한 구절 생각나도 입으로 읊조리지 않네.
어찌 거문고 없으랴만
듣는 이는 지음知音이 아니라네.

誰謂我好詩　　得句口絕吟

豈無膝上絃　　　聽者非知音

4

그 누가 내가 술 좋아한다 했나
술동이 앞에 놓고 잔질도 못 하네.
마시면 곧 곤하여 눕게 되니
잔 돌아오면 성부터 내네.

　　誰謂我嗜酒　　當尊酌不能
　　飮則輒困臥　　杯至却生憎

사는 곳에 느껴

感寓

이삼월에 서울 나서
이제 한여름
변방 이 땅 기후도 달라
북풍이 땅을 말아올리네.
겹솜옷 입어도 오싹하고
털모자로 꽁꽁 둘렀네.
비만 오면 써늘하여
문 닫고 농짝에 기대앉네.
술 마시고 싶어도 장腸과 위胃가 나쁘고
책 보는데 눈에 안개 낀 듯
말도 없이 시동尸童처럼 앉았으니
아이놈들 들여다보며 희희거리네.
생각자니 전에 서울에서
이달엔 날씨도 좋았지.
홑 협의裌衣에 몸마저 가벼웠고
정자엔 첫 오동꽃
친척 친구 둘러앉아
술김에 벌겋던 얼굴
홀로 이 모퉁이에서
'허허'만 공중에다 쓰는 꼴이라니.

出城二三月　　時維夏之中
邊城氣候異　　捲地長北風
重綿尙嫌涼　　髦冠頭又籠

雨後更凄慄　　　閉戶依房櫳
飲酒腸胃病　　　看書眼霧濛
不語坐如尸[1]　　指笑煩兒童
默想京國舊　　　是月天氣融
身輕單袷衣[2]　　亭樹初梧桐
坐談雜親朋　　　醉面相暎紅
胡爲獨向隅　　　咄咄空書空

1　如尸: 尸童처럼. 제사를 지낼 때 神位 대신으로 앉히던 어린아이.
2　袷衣: 襦袷衣. 솜을 넣어서 지은 옷으로, 주로 남자가 입는 저고리를 이르는 襦衣
　　와 겹으로 만든 袷衣를 함께 아울러 이르는 말.

홀로 지새는 밤의 한 때
獨夜卽事

높은 성 닫힌 문 모서리
귀양객 아픈 마음.
처마 너머 삼경의 비
침상 머리 두 척 거문고.
끝간 땅 기러기 사라지고
깊은 밤 닭울음 반가워라.
누웠다 일어났다
동창은 괴롭게도 밝지 않네.

高城閉門角　　遠客自傷情
簷外三更雨　　床頭二尺檠
地偏愁雁斷　　夜久喜雞鳴
獨臥頻頻起　　東窓苦不明

병든 아내와 귀양간 아들을 되새기며 아들 언국彦國이 이때 곽산郭山에
귀양 가 있었다
憶病妻與謫兒 兒彦國, 時謫郭山[1].

서울 떠나 삼천리
고향 생각 열두 때.
참성參星 삼성商星처럼 애비와 아들 못만나고
북쪽 남쪽 아내와 아들 떨어져있네.
산천이 가로막혀 그저 바라만 볼 뿐
돌아가고파 세월만 느리구나.
먹고 자기도 어려워라
바싹 말라 가죽만 남았네.

去國三千里　　思鄕十二時
參商分父子　　胡越隔妻兒
望眼山川阻　　歸心日月遲
艱難猶寢食　　骨立僅存皮

---

1 郭山: 평안북도 정주지역의 옛 지명.

귀양살이 한 때, 평사評事 이장곤李長坤에게 부쳐
謫居卽事, 寄李評事¹長坤²

흰머리에 쇠약하고 병조차 많은 몸이
흘러 다니다 이 끝에까지 왔다오.
도깨비들의 굴에 몸을 맡기고
오랑캐 땅 저 멀리만 바라본다오.
허전하여 밤마다 잠도 안 오고
지내자니 하루가 일 년 같다오.
시도 그만두고 술도 못 먹고
일없이 그저 몸이나 편하게 있으려 하오.

衰白仍多病　　流離更極邊
投身魑魅窟　　極目犬羊天
索寞夜無寐　　經過日似年
廢詩還止酒　　無事却身便

1　評事: 조선 초기의 정6품 관직. 兵馬評事의 약칭이다. 병마절도사의 막하에서 군
　　사조치에 참여하며 文簿를 관장하고 軍資와 考課 및 開市 등에 관한 사무를 담당하
　　였다.
2　李評事長坤: 李長坤. 성종 5년(1474)~중종 14년(1519). 조선 중기의 문신. 본관은
　　碧珍. 1504년 교리로서 갑자사화에 연루되어 이듬 해 거제도에 유배되었다. 이
　　해 중종반정으로 자유의 몸이 된 뒤 여러 관직을 거쳤다. 저서로는 『금헌집』이
　　있다. 시호는 貞度이다.

엎드려 듣자니 인수왕비仁粹王妃께서 돌아가셨다기에 곡하며 짓다

伏聞仁粹王妃[1]薨逝, 哭而作

밤마다 꿈이 불길하여
새벽토록 멍하니 앉아있더니
회간왕懷簡王의 비妃께서
돌아가셨다 하네.
흰머리 네 임금 섬긴 신하
귀양살이 파리하게 병든 몸
문득 두 줄기 눈물
단번에 오장이 찢어지는 듯
생각자니 대궐 깊은 곳에서
임금께서도 상복입고 애통해 하시겠지.
이 황량한 곳에 매인 몸이라
곡哭하는 반열班列에도 설 수 없구나.
생각난다 태임太任같이 현숙하던 그분
태교胎敎로 성스럽고 밝은 자손 길러내셨지.
신성한 자손한테 경사 있어
긴 세월 한가로웠지.
대궐에서 효도를 다하셨고
복을 가져다 저들에게 주셨지.
내 살아서
끝내 이날을 맞을 줄이야.

---

1 仁粹王妃: 조선 덕종의 비 昭惠王后(1437~1504)를 대비로서 이르는 말.

예전에 약방제조藥房提調로
몇 년을 대궐에서 지냈더니
오늘날 귀양 온 마당에도
상자엔 하사하신 그 물건이 있네.
하늘 우러러 목쉬도록 통곡하지만
하늘은 높아 내 소리 닿지 못하지.

夢寐夜不祥　　晨坐神如失
卽聞懷簡2妃　　鍊石功已輟
白髮四朝臣　　竄逐羸衰疾
不覺雙淚落　　蒼黃五內裂
想見九重深　　至尊痛衰絰
恨身縈荒徼　　哭臨阻班列
仰惟太任3賢　　胎敎育聖哲
慶流及神孫　　長秋閑歲月
孝奉竭宸裏　　介福以貽厥
豈料百年內　　忽忽有此日
藥房舊提調4　　多年守宮闕
至今流落中　　箱篋留賜物
仰天哭失聲　　天高聲不徹

---

2 懷簡: 懷簡王. 德宗을 이름. 조선 세조의 세자(1438~1457). 이름은 暲. 자는 原明.
　세자로 책봉되었으나 즉위 전 20세에 죽었다.
3 太任: 周 나라 王季의 妃이며 文王의 어머니로 이상적인 여성으로 등장함. 劉向의
　『列女傳』에서는 周室의 三母로서 태임 외에 太姜, 太姒를 들고 있음.
4 藥房句: 예전 藥房提調: 임금에게 올리는 약을 감독하던 벼슬아치.

한때

即事

인간세상 영화와 낙척落拓은 팔꿈치 굽히고 세우듯 한데
이곳에 와 먹고 자니 꿈인가 생시인가.
변방 하늘은 자주자주 흐려다 개었다
귀양객 무료하여 앉았다 누웠다.
술은 시름에 따르다 보니 넘치고
시는 말을 꺼리다 보니 항상 적게 나오네.
까닭 없이 자주자주 일어나는 고향생각
흰머리에 쓸쓸히 정신만 상할 뿐.

榮落人間肘屈伸　　此來眠食夢耶眞
塞天多事陰晴雜　　遷客無聊坐臥頻
酒爲攻愁斟輒滿　　詩嫌觸諱出常貧
無端屢起鄕關思　　白髮蕭蕭欲損神

경원慶源의 풍토

慶源[1]風土

초가집 지붕들은 삐뚤삐뚤
마당엔 노적가리 채소밭.
처마엔 제비 둥지도 없고 까마귀만 춤추고
푸른 버드나무엔 꾀꼬리 울음도 들리잖네.
이곳은 보통 뱀도 보이잖고
본래 산과 들엔 까치도 살지 않는다네.
명절따라 복날 섣달 집집마다 술판이라
피리 북 닐니리 어느새 해는 서쪽으로.

草屋連甍不整齊　　場餘積粟菜成畦
虛簷只有烏衣舞　　碧樹不聞黃鳥啼
是處尋常蛇不見　　從來山野鵲無棲
歲時伏臘家家酒　　簫鼓聲中日自西

---

1 慶源: 함경북도 경원군에 있는 면.

집에서 온 편지를 보고

見家書

나그네가 우리 집 편지를 가져왔는데
아내의 병이 아직 낫지 않았다고 하네.
헤어지던 날은 편안했지만
어느 해나 다시 만날 수 있을는지.
눈길은 어느 새 구름 저쪽에 못 박히고
아픈 마음은 달을 따라 걸렸네.
우리 둘 모두 한 번은 죽겠지만
누가 먼저 갈지 모르겠네.

有客傳家信　　云妻病未痊
居然相別日　　邈爾更逢年
極目愁雲斷　　傷心苦月懸
兩皆有一死　　不識誰後先

언국彦國의 편지를 보고 답장으로 시를 부치며 2수

得彦國書, 答寄. 二首

1

우리 다섯 아들 누군들 귀하지 않으랴만
다섯 번 아들 꿈에 네가 가장 늦었지.
국화를 사랑 함은 서리 내린 뒤를 봄이요
솔을 아끼는 건 추워진 뒤를 기약함이라.
난초 향초 꺾여지니 시인은 원망하고
대나무 오동 부러지니 봉황이 슬퍼하는구나.
하늘가 저 멀리서 서로 건너다보기 괴롭지만
죽음과 삶으로 길이 헤어짐보다 낫지 않겠니.

一家豚犬¹誰輕重　　五夢熊羆²汝最遲
愛菊只緣霜後見　　憐松爲有歲寒期
蘭摧蕙敗騷人怨　　竹折桐枯鳳鳥悲
地角天涯相望苦　　勝他生死永分離

2

편지 받으니 네 얼굴 보는 것 같구나
한 번 보고 두 번 보다가 눈물이 줄줄 흘렀단다.
다행히도 나는 잘 있다만
네 어미 병도 그전 같다니 가슴을 누르는구나.
한 번 잃은 걸로 공부하는 걸 멈추지는 말아라
모름지기 세 가지 남은 일로 편하게 지내렴.

---

1 豚犬: 자신의 아들을 겸손하게 표현하는 말.
2 熊羆: 아들낳을 꿈을 가리킴.

화禍와 복福은 본래 일정한 모습이 없으니
옛 변방 늙은이 생각이 천명을 아는 것이란다.

得書如對汝顔面　　一再看來淚泫然
何幸乃翁平似舊　　不堪阿母病如前
休將一失停椎錯　　須趁三餘事簡編
禍福從來無定體　　塞翁料事是知天

귀양살이를 쓰다 20운
謫居書事, 二十韻

어쩌랴 늘그막에
이 변방 고생을
산과 내 험한 곳 지나
안장말 멀리도 타고 왔네.
큰 진영 동쪽 끝에 섰고
큰 강은 나라 북쪽 문을 잠그었네.
성과 해자 이십 리에
병마 일천이 둔屯친 곳
그전에는 번화繁華한 땅에 왔었는데
이제 적막한 곳에 던져졌네.
처음 왔을 땐 아는 이가 적더니
점점 살다보니 사귀는 이 늘어나네.
부사府使가 술대접도 잘해주고
군관軍官들도 웃음의 말 떠들썩하네.
주인 두고 사는 곳도 편안하고
관청에서 앉는 자리 높은 데네.
취한 뒤 세상을 잊지만
깨나면 고향땅 생각나네.
친척 친구 저 구름 너머 있고
아내와 아이들 꿈속에서나 만날 뿐.
억울함에 이런 정황이 없고
생각이 끊임없어 말도 안 나오네.
서산에 떨어지는 해는 슬프고

동해에 아침노을은 기쁘네.
홀로 선 외로운 신하의 그림자
두 줄기 괴로운 눈물 자욱이여.
눈에 꽃피고 머리는 흰 눈 같고
늘어진 머리칼은 올과 같네.
문을 닫고 외로운 베개에 기대 있다가
주렴을 걷어 걸고 작은 헌軒에 앉아 있네.
뜰에는 비었으니 까막까치 지저귀고
골목길엔 닭과 돼지 흩어져 있네.
비바람은 아침저녁으로 불고
안개와 놀은 서로 뱉었다 삼키네.
시나 읊으며 세월을 보내노라니
올려보고 내려 보며 건곤에 감사하네.
사랑받고 미움 받는 것 모두 내 분수니
영화와 가난은 또한 성은이라.
평생에 곧은 길만 품었더니
귀한 것은 이 마음을 간직함이라.

可奈當衰境	辛艱向塞垣
山川經險阻	鞍馬遠馳奔
巨鎭臨東極	長江鎖北門
城壕三七里	兵馬一千屯
昔到繁華地	今投寂寞村
始來相識少	漸住結交頻
府伯杯盤盛	軍官笑語喧
主家居處穩	官舍坐來尊
醉後忘人世	醒來憶故園
親朋且雲樹	妻子只夢魂

鬱抑無情況　　況綿不語言
西山悲落日　　東海喜朝暾
獨立孤臣影　　雙垂苦淚痕
眼花頭似雪　　肘柳髮如髡
閉戶憑孤枕　　鉤簾坐小軒
庭除喧鳥雀　　閭巷散雞豚
風雨自朝夕　　烟霞互吐呑
吟哦消歲月　　俯仰謝乾坤
寵辱皆吾分　　榮枯亦聖恩
平生懷直道　　所貴此心存

봉화烽火
烽火

변방의 해 기울면 저녁 봉화 오르는데
이때쯤 대궐에선 저녁 종소리 울리겠지.
한스럽다 이 내 몸도 봉화처럼
남산 봉우리로 날아오르지 못하는 걸.

邊日西斜已夕烽　　此時城闕動昏鍾
我身恨不如烽火　　飛到南山屋上峯

낮잠

書寢

날마다 창 앞에서 낮잠을 자는데
이 몸이 낮잠을 좋아함이 아니다.
서울 떠나 삼천리라
회오리바람 타고 꿈이나 한 바탕 꾸는 게지.

日日窓前午睡長　　此身非愛黑甛鄕
離家去國三千里　　擬借回飆夢一場

스스로 책망하다

自譴

꽉 막힌 심사를 누구에게 얘기할까
오뚝이 앉아노라니 생각이 끊이질 않네.
본래 이 몸 위한 꾀도 없었고
세상에 쓰일 재주도 없는 몸이라.
은혜 받아 영화롭게 살 마음도 먹지 않았는데
화가 어찌 근원이 없으리오.
경신년의 허물도 견딜 수 없는데
갑자년이 돌아오니 어찌 견딜까.
허물은 진실로 내가 만든 것이니
귀양살이는 누가 만든 것인가.
죽어도 죄가 남는데
목숨 부지한 것 진정 다행한 일이라.

窮愁誰與語　　兀坐思難裁
本乏資身計　　兼無用世才
恩榮元不意　　禍患豈無胎
不耐庚申過　　那堪甲子回
愆尤眞自作　　譴謫是誰媒
一死有餘罪　　偸生良幸哉

고민을 쓰다

敍悶

오늘도 저무느라
서산에 그늘이 지네.
소와 양 언덕을 내려오고
나는 새도 둥지를 찾는다.
언덕으로 여우 토끼 돌아오고
자기 굴로 교룡이 찾아든다.
농부도 가래질 호미질 마치고
또한 각각 자기 집으로 돌아간다.
집이 있어도 돌아가길 잊은 사람
아아 나는 그 어떤 물건인고.

此日亦云暮　　西山生夕陰
牛羊下坂來　　飛鳥投故林
丘原狐兔返　　窟穴蛟龍尋
田父罷犁鋤　　亦各歸其室
有家獨忘歸　　歎息我何物

죽은 아내를 애도하며
悼亡

평생을 함께 늙자 약속했더니
하루아침에 그 일이 깨졌네.
갑자기 감옥에 갇혀
다시 돌아가지 못할 줄 짐작했네.
또한 헤어질 때 말도 못하고 와서
떠나올 때 혼자 마음 아팠네.
아득한 동북변 길이라
네 아들 쫓아올 수 없었네.
아들 하나 또 멀리 귀양 갔으니
허허 무슨 이런 일이 있나.
내 외로운 그림자 변방 끝에 있으니
집에 일이 난들 아득히 알 수가 없어.
세 아들 두 번 편지했지만
매번 병이 그전만 하다 했네.
하루는 혼자 가만히 앉아 있는데
갑자기 두 눈에서 눈물이 흘렀네.
아니 이 무슨 일인가
분명 집에 일이 났구나.
고민한들 누구보고 말하랴
괴로움 다섯 글자 시에나 쓸밖에.
얼마 안있어 편지가 왔는데
지난 달에 이미 멀리 떠났다 하네.
통곡해도 눈에는 눈물도 안나데

마음이 죽고 뼈도 끊어졌다네.
여종이 내 곁에서 곡하며
아이고 아이고 소리 그치지 않네.
억지로 마음을 누그러뜨렸는데
이 소리 들으니 또 목이 메이네.
밥상을 대해도 넘길 수가 없어
술기운 빌려서 내장을 덥힐 뿐.
인간 세상에 어찌 주림을 참을 수 있으랴.
이날부터 다시 밥을 먹었지만
황천길 가는 혼백은
몇 낱알 곡식이나 넘겼는지
얼마 전부터 흐린 날이 많으니
조물주도 눈물 흘리는 게라.
어제 또 편지가 왔는데
이달 안에 상여수레가 떠난다 하네.
한강을 배로 거슬러 올라가
구름을 뚫고 고개를 넘는다 하네.
멀고먼 곽산郭山의 구름
꿈속에도 그 길이 멀기만 하네.
아비 아들 어미가 세 곳에 있으니
살아서 죽은 이를 보내는 마음이여.
눈물 섞어 이 말들을 적노라니
아아 찢어지는 이 가슴을 어이할꼬.

百年偕老約　　一朝前計非
蒼黃赴狂獄　　固知不復歸
亦不告以別　　告別徒傷悲

茫茫東北路　　四子莫追隨
一子復遠謫　　咄咄此何爲
隻影塞日邊　　家故邈難知
三子兩度書　　每病以前時
一日獨坐久　　忽然雙涕垂.
自念胡爲哉　　定應家有奇
闃嘿誰與語　　辛苦五字詩
未幾有書至　　前月已長辭
痛哭眼無淚　　心死骨欲折
侍婢哭我傍　　哀哀響不歇
我欲强自寬　　聽此復嗚咽
對食食不能　　借酒沃腸熱
人間豈忍飢　　匙箸復此日
不知泉下魂　　能進幾箇粒
邇來天陰多　　亦應眞宰泣
昨日又得書　　月內喪車發
沂流上江舡　　穿雲過嶺轍
迢迢郭山[1]雲　　夢裏道里闊
父子母三處　　可堪生死別
和淚寫苦辭　　嗚呼吾痛裂

---

1 郭山: 평안북도 곽산.

마음이 상해
傷懷

상이 난 게 열흘 전이니
상여가 뜬 지 열흘이 지났구나.
배에서 내려 뭍에 올랐겠지
산길은 굽이도 많을텐데.
이제는 큰 고개 밑이겠구나
큰 고개는 험해서 넘기 힘들텐데.
슬프다 새끼 넷이
하나도 제대로 못모시는구나.
하나는 멀리 귀양길 따라
멀리멀리 동북으로 향하고
하나는 먼 곳으로 쫓겨나
남쪽만 바라보며 눈물만 적시겠지.
오직 둘만 따라가는데
병들어 두 다리도 못 움직이겠지.
가련한 흰머리 이 늙은이는
이 끝 간 데에서 목숨만 붙어있네.

聞喪纏十日	發靷過十日
舍舟已登陸	山路多屈折
想今大嶺下	大嶺險難越
哀哉四箇雛	不得齊執紼
一箇尋遠謫	遙遙向東北
一箇竄遐方	南望淚沾臆
惟有兩箇隨	病不運雙脚
可憐白髮翁	偸生寄絶域

듣자니 언방彦邦이 이곳으로 오는데 이미 반나마 왔다기에, 슬
퍼서 짓다
聞彦邦入來已半途, 悲而有作

네 어미 때문에 우느라 목소리도 잠겼겠지
어떻게 말을 박차 이 먼 성으로 오느냐.
아마 슬퍼하느라 오는 길 고달플텐데
오늘밤은 또 어느 마을에서 채소국이나 얻어먹느냐.

哭母哀哀未輟聲　　何堪撲馬向邊城
應知毀瘠行來苦　　今日誰村乞菜羹

시신이 이미 함창咸昌에 이르러 선영先塋의 옆에 장사지냈으리라고 생각하자 슬퍼서 짓다
想喪柩已到咸昌, 稿葬先墳之側, 悲感有作

얼마 전 상여가 한양을 떠났다니
이제는 고향 땅에 닿았겠구려.
황천에서 시부모님이 반드시 물어보시겠지만
'낭군은 하늘 끝에 계세요' 말은 하지 말아주시오.

早識靈輿發漢陽　　料應今已到家鄕
重泉定被爺孃問　　莫道郎君天一方

우연히 느낀 바를 쓰다

感遇

가생賈生은 부賦를 지어 복조鵩鳥를 만난 것 슬퍼했고
소무蘇武는 다행히도 기러기 편에 편지를 전했네.
세월은 창이 밝았다 어두웠다 하는 것이요
굽이굽이 이 마음은 죽고 사는 사이에 있네.
텅 빈 쓸쓸한 정자에 새벽빛이 부옇고
활짝 터진 강에는 석양이 붉으리.
이 끝간 외로운 성에 날나리를 부니
이 한 몸 생각다 못해 공중에다 글자를 쓰네.

賈生作賦傷遭鵩¹   蘇武傳書幸借鴻²
歲月窓明窓暗裏   情懷一死一生中
虛涼亭榭晨光白   浩蕩江湖夕照紅
絶域孤城吹畫角   一身消瘦坐書空³

---

1 賈生句: 賈誼의 일. 중국 前漢 文帝 때의 문인·학자.
2 蘇武句: 소무의 생몰연대는 ?~B.C.60. 전한 무제 때 사람. 자는 子卿. 杜陵 사람
  이다. 武帝 때인 B.C.100년에 中郞將으로서 匈奴에 사신으로 갔다가 체포되어
  항복을 강요받았으나 거부하자 북지로 보내져 19년에 걸친 억류생활을 했다. 昭帝
  가 즉위한 후 흉노와의 화해가 성립되어 B.C.81년 長安으로 돌아왔다.
3 坐書空: 咄咄怪事의 고사

밤에 여종이 곡하는 소리를 듣고
夜聞婢哭

부인은 나를 버리고 떠났는데
여종은 나를 따라와 있네.
낮이고 밤이고 아이고 아이고 우니
온 동네가 애달파하네.
이 늙은 홀아비 눈물도 이미 마르고
찢어지는 가슴도 식은 재같이 되었네.
밤마다 뜬 눈으로 잠을 이루지 못하고
침상 머리 등불은 까물거리는데.
밤 깊어 아이고아이고 우는 소리
여종이 집 깊은 곳에서
꺽꺽 흐느껴 그치지 못해
마음 속 깊은 구비를 토해내누나.
여종과 주인 사이에
이처럼 정이 도타울 수 있을까.
이제야 알겠네 평소에
지극한 덕으로 종들까지 감싸주었구나.
내가 맹광孟光과 짝한 뒤로
나를 기결冀缺처럼 섬겨주었지.
어찌 알았으리 금슬이 그리 좋다가
하루아침에 줄이 끊어져 버릴 줄
봉과 황 옹옹거리며 살다가
하나는 남고 하나는 날아가 버렸네.
입이 있으니 어찌 소리 내지 못하랴만

울음소리 내자니 도리어 가슴 아파
억지로 사내가 되려
소리를 삼키자니 오장이 찢어지네.

夫人背我去	侍婢隨我來
日夕哭不絶	四隣爲之哀
老鰥眼已枯	慘烈心死灰
耿耿夜無寐	床頭燈燼頹
夜久哭聲來	婢在幽幽屋
嗚嗚不能止	咽却深心曲
夫何婢主間	有此情意篤
乃知在平昔	至德浹奴屬
自我偶孟光	事我視冀缺
那知琴瑟好	一朝絃斷絶
嗈嗈鳳凰鳴	飛住忽相失
有口豈無聲	聲出傷煩聒
强作丈夫身	吞聲五內裂

부사가 순채蓴菜국을 보내왔기에 느낀 바 있어

府伯送惠蓴菜[1], 有感

내 귀양 온 뒤
부사님 은혜를 많이 받았네.
맑은 새벽에 홀로 일어나
오똑 말없이 앉았는데
갑자기 무얼 보내주셨는데
색깔은 백빈白蘋과 비슷하고
줄기와 잎사귀엔 흰이슬 엉겼으니
다른 채소들은 비할 것이 없네.
소금을 알맞춰 무치니
미끄러워 젓가락에 잘 집히지 않네.
소반에 닭국도 내쫓고
요리사가 곰발바닥이 부끄러워하리.
훌훌 한 오리도 안남기고
허리띠 풀고 바람드는 난간에 누웠네.
생각난다 아아 한스럽구나
우리 집은 영남의 마을에 있는데.
이것이 아주 많이 자라고
강호는 집 문앞에 있네.
장한張翰이 예전에 고향에 돌아가니
순채蓴菜국 농어회가 소반에 놓였었지.

---

1 蓴菜: 수련과에 딸린 여러해살이 물풀. 줄기는 가늘고 길며 물 속에 잠겨 있음.
어린잎은 먹음.

인생살이 마음 맞는 것이 가장 귀한데
공명이야 논할 것이나 되나
나는 일찌감치 돌아갈 생각 못하고
이렇게 울타리 안에 갇힌 것 마땅하지.
한 생각 떠오르니 다시 한스러워
말하려다 다시 삼키네.

一自謫居來	多荷地主恩
淸晨獨起坐	兀然無與言
忽蒙有所贈	其色類蘋²蘩
莖葉白露凝	凡菜莫敢尊
鹽豉下來勻	匕箸滑難存
盤中斥雞臛	膳夫羞熊蹯
長啜不敢餘	便腹臥風軒
有感飜有恨	吾家嶺南村
此物最蘩滋	江湖當我門
張翰³昔歸去	蓴鱸入盤飧
人生貴適意	功名何足論
我不早爲計	宜此困籠樊
有感還有恨	欲語聊復吞

---

2 蘋: 白蘋. 흰 마름꽃.

3 張翰: 중국 東晉 때 인물. 서진시대 張翰은 가을바람이 불자 고향 오중의 순갱과
농어회를 떠올라 곧장 벼슬을 버리고 歸鄕했다 한다. 蓴鱸之思는 '고향의 맛을
그리워하다' 즉, 望鄕이란 뜻으로 蓴菜로 끓인 국과 鱸魚로 만든 膾를 가리킨다.

홍치弘治 갑자년(1504) 봄 나는 추성楸城으로 귀양살이하러 왔다. 몇 달이 지나도록 한 번도 문을 나서지 못하니 답답해서 견딜 수 없었다. 하루는 부사께서 남문의 누각에서 맞이하기에 눈을 들어 둘러보니 활짝 하늘과 땅이 처음 열리던 때와 같았다. 술을 마시고 취해서 벽에다 제題했다. 때는 5월 22일이다

弘治甲子春, 余謫來楸城¹, 經數月, 未嘗一出門, 鬱鬱不可堪. 一日, 府主公邀上南門樓. 試游目四望, 快然如天地初闢, 醉後題于壁. 時五月二十二日也.

서울 떠난 내 몸이 끝 간 데 던져지니
높은 성 오월에 이 남루南樓에 오르다.
하늘과 땅을 가져다가 두 눈 안에 넣고
술동이 도마에 떠들 썩 온갖 시름 녹인다.
가생賈生은 장사왕長沙王의 사부師傅가 된 것 마음 상해 마시라
유자후柳子厚는 유주柳州 자사된 걸 무얼 그리 한하시나.
어느 곳 강산인들 내 것이 아니리
고금에 인생살이는 본래 뜬 구름이라오.

去國一身投絶域　　高城五月上南樓
乾坤納納存雙眼　　尊俎喧喧失百憂
賈生²不用傷王傅　　子厚³何須恨柳州
底處江山非我有　　古今人世本來浮

---

1 楸城: 함경도 경원도호부의 옛이름. 현재 함경북도 새별군.
2 賈生: 賈誼의 일. 중국 前漢 文帝 때의 문인·학자.
3 子厚: 柳宗元. 중국 당나라의 문인(773~819). 당송 팔대가의 한 사람으로, 古文 부흥 운동을 韓愈와 더불어 제창하였다. 전원시에 뛰어나 왕유, 맹호연, 위응물과 나란히 칭송된다.

찾아보기

|서명|

허백정집 원문 차례

허백정집 2

虛白亭集 卷2 詩

|序

| 疏

虛白亭集 卷3 碑誌

虛白亭集　跋文

虛白亭集 續集 卷2 詩

還，余袖之而出. 翌日，詩以還之

京師, 及已事且還, 到得陳君任所, 車徒皆不及門, 留待且一日, 灤河公館待頗厚, 往來談話者再三, 手書六箇名字授之, 且曰 嚴君在河南汝寧府, 行年六十七, 願得詩一篇, 歸而爲壽, 余以才拙辭, 旣不獲, 則僅綴俚語如左, 以備一笑云

|記

|年譜

역자별 번역부분 소개

김용철 : 1권 21쪽 ~ 2권 144쪽
김용태 : 2권 145쪽 ~ 2권 498쪽
김창호 : 2권 499쪽 ~ 3권 538쪽
김남이 : 3권 539쪽 ~ 4권 111쪽
부영근 : 4권 112쪽 ~ 4권 249쪽
김남이 : 4권 250쪽 ~ 4권 388쪽
부영근 : 4권 389쪽 ~ 4권 419쪽

초기사림파문집역주총서 1

허백정집 1

2014년 6월 27일 초판 1쇄 펴냄

저　자 홍귀달
역　자 김남이　부산대학교 한문학과 교수
　　　 김용철　부산대학교 점필재연구소 HK연구교수
　　　 김용태　성균관대학교 한문학과 교수
　　　 김창호　원광대학교 한문교육과 교수
　　　 부영근　대구한의대학교 한문학전공 겸임교수

발행인 김흥국
발행처 도서출판 점필재

등록 2013년 4월 12일 제2013-000111호
주소 서울특별시 성북구 보문동7가 11번지 2층(편집부)
전화 929-0804(편집), 922-2246(영업)
팩스 922-6990
메일 jpjbook@naver.com

ISBN 979-11-85736-02-0
　　　 979-11-85736-01-3 94810(세트)
ⓒ 부산대학교 점필재연구소, 2014

정가 30,000원
사전 동의 없는 무단 전재 및 복제를 금합니다.
잘못 만들어진 책은 바꾸어 드립니다.

이 도서의 국립중앙도서관 출판시도서목록(CIP)은 서지정보유통지원시스템 홈페이지
(http://seoji.nl.go.kr)와 국가자료공동목록시스템(http://www.nl.go.kr/kolisnet)
에서 이용하실 수 있습니다. (CIP제어번호: CIP2014017901)

* 이 책은 2007년 정부(교육과학기술부)의 재원으로 한국연구재단의 지원을 받아 수행
  된 연구임(KRF-322-A00077)